Tine Nell
Weightless Hear

Tine Nell

Weightless Heart

Roman

PIPER

Mehr über unsere Autoren und Bücher:
www.piper.de

Wenn Ihnen dieser Roman gefallen hat, schreiben Sie uns unter Nennung des Titels »Weightless Heart« an empfehlungen@piper.de, und wir empfehlen Ihnen gerne vergleichbare Bücher.

ISBN 978-3-492-50283-2

Litho: Lorenz & Zeller, Inning am Ammersee
Covergestaltung: Traumstoff Buchdesign traumstoff.at
Covermotiv: g-stockstudio / shutterstock.com
Printed in Germany

Für Mia und Tom.
Hört niemals auf, an eure Träume zu glauben.

Prolog

Das Wasser
umspült mich klar
und kühlt meine Haut.
Wäscht alles fort,
was mich nicht loslässt.
Jeden klammernden Gedanken an dein Gesicht,
an deine Arme, die mich halten,
deinen beruhigenden Atem an meinem Ohr.

Wenn ich schwimme, fühle ich mich komplett.
Stark und frei. Schwerelos.
Nichts ist mehr wichtig, außer eins mit dem Wasser zu sein.
Und dann … tauchst du auf und bringst in wenigen Wochen mein geordnetes Leben durcheinander.
Fängst mich ein und lässt mich immer wieder fallen. Wie eine unberechenbare Welle, die mich mitreißt und dann über mir zusammenbricht.
Ich glaubte, die Liebe zum Schwimmen ist das, was uns verbindet, was uns zusammenhält.
Aber das stimmt nicht.
Ich kann dich nicht halten. Ich kann dich nicht heilen. Aber ich kann hoffen – darauf, eines Tages mit dir unterzutauchen und gemeinsam schwerelos zu sein.

Kapitel 1

»Er ist es wirklich. Oh. Mein. Gott.«

Anna schlägt die Hand vor den Mund. Ihre Augen werden groß wie Planeten, was in Kombination mit der eng anliegenden Schwimmhaube total schräg aussieht. Auch der Rest des Teams kreischt. Lilly und Pam fassen sich an den Händen und hüpfen dabei auf und ab. Das Schwimmteam wirkt mit einem Schlag wie ein Haufen verschossener Teenager.

»Leute«, stoße ich hervor und kann die Gereiztheit in meiner Stimme nicht unterdrücken. »Ihr seid erwachsene Frauen. Bleibt locker.«

Ich verstehe, dass alle aufgeregt sind. Und klar, auch mich als Captain hat es nicht kalt gelassen, als die Mail von Miss Johnsen, der Leiterin der College Sportabteilung, kam. Es hatte sich tatsächlich ein neuer Trainer für das Damenschwimmteam gemeldet: Alexander Clark. Zehn olympische Medaillen, davon fünfmal Gold.

Direkt nach mir hat meine Freundin Anna davon erfahren. Natürlich. Sie ist die neugierigste Person auf Erden. Und selbst wenn ich mich nicht damit verraten hätte, weil ich vor Überraschung fast von meinem Bett in unserem WG-Zimmer gefallen wäre, hätte sie es irgendwie herausbekommen.

»Er ist mega heiß«, säuselt Pam und starrt an mir vorbei zu unserem neuen Trainer, der sich seelenruhig mit Bill unterhält. Ich kenne Bill seit meinem Studienbeginn vor einem Jahr und habe ihn noch nie so breit Lächeln sehen wie jetzt gerade. Normalerweise ist er der nörgeligste Bademeister aller Zeiten.

»Hast du eigentlich herausgefunden, ob er eine Freundin hat, Lilly?«

»Nein. Nur Berichte über seine Karriere. Und …«, sie kichert, »… jede Menge sexy Fotos von ihm in Badehose.«

Ein Konzert aus Seufzern schallt durch die Halle, als er sich in dem Moment durch das dunkelblonde Haar fährt. »Und jetzt studiert er auch noch bei uns.«

»Er soll ein echter Playboy sein«, meint Kim trocken. Von den vier Mädels ist sie am wenigsten beeindruckt. »Hat wohl ständig eine andere am Start.«

»Prima! Dann steigen unsere Chancen, dass wir alle mal seinen göttlichen Körper anfassen können.« Anna und Pam grinsen sich wie zwei Irre an und geben sich ein High Five. Gott. Das kann doch nicht wahr sein.

»Jetzt reißt euch mal zusammen. Wir starten mit den Aufwärmübungen«, bestimme ich, um daran zu erinnern, dass wir uns in der Schwimmhalle befinden und zum Trainieren hier sind.

Mit ernster Miene taxiere ich mein Team, das nur widerwillig seine Blicke von unserem zukünftigen Trainer löst und dabei nachlässig mit den Dehnübungen beginnt.

»Alexander ist ein Profi. Er war bei Olympia und ist mit den Besten der Welt geschwommen. Wir können eine Menge von ihm lernen.«

»Wie knackig ein Männerhintern sein kann, zum Beispiel«, kichert Anna und ich werfe ihr einen rügenden Blick zu, bevor ich die Zeit checke. Eigentlich begann das Training vor zehn Minuten.

Es sind nur noch vier Wochen bis zum nächsten Wettkampf. Wir müssen unbedingt gut abschneiden, um Miss Johnsen davon zu überzeugen, dass sich jeder kanadische Dollar lohnt, den das College in uns investiert.

Der Kanadier liebt seinen Sport. Eishockey, Football, Basketball, Lacrosse. Schwimmen zählt leider nicht zu den Top Fünf und das bekommen die Vereine zu spüren. Sponsoren tun sich schwer, Geld in etwas zu pumpen, für das sich zu wenige Menschen interessieren. Alexander Clark ist ein Landsmann und rückte durch seinen Erfolg bei Olympia das Schwimmen mehr ins Licht. Ihm ist es zu verdanken, dass unser College sich vergangenes Jahr, genau zu Beginn meines Studiums, dazu entschlossen hat, ein wettkampffähiges Schwimmteam zu genehmigen.

»Bitte konzentriert euch und denkt daran, dass wir noch lange nicht in der Form sind, in der wir sein müssten.«

»Stimmt«, sagt Anna und hebt eine Augenbraue. »Weil Owen sich einfach verpisst hat und wir deshalb seit Wochen trainerlos sind.«

Ich schlucke und weiche ihrem durchdringenden Blick aus, der fast schon herausfordernd wirkt. Als wüsste sie es …

»Er hatte eben seine Gründe«, murmele ich und unterbreche unseren Blickkontakt – so, wie jedes Mal, wenn es um das Thema geht. Und wie jedes Mal rüttelt das schlechte Gewissen an mir, weil ich Anna nicht eingeweiht habe. Owen und ich, das war … ein Fehler.

Hinter meinem Rücken höre ich, wie die Tür von Bills Glaskabine geöffnet wird und wie auf Kommando schnellen alle Blicke an mir vorbei. Das war's dann wohl mit der Aufmerksamkeit.

Ich stöhne innerlich, als sich auf den Gesichtern meines Teams zeitgleich ein zuckersüßes Lächeln ausbreitet. Es würde mich nicht wundern, wenn jeden Moment Herzchen aus ihren Augen ploppen. Das darf wirklich nicht wahr sein.

Langsam drehe ich mich um und halte den Atem an. Weil ich … geschockt bin. Alex sieht wirklich gut aus. Unanständig gut und noch viel besser als im Fernsehen oder auf dem Foto, das mir Miss Johnsen unnötigerweise in der Mail angehängt hat. Als wüsste ich nicht, wer er ist.

Er ist barfuß und seine Beine stecken in knielangen, schwarzen Badeshorts. Die dunklen Haare an seinen Waden beweisen, dass er sich wirklich aus dem Sport zurückgezogen hat. Schwimmer sind immer rasiert. Überall. Egal, ob Mann oder Frau.

Trotz des locker fallenden Shirts erahnt man unter dem weißen Stoff, den typischen v-förmigen Oberkörper eines Profischwimmers – kräftiger Hals, breite Schultern, schmale Hüften. Die heißeste Figur, die ein Mann haben kann. Meiner Meinung nach.

Aber was mich in diesem Moment wirklich fesselt, ist sein Gesicht, das von dichten dunkelblonden Haaren umrahmt wird, die markanten Züge und der kräftige Kiefer, gepaart mit mandelförmigen Augen, die so türkisblau sind wie das Meer auf kitschigen Urlaubskarten. Unzählige Male habe ich ihn im Fernsehen gesehen, weil ich natürlich jeden Wettkampf verfolge. Aber ihm jetzt live und in Farbe gegenüberzustehen, ist noch mal eine ganz andere Sache. Niemand kennt den genauen Grund für sein selbstbestimmtes Karriereende. Kein halbwegs vernünftiger Schwimmer zieht sich am Höhepunkt seiner Karriere zurück. Schon gar nicht mit fünfundzwanzig Jahren. Angeblich hat es etwas mit seinem Vater, William Clark, zu tun, der vor ein paar Monaten verstorben ist.

»Hey.« Alex kommt vor mir zum Stehen. Er ist groß. Viel größer, als er bei Aufzeichnungen wirkt. Ich bin mit meinen 1,69 Meter kein Zwerg, aber Alex überragt mich mindestens um einen Kopf.

Ein breites Lächeln zieht sich über seine Wangen. Der Geruch von Chlor mischt sich mit seinem herben Parfum und bringt mich vollkommen aus dem Konzept.

»Sorry, für die Verspätung. Ich habe mich mit Bill verquatscht. Cooler Typ.«

Ich nicke und muss ernsthaft überlegen, wie das mit dem Sprechen noch mal funktioniert. Jemand räuspert sich hinter mir. Anna. Ich blinzele, um wieder zu mir zu finden, und greife mit Verspätung nach seiner Hand, die er mir entgegenstreckt. Groß und warm schließt sie sich um meine.

»Hallo. Ich bin Chloe Campbell, der Captain der *Penfield Zanders.* Es freut uns, dich kennenzulernen und es ist uns eine große Ehre, mit dir trainieren zu dürfen«, sage ich meinen einstudierten Text auf, den ich noch heute Morgen vor dem Flurspiegel geübt habe. Max, mein bester Freund und Nachbar im Wohnheim, hat sich halb schlapp gelacht, als er in unser Zimmer platzte und mich dabei erwischt hat.

Alex mustert mich schmunzelnd, während er weiterhin meine Hand hält. Hinter mir unterdrückt jemand ein Kichern. Wieder Anna. Dieses Biest.

Eine Gänsehaut breitet sich auf meinen nackten Armen aus und mit einem Mal fühle ich mich schrecklich unbehaglich in meinem knappen Badeanzug. Mein Lächeln verkrampft sich und ich hoffe inständig, dass er das rhythmische Zucken meines rechten Mundwinkels nicht bemerkt. Gott, seit wann ist Lächeln so anstrengend?

»Danke für die nette Begrüßung, Chloe«, sagt er mit einer ähnlich förmlichen Betonung. »Die Freude ist ganz meinerseits.«

Meine Wangen brennen, was das leise Prusten meiner Mannschaft nur noch schlimmer macht.

Alex zwinkert und wendet sich dann seinem neuen Fanklub zu.

Kapitel 2

Ich schließe den Reißverschluss meines Parkas und hake mich bei Anna unter, während wir die Sportanlage verlassen und mir der frische Oktoberwind meine Haarsträhnen aus dem Gesicht pustet.

Anna zieht ihre Strickmütze weiter über die Ohren und grüßt Big John, den Captain des Lacrosse-Teams mit einem verführerischen Lächeln.

»Du kannst aber auch von keinem Kerl deine Krallen lassen, oder?«, bemerke ich und muss mir das Lachen verkneifen, als Big John durch die Ablenkung fast gegen einen Laternenmast rennt.

Aus Annas süßem Lächeln wird ein breites Grinsen, gefolgt von einem Schulterzucken. »Ich finde ihn niedlich.«

»Klar. Ihn und Mr. Smith und Ryan und …«

»Und Alex Clark«, schließt sie und zieht aufgeregt an meinem Arm herum. »Er ist der heißeste Typ auf Erden. Unfassbar, dass wir diesen Hottie jetzt zweimal die Woche nur für uns haben.«

Ich seufze und befreie mich aus ihrem Griff, um meinen Geldbeutel aus meiner Sporttasche zu kramen. Nach dem Training halten wir stets beim Campuscafé, das, wie jedes Mal, proppenvoll ist und wir uns in einer langen Schlange anstellen müssen.

»Komm schon.« Anna beugt sich vor und dreht den Kopf so, dass ich ihrem penetranten Blick nicht länger ausweichen kann. »Verarsch mich nicht, Chloe. Du findest Clark genauso heiß wie ich.«

Zwei blonde Mädchen drehen sich mit einem schüchternen Lächeln zu uns um. Sofort tippe ich darauf, dass es Freshmen sind. So verunsichert wie sie wirken, erinnern sie mich daran, wie ich vor einem Jahr am Penfield College ankam. Alles war neu und aufregend und ich irrte den ersten Tag desorientiert über den

Campus, der sich als eigene Kleinstadt entpuppte. Ich war heilfroh, als ich am Nachmittag Anna in meinem Zimmer antraf und wir uns auf Anhieb verstanden. Ihre selbstbewusste und gelassene Art beruhigte mich und machte mir den Einstieg in das Studentenleben viel leichter. Max, der gleich neben uns eingezogen war, lernten wir noch am selben Tag kennen. Angeblich hatte er sich in der Tür geirrt und war, ohne anzuklopfen, hineingeplatzt. Anna und ich vermuten bis heute, dass er uns abchecken wollte. Ich weiß noch, dass er irgendeinen dummen Witz riss, über den nur ich lachte und Anna die Augen verdrehte – was sie bis heute ständig macht, wenn wir mit ihm rumhängen. Dabei hat sie ihn, trotz seiner albernen Art, genauso ins Herz geschlossen wie ich.

»Redet ihr etwa von Alexander Clark?«, fragt die kleinere der Mädchen und klimpert so oft mit ihren falschen Wimpern, dass mir schwindelig wird.

»Allerdings. Alex Clark, meine Lieben. Der heiße kanadische Profischwimmer, dessen knackigen Hintern wir jetzt regelmäßig bewundern dürfen.« Anna grinst so triumphierend, als hätte sie einen der wichtigsten Preise der Menschheitsgeschichte gewonnen.

»Oh Gott«, quietscht die andere und beißt sich auf die Unterlippe. »Er studiert also wirklich hier!«

»Ich schwimme total gerne«, flötet ihre Freundin. »Also falls ihr noch Schwimmerinnen braucht, ich …«

»Tut mir leid. Die Mannschaft ist komplett«, unterbreche ich sie und gehe einfach an den Dreien vorbei, die vor lauter Hormonerbrechen nicht mitbekommen, dass sich die Warteschlange in Bewegung gesetzt hat. Es ist wirklich ein Phänomen, dass sich plötzlich so viele Studentinnen für einen Platz in unserem Team interessieren.

»Ah … Chloe. Meine wunderschöne Zimmernachbarin«, begrüßt mich Max, als ich die Theke erreiche. Mit seinem schwarzen Lockenkopf und der weißen Schürze sieht er wie ein französischer Bäckermeister aus.

»Hey, Max. was geht?«, sage ich, schiebe einen Geldschein auf den Tresen und stütze mich mit den Unterarmen auf.

»Viel los halt.« Er nimmt mit einer Zange einen belegten Bagel aus der Auslage und verfrachtet ihn gekonnt in eine braune Papiertüte. Seit Max neben dem Studium im Café ein paar Stunden die Woche jobbt, müssen Anna und ich nicht mal mehr unsere Bestellung aufgeben.

»Wie lief das Training?«

»Super«, murmele ich und weiß, wie wenig überzeugend das klingt.

Max lupft eine Augenbraue und stellt einen Pappbecher unter den Kaffeeautomaten.

»Das klingt ja nicht besonders begeistert. Lass mich raten. Clark, der Superschwimmer, ist ein Trottel?«

Ich seufze als Antwort, weil ich keine Lust mehr habe, über unseren neuen Trainer zu reden. Der Kerl hat mich mit seinen analytischen Blicken dermaßen aus dem Konzept gebracht, dass meine Knie auf dem Startblock weich wie warme Butter wurden und ich keinen Schwimmzug sauber ausführen konnte. Meine Zeit auf der Kurzstrecke war erbärmlich. Alex' skeptischer Blick, als er von der Stoppuhr in meine Richtung sah, war eine echte Demütigung.

»Er ist kein Trottel, Max. Sondern ein gottähnliches Wesen«, verbessert ihn Anna, die es mir gleichtut und sich auf die Theke lehnt.

»Hallo, Anna, meine wunderschöne Zimmernachbarin«, säuselt Max und nimmt grinsend ihren Geldschein entgegen.

»Hey. Ich dachte, das bin ich?«

Max presst die Lippen aufeinander und macht ein verzweifeltes Gesicht. »Wie soll ich mich zwischen euch Schönheiten entscheiden?«

Anna zischt und inspiziert ihre Fingernägel. Ich verdrehe nur die Augen, weil es offensichtlich ist, für wen sich jeder Typ dieses Planeten entscheiden würde. Anna ist eine Augenweide. Blond, graue Augen, Schmollmund, lange Beine und eine Oberweite, die gerade in den engen Badeanzügen noch was hermacht. Ganz im Gegensatz zu mir, wobei ich mich eigentlich okay finde. Ich mag das dunkle Braun meiner Haare, meine großen Rehaugen und durch das Schwimmen bin ich gut in Form. Aber anders als Anna mache ich mir nicht viel aus Make-up oder trendigen Klamotten. Ich falle nicht gerne auf, mag es nicht im Mittelpunkt zu stehen und auf Partys mit Kerlen zu flirten. So war es schon immer, auch vor meiner Collegezeit. Das war immer in Ordnung für mich. Aber aus irgendeinem Grund glaubte ich, mit dem Beginn meiner Studienzeit würde ein neues Leben starten. Ein neuer, aufregender Lebensabschnitt, den ich auskosten muss. Vielleicht war genau das der Grund, weshalb ich mich auf Owen eingelassen habe. Zu dem Zeitpunkt fühlte es sich unglaublich aufregend an. Dabei hätte ich wissen müssen, dass ich kein Typ für solche oberflächlichen Spielchen bin. Ich hätte ahnen müssen, wie es endet.

Seitdem halte ich noch mehr Abstand zu Männern als zuvor.

»Träum weiter, Maxwell« zischt Anna. »Ich stehe nicht zur Wahl. Auch nicht, wenn es um deine dreckigen Dreierfantasien geht.«

Max' hoffnungsvoller Blick zuckt zu mir und ich kann nicht anders, als zu lachen. »Du bist ein Idiot.«

»Aber ein süßer, oder?«

»Taylor, hör auf mit den Ladys zu flirten und sieh zu! Ich will meinen Kaffee!«, schnauzt Steven, einer unserer Kommilitonen vom Ende der Warteschlange.

»Heute Abend wieder Pizza im Diner?«, frage ich, greife nach meinem Kaffee und sehe zwischen meinen Freunden hin und her.

»Klar. Wie immer.« Max lächelt schief. Er ist so ein netter Kerl. Ich kann mir keinen besseren Kumpel vorstellen und verstehe nicht, warum er keine Freundin hat. Er ist zielstrebig, lieb und er bringt einen zum Lachen. Soweit ich weiß, ist er nach den Dates mit Cindy Richeston mit niemandem mehr ausgegangen. Andererseits arbeitet er viel und muss in der wenigen Freizeit den ganzen Lernstoff aufholen.

»Aber nur unter der Bedingung, dass Max keine Pizza mit Meeresfrüchten bestellt.« Anna rümpft die Nase und schüttelt sich. »Da vergeht einem der Appetit. Welcher Mensch isst so was Ekelhaftes?«

Plötzlich steht Steven neben uns. Zwar brummeln und murmeln die Wartenden genervt, aber niemand traut sich, sich über sein Vordrängeln zu beschweren. Steven ist ein kantiger, einschüchternder Typ mit kurz geschorenen Haaren, Tattoos bis zum Hals und einem dreckigen Grinsen.

»Wenn du endlich mal mit mir ausgehen würdest, Anna, dann würde ich dich in ein ganz anderes Lokal ausführen als in das billige Campusdiner.«

»Danke, Steven. Kein Interesse«, gibt meine Freundin unbeeindruckt zurück, schnappt sich ebenfalls ihre Bestellung und geht mit einem aufreizenden Hüftschwung, der pures Selbstbewusstsein ausstrahlt.

»Fuck, ich liebe störrische Frauen«, murmelt Steven. Lüstern schaut er Anna hinterher.

»Macht's gut, Leute.« Ich lächle Max noch schnell zu, bevor ich Anna nach draußen folge.

Wir laufen ein Stück geradeaus, am Supermarkt und Diner vorbei, welcher erst wieder am späten Nachmittag öffnet. Ein paar Schritte weiter biegen wir nach links zu unserem Wohnheim ab, das von großflächigen, kurz geschnitten Rasenflächen umgeben ist. Dort beginnen auch die schicken Apartmentblocks, die im Gegensatz zu der grau gemauerten Fassade unseres Wohnheimes eindeutig einladender wirken und den Studenten mit spendablen Eltern vorbehalten sind. Oder arroganten Ex-Profischwimmer …

»Hast du dir eigentlich überlegt, was du wegen des Remembrance Day machen willst?«, fragt Anna und beißt in ihren Bagel. Sie hält es nie aus, mit dem Essen zu warten, bis wir das Wohnheim erreichen.

»Ich denke, ich bleibe einfach hier, vertilge einen Haufen Fast Food und sehe von Freitag bis Montag Serien.«

»Du glaubst nicht, wie gerne ich das lieber täte, als zu meiner nervigen Familie zu fahren und im Klatschmohn-Look durch die Straßen zu ziehen«, meint sie und schenkt mir ein warmes Lächeln.

»Du weißt, die Einladung steht. Meine Eltern würden sich freuen, dich mal kennenzulernen und du –«

»Es ist okay, Anna. Ich komme schon klar.« Ich lächle, obwohl ich weiß, dass dies gelogen ist. Natürlich würde ich das lange Wochenende lieber zu Hause verbringen. Der Remembrance Day oder auch Poppy Day wird am elften November gefeiert und ist ein wichtiger Feiertag für die Kanadier. Die roten Mohnblüten, die an diesem Tag überall verteilt und als Ansteckblume getragen werden, sind ein Symbol des Gedenkens an die gefallenen Kriegsopfer. Mom und Dad zelebrieren den Tag zwar nicht mit solcher Hingabe wie Annas Eltern, aber es wir haben ihn bisher immer zusammen verbracht, etwas Leckeres gekocht und die Straßenumzüge im Fernsehen verfolgt. Selbst letztes Jahr, als ich gerade erst ein paar Wochen auf dem Campus war, hatten meine Eltern mich mit einem Bahnticket überrascht. Über meinen Bruder Josh habe ich aber erfahren, dass sie zurzeit knapp bei Kasse sind, weil sie eine kostspielige Reparatur am Hausdach bezahlen mussten. Und da ich selbst nur ein minimales Budget für Freizeitaktivitäten besitze, das ohnehin kaum für einen Monat reicht, stand meine Entscheidung fest, diesmal hierzubleiben. Die Fahrt bis nach North Bay ist einfach zu kostspielig. Annas Angebot, mit ihr mitzukommen, möchte ich nicht annehmen. Ich käme mir wie ein Eindringling vor und würde meine eigene Familie nur noch mehr vermissen.

»Vielleicht kannst du mich irgendwann mal mit zu *deiner* Familie nehmen«, zwitschert sie, als wir die Treppenstufen in die zweite Etage hinaufgehen. »Dann lerne ich Josh endlich mal persönlich kennen.«

»Vergiss es.« Ich ziehe den Schlüssel aus meiner Jackentasche und zeige mit der Spitze auf sie. »Von mir aus kannst du jeden Mann der Welt vögeln, aber nicht meinen Bruder. Er ist erst achtzehn. Außerdem hat er eine Freundin.«

Anna rollt mit den Augen. »Und wenn schon. Sie sind ja nicht verheiratet.«

»Anna.« Ich schließe die Tür auf und Anna drängelt sich grinsend an mir vorbei.

»Bleib cool. Ich mach doch nur Spaß.« Sie pfeffert ihre Jacke auf den Schreibtisch in der Ecke unseres quadratischen Zimmers, während ich meinen Mantel an den Haken hinter der Tür hänge. Sie ist ein Chaot und kann überhaupt keine Ordnung halten. Einmal habe ich nicht mal mehr die Tür aufbekommen, weil sie seit Tagen vom Boden gelebt hat. Die ersten Wochen hat mich das wahnsinnig gemacht, mittlerweile versuche ich, es einfach auszublenden. Auch wenn es mich wirklich eine Menge Selbstbeherrschung kostet, meine kribbelnden Finger zu ignorieren und mich nicht über die Unordnung herzumachen.

Es reicht, dass ich zu Hause bei meiner Familie den Ruf der Aufräumfetischistin weghabe. Von Mom weiß ich, dass besonders meine beiden jüngeren Brüder ihrer ordnungsliebenden Schwester hinterhertrauern. Seit ich ausgezogen bin, müssen sie ohne meine Hilfe die Legobausteine einsammeln, die sie über den Tag im Haus verteilen. Und obwohl sie als Zwillinge immer ein gutes Team sind, hört beim Thema Aufräumen die brüderliche Liebe doch auf. Da Josh genauso ein Aufräummuffel ist und sowieso die meiste Zeit bei seiner Freundin abhängt, können sie auf seine Hilfe auch nicht bauen.

Mit dem Fuß schiebe ich Annas aufgeklappten Ordner auf ihre Seite des Zimmers. Im Schneidersitz hocke ich mich neben sie auf den flauschigen, rosafarbenen Teppich, den sie von Zuhause mitgebracht hat, um den kargen Raum etwas gemütlicher zu gestalten. Sie war ganz aus dem Häuschen, als ich an unserem Einzugstag aus meiner Umzugskiste zwei Lichterketten zog, die jetzt jeweils über unseren Betten hängen.

»Was gucken wir?«, fragt Anna, zieht den Laptop von ihrem Nachttisch und startet Netflix. Ich nehme meinen Bagel aus der Tüte und beiße hinein. »Irgendwas mit verwesenden Zombies oder so. Ich habe für heute genug von schönen Kerlen.«

»Aha …« Anna kneift die Augen zusammen und grinst. »Ich wusste doch, dass du Alex scharf findest.«

Ich zucke kauend mit den Schultern und gebe mich unbeeindruckt. »Nur, weil er gut aussieht, muss ich mir nicht gleich das

Höschen vom Körper reißen. Es gibt auch noch andere wichtige Eigenschaften, die ein Mann haben muss.«

Anna legt die Stirn in Falten, als hätte ich gerade in einer fremden Sprache mit ihr gesprochen.

»Dir ist wirklich nicht zu helfen, Chloe.« Sie schaltet den Laptop ein und klopft mit ihren Fingern auf der Tastatur herum, während das Programm hochfährt.

»Ich habe ihn ein paar Mal dabei erwischt, wie er mich heute angesehen hat.«

»Anna«, sage ich seufzend, weil ich nicht länger Interesse daran habe, über Alex Clark zu sprechen. Dabei habe ich es selbst bemerkt, dass sein Blick immer wieder zu ihr gezuckt ist, als sie sich am Beckenrand vollkommen übertrieben und ausgiebig dehnte. Typisch Anna.

»Denkst du, er steht auf mich?«

Ich mustere ihr hübsches Gesicht mit den grauen Augen, in die sich ein Hauch seltene Unsicherheit mischt.

»Selbst wenn. Er ist unser Trainer.« Erst als ich die Worte ausgesprochen habe, schmecke ich den schlechten Geschmack von Heuchelei auf der Zunge. Schließlich war mir diese Tatsache bei Owen auch egal.

Annas Miene wird ernster, fast schon verbissen. »Na und? Es gibt kein Gesetz, was dagegenspricht, oder?«

Ich konzentriere mich auf den Bildschirm und räuspere mich. »Nein.« Mehr kann ich nicht dazu sagen, auch wenn ich es gerne möchte. Es ist nicht verboten, etwas mit seinem Trainer anzufangen. Aber wir brauchen Alex für unser Team und können es nicht riskieren, dass uns deshalb wieder ein Trainer abspringt. Und ich weiß aus eigener bitterer Erfahrung, wie es sich anfühlt, wenn so eine Aktion nach hinten losgeht. Ich möchte meine Freundin nur vor einem Fehler bewahren. Sie kann so viele Kerle haben, aber von dem eigenen Trainer lässt man besser die Finger.

Schweigend schaltet Anna eine Serie ein. Ohne Zombies, dafür mit jeder Menge High-School-Jungs, Cheerleadern und Intrigen.

Kapitel 3

Ich streife mir einen dunkelroten Wollpulli über, der locker über den Bund meiner schwarzen Jeans fällt. Dann warte ich geduldig, bis Anna mit ihrem aufwendigen Make-up und dem Lockenstab fertig ist. Als der Platz vor dem bodentiefen Spiegel endlich frei ist, bürste ich meine Haare, bis sie in weichen Wellen über meine Schultern fallen und lege etwas Mascara sowie Lipgloss auf. Mehr brauche ich nicht. Vor allem nicht, wenn ich nur mit meinen Freunden Pizza essen gehe. Wie jeden Donnerstag.

Ein einziges Mal hatte Anna mich überredet, mich von ihr schminken zu lassen. Ich habe mich später beim Blick in den Spiegel nicht mehr wiedererkannt und mich, unter lautem Protest, sofort wieder abgeschminkt.

»Chloe, hilf mir mal bitte.« Anna stellt sich vor mich und hält abwechselnd zwei Tops vor ihren Oberkörper.

»Das weiße«, sage ich und lehne mich gegen die Schreibtischplatte.

Anna schlüpft in das enge Oberteil, das wirklich keine Kurve verbirgt und zieht einen offenen Cardigan darüber.

Als sie dann noch Ohrringe und eine ordentliche Ladung Parfum auflegt, werde ich stutzig. Anna macht sich immer zurecht, egal ob wir zu den Vorlesungen gehen oder zum Training. Aber heute scheint sie sich extra viel Mühe zu geben.

»Hast du noch was anderes vor?«, frage ich, streife mir meinen Mantel über und hänge mir meine kleine Handtasche schräg über die Schulter.

Anna schlüpft ebenfalls in ihre Jacke und betrachtet sich noch einmal im Spiegel. »Nein, aber ich denke an die Möglichkeit, dass unser heißer Trainer im Diner auftaucht.« Sie zwinkert mir zu. »Man muss auf alles vorbereitet sein.«

»Na klar. Weil Mr. Supersportler bestimmt einen Haufen Pizzen verdrückt, um seinen Body zu stählen«, brumme ich, öffne die Tür und laufe direkt in Max hinein, der auf der Schwelle mit ausgebreiteten Armen wartet. Bevor ich ihm ausweichen kann, schließt er mich in eine feste Umarmung und ich befreie mich mit einem Lachen daraus.

»Zum Glück bist du zuerst aus der Tür gegangen«, meint Anna spitz und stolziert an uns vorbei.

»Sei nicht eifersüchtig, Anna-Maus. Ich liebe euch beide.« Tim und Brend, die sich auf dem Flur vor der Gemeinschaftsküche herumdrücken, johlen Max bestätigend zu und glotzen dann anstandslos Annas Hintern hinterher.

»Wenn du die Kalorien der Pizza später wieder verbrennen willst, kannst du gerne bei mir klopfen, Anna.« Brend lacht, als Anna ihm den Mittelfinger zeigt. Max legt locker einen Arm um mich und pfeift irgendeine Melodie, die mich zum Lächeln bringt. Draußen schließen wir zu Anna auf und laufen gemeinsam zum Diner. Heute ist Pizza-Tag – jede Pizza zum halben Preis. Es ist nicht verwunderlich, dass gefühlt der ganze Campus dieses Lockangebot Woche für Woche mitnimmt. Doch wer für den Abend keinen Tisch reserviert hat, kann einen Platz im Restaurant vergessen. Dank Max, der auch hier zwischendurch jobbt, haben wir für das komplette Semester einen Tisch sicher. Ich bewundere ihn dafür, dass er neben dem ganzen Lernstress noch so viel arbeitet. Mir reichen schon die vier Stunden im Bookshop, die ich irgendwie zwischen die Seminare und das Schwimmtraining quetsche. Meine Eltern unterstützen mich finanziell so gut es geht, aber die hohen Studiengebühren und die Lernmaterialien verschlingen fast das gesamte Budget. Ohne die Arbeit im Bookshop könnte ich mir nicht mal den Pizza-Tag leisten.

Wir drängeln uns an den anderen Studenten bis zu unserem Tisch an der Fensterfront durch und schieben uns auf die speckigen, roten Ledersessel.

Max und ich setzen uns nebeneinander, während Anna unsere Jacken und Schals neben sich stapelt. In Gedanken verdrehe ich die Augen, weil sie sich immer wieder umsieht, wenn neue Gäste die Ladentür öffnen.

»Nach wem hält sie denn Ausschau?«, flüstert Max und schiebt mir eine Speisekarte zu. Ich klappe sie auf und studiere die Auswahl, die sich immer mal wieder ändert. »Rate doch mal.«

Er schnaubt wissentlich. »Ist er denn wirklich so toll, dieser Clark?«

Ich stiere weiter auf die Karte und weiß nicht, was ich dazu sagen soll. Klar, Alex ist … gut aussehend und charismatisch und … ein Weiberheld.

»Mein Typ ist er nicht«, antworte ich deshalb, kann aber nicht leugnen, dass mein Puls in die Höhe schießt, als ich an unser erstes Aufeinandertreffen in der Schwimmhalle denke – an Alex' blaue Augen, die mich neugierig musterten.

Die rundliche Bedienung, Susi, reißt mich aus meinen Gedanken, begrüßt uns und nimmt die Bestellung auf.

»Und wer ist dein Typ?«, fragt Max, als die Bedienung sich in Windeseile alles notiert und wieder verschwindet. Er sieht nicht wie erwartet belustigt aus, sondern ernsthaft interessiert.

»Das ist ausnahmsweise mal eine gute Frage, Max«, schaltet sich Anna in unser Gespräch ein und stützt die Ellbogen auf die Tischplatte. »Ich lebe mit Chloe jetzt schon seit Monaten in einem winzigen Raum zusammen, aber über Männer spricht sie nie mit mir.«

»Weil es da nichts zu erzählen gibt«, gebe ich frostig zurück. Es nervt, dass Anna ständig versucht, mich über meine Männer-Vorlieben auszuhorchen. Außer der Sache mit Owen, weiß Anna mehr über mich als meine Mom oder meine beste High-School-Freundin Lin. Ich habe ihr sogar von meinem späten ersten Mal erzählt, als das Thema zwischen uns aufkam, dabei aber geflissentlich verschwiegen, wann genau und mit wem es stattfand.

»Bei deinem Verschleiß an Männern, kann einem ja auch nur die Lust am anderen Geschlecht vergehen«, zieht Max sie auf, was ihm einen Tritt unter dem Tisch einheimst.

»Willst du damit sagen, dass ich eine Schlampe bin?«, fragt sie, kann ein Grinsen aber nicht verbergen. Anna macht keinen Hehl daraus, dass sie Männer und Sex mag. Sie nimmt sich, was sie möchte. Eine ernsthafte Beziehung hatte sie aber noch nie.

»Wenn es dich glücklich macht, dann, ja, Anna. Du bist eine Schlampe«, verkündet Max feierlich und ziemlich laut, was natürlich die Aufmerksamkeit der umliegenden Tische auf uns zieht. Ich senke peinlich berührt den Kopf und beobachte Anna dabei, wie sich ihr Grinsen nach und nach in ein angespanntes Lächeln verwandelt, während ihr Blick etwas hinter unseren Köpfen fixiert. »Oh, Leute …«

»Was denn?« Ich drehe mich um und halte die Luft an, als ich sehe, was Annas Interesse geweckt hat.

In dunkler Jeans, schwarzer Lederjacke und einer grauen Mütze auf dem Kopf, steht Alex inmitten des Diners. Ihm scheint es nicht aufzufallen, dass es mit einem Schlag viel stiller geworden ist und ihn alle anstarren. Unsere Blicke treffen sich und er sieht für einen Moment verwirrt aus. Dann wandelt sich sein Ausdruck zu etwas, was ich nicht genau deuten kann. Ein einnehmendes Lächeln bildet sich auf seinem Gesicht und ich bin so geschockt über sein Auftauchen, dass ich nicht in der Lage bin, es zu erwidern.

»Ist er das? Dieser Schwimm-Heini«, höre ich Max fragen.

»Zur Hölle, ja, das ist er«, antwortet Anna genauso leise und klingt dabei, wie eine ausgehungerte Raubkatze, die ihrer Beute auflauert. »Ich wusste doch, dass er hier aufkreuzt.«

Alex zieht sich die Mütze ab und fährt sich durch sein Haar, was Anna ein leises Stöhnen entlockt. »Seht ihn euch doch nur mal an. Er ist ein Gott.«

Ich muss schlucken und sehne mir meinen bestellten Eistee herbei. Meine Kehle fühlt sich staubtrocken an.

»Kommt er etwa her? Oh verdammt!« Annas Stimme schnellt in die Höhe. »Er kommt zu unserem Tisch.«

Endlich schaffe ich es, meinen Blick von Alex zu lösen. »Jetzt beruhige dich mal, Anna.« Ich bin mir nicht sicher, ob ich nicht eher mich damit meine.

»Chloe, Anna.« Alex' tiefe Stimme dringt an mein Ohr und verursacht ein Kribbeln in meinem Nacken.

»Ich musste zweimal hinsehen, bis ich euch erkannt habe. Gar nicht so leicht, wenn man euch nur mit Schwimmkappe kennt.«

Ich starre auf meine Finger, die unnatürlich verkrampft auf der Tischplatte liegen. Alex steht nur Zentimeter neben mir und wieder vernebelt mir sein Parfum für einen Herzschlag lang die Sinne.

»Hi, Alex«, schnurrt Anna und mit einem Mal ist die Aufregung ihrer selbstsicheren Art gewichen. »Hattest du auch Bock auf Pizza?«

»Ich dachte, ich versuch's mal. Meine Kommilitonen haben mir den Laden empfohlen.«

Endlich schaffe ich es aufzusehen. Alex' Blick ist auf Max gerichtet, der sich mit verschränkten Armen in den Sitz zurückgelehnt hat.

»Ich glaube, wir kennen uns noch nicht. Ich bin Alex.« Er streckt ihm eine Hand über den Tisch, die Max mit unbewegter Miene kurz ergreift. Ihn scheint das Aufsehen um den gut aussehenden Profischwimmer nicht die Bohne zu interessieren.

»Maxwell Taylor.«

Alex' Lächeln bleibt freundlich. Nur eine kleine unmerkliche Falte bildet sich auf seiner Stirn. »Freut mich.«

»Und? Bist du hier mit deinen Freunden verabredet?« Anna stützt den Kopf in die Hände und drückt dabei mit den Unterarmen ihre Brüste zusammen – ganz unabsichtlich natürlich. Wenn es darum geht, einen Mann für sich zu gewinnen, setzt Anna jede ihrer weiblichen Waffen ein.

»Nein. Ich habe noch ein bisschen was zu tun.«

Ich schiele wieder zu Alex auf, dem Annas Flirtaktion natürlich nicht entgeht und er die Lippen zu einem Schmunzeln verzieht. Ein dämlicher Stich jagt durch meine Eingeweide. Dabei war es doch klar, dass er sie heiß findet.

»Ich wollte mir die Pizza mit in mein Apartment nehmen. Ich habe noch einiges an Lernstoff aufzuholen.«

»Was studierst du denn?«, will Anna weiterwissen und lässt ihn keine Sekunde aus den Augen.

»Betriebswirtschaft.«

»Ah, cool. Und, gefällt es dir?«

Er verzieht die Lippen und zuckt mit den Schultern. »Ja, es ist ganz okay. Außer Arbeitspsychologie. Das Fach nervt.«

Ich erstarre und muss mich zusammenreißen, das erstaunte Keuchen zu unterdrücken.

»Wie lustig. Chloe studiert Psychologie!«

Ich werfe Anna einen strafenden Blick zu und rutsche in meinem Sitz ein Stück nach unten.

»Ach ja?« Alex' Lächeln wird breiter. »Dann hast du das Fach auch, oder?«

Ich zucke mit den Achseln. »Letztes Semester, ja.«

»Und wie kamst du klar?«

»Sie ist ein Streber«, schiebt Anna ein und ich kann ihr für den Kommentar nicht mal böse sein. Sie hat schließlich recht. Ich nehme mein Studium ernst und lerne viel. Im Gegensatz zu meiner Freundin lenken mich nicht ständig Kerle ab. Das macht es einem leicht, sich auf den Stoff zu konzentrieren.

Alex' forschender Blick bleibt weiter auf mich gerichtet, als würde er in meinem Gesicht nach irgendwelchen Antworten suchen. In Zeitlupe hebt sich einer seiner Mundwinkel.

»Gut zu wissen.«

Kapitel 4

Kim, Anna, Pam, Lilly und mir fallen beinahe die Augen aus dem Kopf, als wir die Schwimmhalle betreten und Alex mit geschmeidigen Bewegungen durch das Wasser gleiten sehen.

Wie eine Gruppe unsicherer Entenkinder bleiben wir stehen und ich bestaune fasziniert die Art, wie er sich mit ruhigen, aber kraftvollen Kraulzügen voranbringt – als seien er und das Wasser eine Einheit.

»Heilige Scheiße«, stößt selbst die skeptische Kim hervor, als Alex den Beckenrand erreicht, prustend auftaucht und sich nach oben drückt. Das Wasser rinnt sein breites Kreuz hinunter, an den Erhebungen seiner Rückenmuskulatur entlang bis zu dem Rand seiner Badeshorts, in der ein ziemlich knackiger Hintern steckt.

»Das ist purer Sex«, nuschelt Anna neben mir und sucht blind nach meiner Hand, um sich daran festzuhalten.

Ich starre noch einen Moment auf Alex wohlgeformten Körper, bis er von einem der Startblöcke ein Handtuch zieht und sich den Kopf damit abrubbelt. Für Sekunden verharrt er in seiner Bewegung und seine Schultern senken sich langsam herab. Ich würde zu gern wissen, an was er denkt.

Gerade, als ich meine Mädels antreiben will weiter zu gehen und ihnen zuraunen möchte, dass das hier keine Peepshow, sondern ein Trainingsort ist, platzt ein kindisches Kichern aus Lilly heraus, was Alex' Aufmerksamkeit auf uns lenkt. Für den Bruchteil einer Sekunde meine ich, in seinem Blick tiefen Kummer zu sehen. Aber bevor ich den Ausdruck wirklich deuten kann, legt sich ein Grinsen über seine Züge.

»Hey, Team! Ihr seid ja schon da.« Er winkt uns auffordernd zu sich.

»Genau zur richtigen Zeit«, flüstert Pam und stößt Anna in die Rippen, die den Stoff ihres Badeanzuges am Dekolleté-Bereich weiter nach unten zieht.

Es ist immer warm in der Schwimmhalle, aber heute bin ich mir sicher, dass Bill die Heizung um ein paar Grad höher gedreht hat. Meine Wangen glühen dauerhaft und langsam bin ich mir nicht mehr sicher, ob es wirklich eine gute Idee von Miss Johnsen war, Alex Clark den Job als unseren Trainer zu geben. Denn auch aus der Nähe betrachtet ist Alex' Körper unglaublich perfekt: definierte Brustmuskulatur, flacher Bauch und schmale Taille. Wenn das so weiter geht, werden wir nie im Leben den nächsten Wettkampf gewinnen. Wir sind alle viel zu abgelenkt. Vielleicht sollte ich Alex wenigstens darum bitten, sein T-Shirt und eine andere Hose anzuziehen, die nicht jedes Körperteil von ihm offenbart.

Sooft ich mich auch räuspere, die Augen von Anna und Co. kleben förmlich an Alex' Körper, als er uns die nächsten Minuten Insidertipps für eine bessere Wasserverdrängung anhand von Trockenübungen veranschaulicht.

»Okay. Dann lasst uns mal ins Wasser gehen und an eurer Technik feilen. Wir stellen eine Staffel nach, damit ich mir ein Bild machen kann, wie gut ihr als Team aufeinander abgestimmt seid.« Sein Blick wandert über die Mannschaft und bleibt bei mir hängen. »Chloe. Du startest.«

Ich schlucke. »Ich?«

»Ja, du. Captain First.«

»Normalerweise schwimme ich immer als zweite. Die Butterfly Technik ist meine Stärke«, merke ich an und halte seinem intensiven Blick angestrengt stand. Seine blauen Augen werden schmal.

»Normalerweise, ja?«

Ich nicke. »Pam Rücken, ich Butterfly, Lilly Brust, Anna und Kim Kraul. Mit der Abfolge haben wir bisher die besten Zeiten erzielt.«

»Ich kenne eure Zeiten.« Alex verschränkt die Arme vor der

breiten Brust und runzelt die Stirn. »Ich dachte, ich bin hier der Trainer.« Mit einem Mal sieht er nicht mehr wie ein lockerer Kerl, sondern wie ein strenger Coach aus. »Falls du es noch nicht bemerkt hast, Chloe – in drei Monaten ist der Wettkampf. Da reichen eure angeblich besten Zeiten nicht. Ich habe mich über die antretenden Mannschaften informiert. Besonders die Schwimmerinnen der *Columbia Dolphins* sind verdammt stark und werden euch eure Hintern so was von aufreißen, wenn ihr mir nicht vertraut und nichts ändern wollt.«

Ich starre ihn an und fühle mich von seinen gnadenlos ehrlichen Worten vor den Kopf gestoßen. Nach dem ersten Training gab es keinen einzigen Kommentar über unseren Schwimmstand. Klar, sein entsetzter Blick nach den Kurzstreckenbahnen sprach Bände, aber mir war bisher nicht bewusst, dass es offensichtlich so schlecht um unsere Leistung steht. Und auch wenn er vielleicht recht hat, seine arrogante Haltung tritt etwas in mir los. Ganz offensichtlich ist ihm nicht klar, dass ich mich seit Wochen bemühe, das Team hochzuhalten. Und, dass ich mit Engelszungen auf Miss Johnsen eingeredet habe, unsere Wettkampflizenz noch nicht zurückzuziehen.

»Ich weiß, dass wir nicht gerade in Bestform sind«, sage ich also mit fester Stimme. »Wir sind kein Profiteam und seit Wochen trainerlos. Es ist klar, dass wir noch hart an uns arbeiten müssen.«

»Ja. Verdammt hart sogar. Eigentlich müsste ich euch täglich zum Training antanzen lassen.«

Sein überheblicher Tonfall schürt meine Wut weiter an. Spinnt er? Er tut so, als seien wir ein Haufen Schwimmanfänger.

»Niemand zwingt dich dazu, hier zu sein.«

Jemand zieht scharf die Luft ein und im Augenwinkel sehe ich, wie mich mein Team entsetzt anstarrt.

Scheiße, habe ich das wirklich gerade laut ausgesprochen?

Alex' Miene verfinstert sich und das Zucken seines Kiefermuskels verrät, wie sehr er sich gerade im Zaum halten muss.

»Darüber sprechen wir später«, brummt er nach einem Moment des erdrückenden Schweigens. Ich schließe kurz die Augen und gebe mir gedanklich mehrere Ohrfeigen. Was ist los mit mir? Ich streite gerade mit Alexander Clark.

»Entschuldige … Ich …«

»Campbell«, unterbricht er mich. »Zum Startblock.«

»Was sollte das denn?«, fährt mich Anna in der Dusche an und reißt sich die Schwimmkappe vom Kopf. Auch Pam und die anderen beobachten mich skeptisch. Klar, so haben sie mich im letzten Jahr noch nie erlebt. »Bist du übergeschnappt, Alex so anzumachen?«

Ich pelle mich aus meinem Badeanzug und klatsche ihn in die Ecke der Duschkabine.

»Wir können unser Team vergessen, wenn wir den Wettkampf nicht gewinnen. Wir brauchen einen Trainer.«

»Das weiß ich, Anna. Ich bin euer Captain.«

»Dann benimm dich auch so.« Kopfschüttelnd und mit ihrem Duschgel in der Hand verschwindet sie in einer der Kabinen.

Ich stelle mich unter den festen Wasserstrahl und hoffe, dass die Wärme meine verkrampften Muskeln lockert. Alex war die letzte Stunde gnadenlos und hat nicht nur mich an meine körperlichen Grenzen getrieben. Es ist meine Schuld, dass er uns so gedrillt hat. Aber ich bin gerade nicht in der Stimmung, mich bei meinem Team zu entschuldigen.

Profischwimmer hin oder her. Alex hat sich mir gegenüber wie ein arrogantes Arschloch verhalten. Und scheinbar ist er es nicht gewohnt, von einer Frau Kontra zu bekommen. Die meisten Mädchen machen mit Sicherheit alles, was er will.

Als ich die Dusche verlasse, ist der Rest meines Teams schon verschwunden. Geknickt laufe ich Richtung Ausgang und atme erleichtert aus, als ich Anna vor der Tür der Umkleide entdecke. Mit zerknirschtem Lächeln gehe ich auf sie zu.

»Ich dachte schon, du lässt zur Strafe unseren Bagel ausfallen.«

Sie rollt mit den Augen. »Nur, weil du deine Periode hast und schlecht drauf bist? Da muss schon mehr passieren, Baby.« Mit einem versöhnlichen Lächeln hält sie mir ihren angewinkelten

Arm hin. Wir laufen den Flur entlang und ich will mich gerade bei ihr einhaken, als Alex' Stimme unseren Abgang stoppt.

»Chloe. Kommst du mal.«

Anna verzieht gequält das Gesicht. Mit einem unterdrückten Seufzen drehe ich mich um. Ein paar Meter entfernt steht Alex und wirkt in seiner dunklen Jeans und dem schwarzen Hoodie wie ein bedrohlicher Puma.

»Normalerweise würde ich dich jetzt beneiden«, flüstert Anna mir zu und drückt aufmunternd meinen Arm. »Bitte überzeug' ihn davon, uns weiter zu trainieren.«

Ich nicke mehrmals, bevor ich mich von ihr löse und auf unseren Noch-Trainer zugehe. Je näher ich ihm komme, umso schwerer fühlen sich meine Beine an. Als hingen Gewichte an meinen Füßen.

Alex' Miene ist unergründlich und seine Augen brennen sich wie Laserstrahlen in mich hinein. Ich komme mir erbärmlich vor, dass mir trotz der ernsten Situation nur wieder auffällt, wie unfassbar attraktiv er ist. Mit jedem meiner Schritte löst sich Alex' starrer Blick und wandert von meinem Gesicht, über meine offenen Haare und meinen Körper entlang, der bis zur Hälfte in einer dicken Windjacke steckt. Trotzdem komme ich mir splitternackt vor.

Mit zwei Armlängen Abstand bleibe ich vor ihm stehen. »Hey.«

»Wir sollten reden«, sagt er ohne Umschweife.

»Alex«, beginne ich und werfe einen raschen Blick zu Anna, die gerade die Tür zur Eingangshalle des Sportzentrums aufstößt und mir einen letzten aufmunternden Schulterblick zuwirft. »Es tut mir leid, dass ich vorhin-«

»Nicht hier.« Er deutet mit dem Kinn Richtung Schwimmbadeingang. »Wir gehen rein.«

Ich beiße die Zähne aufeinander und hebe das Kinn, um ihm wenigstens zu demonstrieren, dass ich seine Art, mich herumzukommandieren, nicht akzeptiere. Er mag mein Trainer sein und während der Stunde Anweisungen geben dürfen. Aber nicht außerhalb der Trainingszeiten.

»Was?« Alex runzelt die Stirn, als ich die Arme vor der Brust verschränke. »Was ist jetzt wieder das Problem?«

»Redest du immer so mit deinen Mitmenschen?«

»Wie rede ich denn?« Er hebt die Augenbrauen und das Schmunzeln, das an seinen Mundwinkeln zupft, schürt bloß meine Wut. Ich muss mich schwer zusammenreißen, um die Worte, die mir auf der Zunge liegen, nicht herauszulassen. Wir brauchen Alex. Das ist, was zählt, und dafür muss ich mich irgendwie mit ihm arrangieren.

»Wir können das auch hier auf dem Flur klären, wenn dir das lieber ist. Oder muss ich erst betteln?« Seine raue Stimme und der gesenkte Blick, mit dem er mich mustert, lösen in meinem Körper Dinge aus, die ich nicht spüren sollte. Alex' Selbstbewusstsein ist nämlich alles andere als antörnend.

»Schon gut«, murmele ich zähneknirschend.

Er blickt mich noch einen Atemzug lang an, bevor er sich in Bewegung setzt und ich ihm folge.

Kapitel 5

Mit Schwung stößt Alex die Tür zur Schwimmhalle auf. Die schwüle, chlorgeschwängerte Luft schlägt mir entgegen. Der Geruch ist mir so vertraut, dass mein Herzschlag wieder in einen halbwegs gesunden Rhythmus verfällt.

Alex hält mir mit ausgestrecktem Arm die Tür auf. Anstatt hineinzugehen, bleibe ich abrupt stehen.

»Was ist?« Über eine Schulter sieht er zu mir.

»Ich … wir haben Straßenschuhe an«, sage ich und zeige erst auf meine braunen Boots, dann auf Alex' strahlend weiße Sneaker, die nagelneu aussehen.

Auf seiner Stirn bilden sich drei tiefe Furchen. »Dein Ernst, Campbell?«

Er grinst, während ich verbissen die Lippen aufeinanderpresse.

»Du als Profi solltest die Regeln für das Betreten von Schwimmhallen besser kennen.«

Seine Augen weiten sich und dann … lacht er. Er lacht! So laut, dass es von den Wänden des Schwimmbades widerhallt und sich zu meiner Wut im Bauch ein unfreiwilliges heißes Brodeln mischt. Mit der freien Hand reibt er sich über eine Wange. »Das ist … irgendwie süß. Nimmst du alle Regeln so genau?«

»Natürlich. Sie haben schließlich ihren Grund«, gebe ich mit einem beleidigten Unterton zurück und ignoriere die Tatsache, dass er mich *süß* genannt hat. Statt darüber empört zu sein, werde ich rot. Muss ich ihm wirklich die Daseinsberechtigung von Regeln erklären?

Alex schmunzelt und seine Augen blitzen mich herausfordernd an, während er sich mit dem Rücken gegen die Tür lehnt und sie dadurch noch weiter aufdrückt. Neben seinem Kopf prangt rot und groß der Satz: *Betreten mit Schuhen verboten.*

»Dann ist heute wohl der Tag, an dem du diese Regel brichst.«

»Nein«, sage ich und trete einen Schritt zurück. »Ganz sicher werde ich das nicht tun.«

Alex sieht mich so intensiv an, dass mir die Hitze unter meiner Jacke entlang den Hals hinaufkriecht und meine Wangen nur noch heißer brennen. »Wenn Bill mitbekommt, dass wir mit Schuhen hier entlangspazieren, bringt er uns um.«

»Das bezweifele ich.«

»Ach ja? Weil du ihn so gut kennst, oder was?« Ich klinge wie eine eingeschnappte Ziege, aber ich kann es einfach nicht ertragen, wie überheblich Alex sich verhält. Er mag vielleicht gefeierter Schwimmer sein, aber deshalb muss er sich nicht wie der King des Campus aufführen. »Ich weiß, wie Bill tickt und er nimmt die Regeln sehr genau.«

Damit beuge ich mich hinunter, schlüpfe aus meinen Schuhen und Socken und stelle alles ordentlich neben meine Sporttasche. Danach ziehe ich eilig meine Jacke aus, bevor die Hitze mich noch kocht.

Als ich Alex wieder ansehe, starrt er mich an – eigentlich starrt er meine Beine an, die in einer einfachen Skinny Jeans stecken, den grünen Pullover, den Anna aussortiert und mir geschenkt hat. Bei ihr hat er mit dem tiefen V-Ausschnitt definitiv anders gewirkt. An mir hängt er viel schlaffer herunter.

Alex' Grinsen ist einem halben Lächeln gewichen, das die verhassten roten Flecken an meinem Hals heraufbeschwört. Sein ungeniertes Mustern überrumpelt mich so sehr, dass ich nur unbewegt dastehen und mir plötzlich sehr gut vorstellen kann, wie er mit diesen Blicken die Mädchen reihenweise klarmacht.

»Dann komm mal rein, Hüterin der Regeln.« Obwohl ich etwas Passendes zurückfeuern möchte, bleibt mir jedes verdammte Wort in meiner Kehle stecken.

Natürlich zieht Alex seine Sneaker nicht aus, während er auf Bills Kabine zusteuert und ich ihm mit Abstand folge.

Zögerlich trete ich in hinein und bin mir ziemlich sicher, dass unser Bademeister das genauso missbilligen würde, hier mit Straßenschuhen herumzutrampeln. Aber ich will keine weitere Diskussion mit Alex anfangen. Für ihn scheinen meine Einwände sowieso nur ein riesiger Spaß zu sein. Außerdem muss ich versuchen ihn davon zu überzeugen, uns als Schwimmteam nicht aufzugeben. Auch wenn der Großteil von mir ihn lieber loswerden will. Er verursacht in mir einfach zu viel Durcheinander.

Ich blicke mich in dem kleinen Raum um, der wie ein karges Büro eingerichtet ist, und trete nervös auf der Stelle. Um meine Nervosität zu verbergen, lehne ich mich mit der Hüfte gegen ein ausrangiertes Sideboard, auf dem bunte Ordner aneinandergereiht stehen. Alex setzt sich halb auf die Tischplatte, direkt neben Bills Trillerpfeife und beobachtet mich. Sein unterdrücktes Grinsen verrät, dass er meine Unsicherheit längst bemerkt hat.

»Dein zweiter Regelbruch, Chloe. Ich sollte das FBI rufen.«

Ich beiße die Zähne aufeinander und sehe ihn unverwandt an. »Kommen wir endlich zum Punkt. Du wolltest reden.«

Sein Grinsen wird breiter. »Du bist ein ganz schöner Sturkopf.«

Ich hebe nur die Brauen.

»Schon gut. Mach dich doch mal locker.«

»Ich bin locker.«

»Na klar. So locker wie eben beim Training?«

»Es tut mir leid. Ich war einfach nur …« Ich atme ein, um die Fassung zu wahren, und nehme dabei einen Hauch von Alex' Parfum wahr. »Es war nicht einfach, Miss Johnsen davon zu überzeugen, unsere Startlizenz nicht zurückzuziehen. Wir hatten seit Wochen keinen Trainer und haben trotzdem weitergemacht. Ich weiß, dass wir nicht Weltklasse sind, aber uns allen ist die Mannschaft wichtig. Ich möchte nicht, dass wir dich als Trainer verlieren und wir bei dem Wettkampf ausscheiden.« Meine Worte kommen genauso kleinlaut über meine Lippen, wie ich mich fühle. »Du bist der Profi und weißt, was du tust.«

Alex beobachtet mich schweigend. Seine Miene ist unergründlich, was mich nur noch nervöser macht. »Was ist dein Ziel als

Captain, Chloe? Willst du, dass dein Team aufsteigt? Willst du, dass ihr einfach den Leistungsstand haltet? Wofür brauchst du mich als Trainer?«

»Ich …«, beginne ich stockend, weil ich auf diese Fragen nicht vorbereitet bin. Und ich mag es nicht, auf etwas nicht vorbereitet sein. Zumindest nicht, wenn ich so angespannt bin wie jetzt gerade und das Gefühl habe, von Alex' Präsenz in die Knie gezwungen zu werden. »Natürlich wollen wir uns steigern. Das Schwimmen ist unsere Leidenschaft. Aber wir haben auch alle ein Studium, um das wir uns kümmern müssen und ich denke, ich spreche für jede aus dem Team, wenn ich sage, dass wir nicht die Ambition haben, Profi-Schwimmerinnen zu werden. Wir nehmen das Training und die Wettkämpfe trotzdem sehr ernst und wollen verhindern, dass uns die Lizenz entzogen wird.«

Alex nickt einmal. »Okay. Und ich bin da, um das zu verhindern. Du solltest vielleicht wissen, dass ich mich nicht für den Job als euer Trainer beworben habe. Ich wurde … sagen wir mal von Miss Johnsen gebeten.« Sein schiefes Lächeln lässt keine Zweifel daran, dass sie ihm ordentlich Honig um den Mund geschmiert haben muss, um ihn zu überzeugen. Diese Info überrascht mich. Ich bin davon ausgegangen, dass er den Posten angenommen hat, um den Schwimmsport nicht ganz aus seinem Leben zu streichen.

»Sie wollte mich sogar dazu zu bringen, ein neues Männerteam ins Leben zu rufen. Aber das kommt nicht in Frage. Ich bin schließlich hier, um mein Studium durchzuziehen.«

»Also hast du eigentlich gar keine Lust uns zu trainieren«, schließe ich aus seiner Erklärung und klinge schnippischer als beabsichtigt.

»Doch. Eigentlich habe ich mich darauf gefreut, euch für den nächsten Wettkampf fit zu machen. Eure bisherigen Leistungen sind gut. Vor allem deine Zeiten im Kraulen sind mir aufgefallen. Euch fehlt einfach Kondition und Kraft. Und wenn du mich meinen Job machen lassen würdest, bekämen wir das in den Griff. Stattdessen zickst du mich an.«

»Ich habe nicht gezickt«, protestiere ich, obwohl ich weiß,

dass er recht hat. »Du hättest uns aber auch auf eine andere Art sagen können, wie miserabel unsere Zeiten sind. Das war genauso unprofessionell wie mein Verhalten.«

Mehrere Sekunden verstreichen, bis er etwas sagt. Ein kleines Lächeln huscht über seine Lippen. »Du scheinst das Schwimmen wirklich zu lieben.«

Sein Resümee reißt mich aus der Bahn und es dauert, bis ich mit Verspätung nicke.

»Wann hast du damit angefangen?«

Ich muss nicht lange in meiner Erinnerung kramen, denn ich sehe den Tag im Hallenbad noch genau vor mir.

»Mein Dad hat mir das Schwimmen beigebracht. Ich war sechs und wollte es unbedingt lernen, weil …« Ich halte im Satz inne und bin mir unsicher, ob ich weitersprechen soll, weil mir der Grund ein bisschen peinlich ist.

»Weil?«, hakt Alex nach und lächelt.

»Weil ich diesen Film gesehen habe, du weißt schon … von der kleinen Meerjungfrau. Ich wollte unbedingt so schwimmen wie sie. Durchs Wasser schießen und schwerelos sein.«

»Wie ging es dann weiter?«

Ich frage mich, woher der plötzliche Stimmungswechsel kommt.

»Du musst es mir nicht erzählen, wenn du nicht möchtest«, sagt er, als hätte er meine Verwirrung gespürt. Er reibt sich über den Nacken und sieht selbst verwirrt aus. »Es hat mich … einfach nur interessiert.«

»Nein. Schon okay.« Ich lächle zaghaft. »Ich glaube, ich war zehn, als ich angefangen habe, zu Hause in North Bay im Verein zu schwimmen. Es war ein unglaubliches Gefühl, als meine Mannschaft und ich den ersten Wettkampf gewonnen haben. Ab da konnte ich nicht mehr aufhören.«

Aber wem erzähle ich das. Alex ging es mit Sicherheit ähnlich, sonst wäre er niemals so weit in diesem Sport gekommen. Es war ein unglaublicher Moment, ihn gestern vor der Trainingsstunde wie einen Fisch durch das Wasser gleiten zu sehen.

»Und du? Warum hast du angefangen?«

Alex starrt mich an. Er öffnet den Mund und schließt ihn wieder. Scheinbar muss er sich zwingen, überhaupt ein Wort herauszubringen. »Ich weiß es nicht mehr. Ist lange her.«

Dann rutscht er von der Tischplatte und fährt sich mit beiden Händen durch das dunkelblonde Haar. Durch das Sichtfenster blickt er auf das unbewegte Wasser.

Erneut nehme ich die herabhängenden Schultern wahr, die gleichen wie die, nachdem er unter unseren hypnotisierten Blicken aus dem Becken gestiegen ist. Genauso wie das traurige Lächeln, mit dem er mich wieder ansieht. Langsam beschleicht mich der Verdacht, dass mehr hinter seiner Sexy-Schwimmer-Fassade steckt, etwas, das ihn stark belastet.

»Ich habe einen Vorschlag. Wir vergessen einfach, was eben während des Trainings passiert ist und fangen noch mal von vorne an, okay?«

»Heißt das, du bleibst unser Trainer?«

In Zeitlupe stielt sich wieder das selbstbewusste Lächeln auf seine Lippen. »Glaubst du wirklich, dass du mich so schnell loswirst?«

Sein Blick brennt sich in den meinen und ich weiß einen Moment lang nicht, wie mir geschieht – warum mir seine Worte so unter die Haut gehen.

»Allerdings«, fügt er hinzu, »… habe ich eine kleine Bedingung.«

Kapitel 6

»Was für eine Bedingung?«, frage ich angespannt und mache automatisch einen Schritt zurück. Mir ist mittlerweile so unerträglich heiß, dass mir Schweißtropfen den Rücken hinunterperlen. Alex scheint es ähnlich zu gehen. Zumindest wischt er sich über die Stirn und schiebt die Ärmel seines schwarzen Hoodies nach oben.

»Ich brauche deine Hilfe in Arbeitspsychologie.«

Mein Herz setzt einen Schlag aus. »Was?«

»Anna hat doch neulich im Diner gesagt, dass du ein Genie bist.« Er zuckt mit den Achseln. »Und ich bin in dem Fach super schlecht.«

Mein Gesicht fühlt sich an, als würde es jeden Augenblick in Flammen aufgehen. Das Szenario im Diner war einfach nur peinlich, weil Anna mich vor Alex nicht als Genie, sondern als langweiligen Oberstreber geoutet hat.

»Ich … nein … auf keinen Fall«, kommt es mir holpernd über die Lippen. »Ich bin ganz furchtbar in Nachhilfe, ehrlich. Du würdest verwirrter sein als jetzt schon.«

»Glaub ich nicht.« Alex verengt die Augen und macht einen Schritt auf mich zu. »Hör zu, Chloe. Ihr seid gut, auch wenn ihr momentan nicht in Hochform seid. Aber, dass bekommen wir schon wieder hin, wenn du mich meinem Job machen lässt.« Alex steht so nah bei mir, dass ich die feinen Stoppeln auf seinen Wangen und dem Kinn zählen kann. Seine Worte schlängeln sich in meine Ohrmuschel und hinterlassen dort ein warmes Kribbeln. »Aber ich muss auch an mein Studium denken. Und das Schicksal wollte es anscheinend so, dass wir uns treffen. Ich helfe euch und du hilfst mir.«

Ich stoße ein angespanntes Lachen hervor. »Bei allem Respekt, Alex. Du wirkst wirklich nicht wie jemand, der an das Schicksal glaubt.«

Alex' blaue Augen werden noch schmaler und halten mich an Ort und Stelle fest. »Ach nein? Und wie wirke ich, Miss Campbell?«

Arrogant. Überheblich. Selbstgefällig ... und zugegeben verdammt sexy.

»Kann ich nicht genau sagen«, weiche ich aus. »Dafür kenne ich dich zu wenig.«

»Verstehe ...« Sein Blick zuckt von meinen Augen zu meinem Mund, bevor er sich wieder zurückzieht und durch den kleinen Raum schlendert.

Mein Gott. Das hier entwickelt sich gerade in eine vollkommen falsche Richtung.

»Siehst du. Noch ein Grund mehr, mit mir zu lernen.«

Er dreht sich um, grinst jungenhaft und zieht sein Smartphone aus der Hosentasche. Konzentriert wischt er über das Display. »Bei mir passt es donnerstags ganz gut. Da habe ich nachmittags keine Kurse mehr. Wie ist es da bei dir?«

Er blickt von seinem Smartphone auf und sieht mich erwartungsvoll an. »Oder musst du erst deinen Stundenplan checken?«

Ich weiß, dass er mich gerade erpresst. Und eigentlich müsste ich ihm mit Nachdruck klar machen, dass ich ihm keine Nachhilfe geben werde, weil er ein überheblicher Idiot ist und sein manipulierendes Lächeln an mir abprallt wie ein Tennisball an einer Wand. Aber so ist es leider nicht ...

»Donnerstag geht klar«, seufze ich. Ich muss nicht in meinen Kalender sehen. Ich kenne meinen Stundenplan in- und auswendig. Neben dem Schwimmtraining, das jeden Montag- und Mittwochnachmittag stattfindet, sind zwei Tage für intensive Lerneinheiten nach meinen Kursen eingeplant, der freie Freitagvormittag für den Job im Bookshop. Was bedeutet, dass ich zukünftig den Freitagabend zum Lernen nutzen muss. Was ich bisher sowieso getan habe. Während Anna auf irgendwelche Studentenpartys geht, stecke ich die Nase in meine Bücher. Sie hat schon lange aufgegeben, mich zum Mitkommen zu überreden.

»Super.« Alex grinst zufrieden und ich hasse ihn dafür. Und mich. Meine Brust wird eng, als mir bewusst wird, dass schon morgen Donnerstag ist.

»Du solltest mir deine Nummer geben, falls es mal nicht klappen sollte.«

Alex sagt das mit einer solchen Lockerheit, als hätte er mich lediglich um einen Kugelschreiber gebeten. Ich hingegen habe das Gefühl, dass mein Magen Samba tanzt.

Gott, ich kann mich nicht daran erinnern, wann ich das letzte Mal meine Nummer einem Kerl gegeben habe. Nicht mal Owen hatte sie.

Ich räuspere mich und muss mir ins Gedächtnis rufen, dass der Kontakt zu Alex zweckmäßige Gründe hat. Er will mich nicht daten. Er braucht mich, damit er die Prüfungen besteht. Und ich, ich will, dass er unser Trainer bleibt und wir den Wettkampf gegen die *Columbia Dolphins* gewinnen. Das ist alles.

»Chloe?« Er runzelt die Stirn.

»Ja, äh … klar. Das macht wahrscheinlich Sinn«, sage ich schnell und diktiere ihm die Zahlen.

Als er meinen Namen eingibt, dauert es ziemlich lange und ich frage mich, was er da schreibt.

»Ich habe dir eine Nachricht geschickt, damit du meine Nummer auch hast.« Er lächelt auf eine Weise, bei der sich meine nackten Zehen auf den Fliesen zusammenkrallen. Zu gern würde ich sofort zu meiner Sporttasche sprinten und lesen, was genau er mir geschickt hat. Ein Emoji? Ein einfaches *Hi*?

Alex lässt sein Smartphone wieder in die Hosentasche gleiten und ein paar Sekunden lang sehen wir uns schweigend an. Oder eher gesagt, sieht Alex mich an und ich halte ihm mit Mühe stand. Und auch wenn seine türkisblauen Augen mit den dichten Brauen darüber definitiv seine Geheimwaffen sind, ist der Rest seines Gesichtes nicht weniger interessant. Die gerade Nase, die unten breit ausläuft, der kantige Kiefer, die vollen Lippen … Selbst die leicht abstehenden Ohren fügen sich perfekt in das Gesamtbild ein. Mit Sicherheit zählt er zu diesen Menschen, die anhand von Symmetrieanalysen als überdurchschnittlich attraktiv eingestuft werden.

Ich unterbreche den Blickkontakt, blinzele und verbiete mir jeden weiteren Gedanken an seine Schönheit.

»Sind wir … fertig?«, frage ich und bemerke erst jetzt, wie meine Ohren vor Wärme pulsieren. Ich bin durchgeschwitzt und Annas Pullover klebt unangenehm an meinem Bauch. Sehnsüchtig denke ich an die glatte Wasseroberfläche, die sich hinter mir erstreckt. Zu gern würde ich mir meine Klamotten vom Leib reißen und hineinspringen.

Zu Hause in North Bay bin ich oft nach den Trainingsstunden in der Halle geblieben und ein paar Bahnen geschwommen. Oder ich habe den Platz genutzt, um zu tauchen. Es ist ein unglaubliches Gefühl, sich unter Wasser zu bewegen. Anders als an der Oberfläche, wo Kraft und Ausdauer zählen, wo das Wasser um einen herumspritzt und man sein eigenes rhythmisches Prusten hört. Unter Wasser ist man schwerelos und es herrscht nichts außer friedlicher Stille.

»Ich denke, wir haben alles geklärt«, antwortet Alex, der sich wieder über die Stirn wischt. »Lass uns hier verschwinden. Sonst sterbe ich noch vor Hitze.«

Ich verkneife mir ein Lachen, als er sich stöhnend über den Nacken reibt. »Wessen bescheuerte Idee war es denn, hier zu reden?«

»Denkst du, Bill hätte was dagegen, wenn wir kurz mal in das Becken hüpfen?«

Ich erstarre und mustere seine Miene, die vollkommen ernst wirkt. Auch wenn ich denselben Gedanken hatte, ich würde es niemals durchziehen. Erstens, weil es gegen die Regeln verstößt, in normalen Textilien schwimmen zu gehen, und zweitens, weil ich ganz bestimmt nicht mit Alexander Clark im Wasser herumtollen werde.

Ich suche nach den richtigen Worten, bringe aber nichts heraus, weil ich total perplex bin.

Alex' unbewegte Züge lösen sich auf und er prustet los. »Verdammt, Chloe. Du solltest dein Gesicht sehen!«

Ich blitze ihn wütend an. »Du scheint ja ein richtiger Witzbold zu sein«, gifte ich, verlasse Bills Kabine und stapfe Richtung Ausgang. Alex folgt mir. Ich brauche mich nicht umdrehen, um zu wissen, dass er vor sich hin grinst.

Als ich unter Alex' Beobachtung meine Socken über die feuchten Füße zerre und in meine Boots schlüpfe, fühle ich mich schrecklich unbehaglich. Alex reicht mir meine Jacke.

»Komm schon. Das war doch nur Spaß. Außerdem hast du jetzt etwas gegen mich in der Hand.«

Ich runzele die Stirn, während wir nebeneinander zum Ausgang laufen. »Was meinst du?«

»Na ja. Du könntest mich bei Bill wegen der Schuhsache anschwärzen. Deiner Vermutung nach, würde ich bestimmt sofort vom College fliegen. Wahrscheinlich würde ich bis zum Ende meines Lebens Zugangsverbot zu sämtlichen kanadischen Schwimmbädern haben.«

»Ich würde es nicht darauf ankommen lassen«, warne ich, aber Alex lacht nur.

»Du bist wirklich niedlich, Campbell.«

Als er mir die Tür zur Eingangshalle aufhält, werde das Gefühl nicht los, dass er schon wieder mit mir flirtet.

Die Cheerleader sind zum Glück verschwunden. Nur ein paar Jungs aus dem Lacrosse-Team stehen zusammen und inspizieren einen ihrer Schläger. Draußen ist es schon am Dämmern und der Wind fegt Herbstlaub an den Glasfronten vorbei. Ich kann es gar nicht erwarten, meinem hochroten Kopf endlich Abkühlung zu verschaffen.

»Hey Clark!« Einer der Spieler sieht in unsere Richtung und hebt die Hand. »Wir gehen noch was trinken. Bist du dabei?«

Alex grinst und reckt bestätigend einen Daumen in die Höhe. »Klar.« Dann sieht er wieder zu mir. »Das ist Len. Einer meiner Kommilitonen. Er ist echt nett.«

Ich nicke und lächle gezwungen. Ich kenne Len. Jeder am

Campus kennt ihn. Er ist ein ziemlich talentierter Lacrosse-Spieler und ein ziemlich talentierter Frauenaufreißer. Neben zahlreichen anderen Penfield Studentinnen hatte er vor ein paar Monaten auch mal was mit Anna am Laufen. Oder sie hatte was mit ihm …? Besteht da überhaupt ein Unterschied? Leider kann ich mich zu gut an seinen rammelnden nackten Hintern über Anna erinnern, als ich nichts ahnend in unser Wohnheimzimmer gestiefelt bin.

Was den Mädchenverschleiß angeht, hat Alex mit ihm einen super Verbündeten gefunden.

»Also dann …«, verabschiede ich mich.

Alex steckt die Hände in die hinteren Jeanstaschen und zieht einen Mundwinkel nach oben. »Ich danke dir für das Gespräch, Chloe. Ich bin froh, dass wir das geklärt haben.«

Auch wenn *geklärt* ein vollkommen falscher Ausdruck für das ist, was da eben im Schwimmbad abgelaufen ist, belasse ich es dabei und spare mir den Atem. Was bringt es schon, sich mit jemandem anzulegen, der einen mit einem einzigen Augenzwinkern in die Knie zwingt?

»Dann sehen wir uns also morgen Nachmittag? So gegen vier?«

Ich schlucke und zertrampele in Gedanken hektisch die Schmetterlinge in meinem Bauch.

»Klar. Vier Uhr.«

Alex nickt, dreht sich um und steuert auf die Jungs zu, die ihn johlend begrüßen.

Ich flüchte nach draußen, fülle meine Lungen mit einem Stoß Frischluft und krame eilig das Smartphone aus meiner Sporttasche.

Ich freue mich auf morgen, Hüterin der Regeln.
Apartmentblock 1, 2. Etage, letzte Tür links

Kapitel 7

Ich starre Mr. Delivade an und versuche, seinem Vortrag über das zentrale Nervensystem konzentriert zu folgen. Aber meine Gedanken führen seit gestern ein Eigenleben und stapfen immer wieder in den verbotenen Raum zurück. Einen Raum in der hintersten Ecke meines Gehirns, in den ich Alex verbannt habe. Dort wartet er nur darauf, mich anzulächeln und mir unaufhörlich zu zuzwinkern.

Ich stöhne und massiere mir mit den Fingerspitzen die Schläfen. Plötzlich wird es mucksmäuschenstill im Hörsaal.

»Alles in Ordnung, Chloe? Geht es Ihnen nicht gut?«

Ich versteife mich und lasse langsam die Hände sinken. Mist. Ich dachte wirklich, ich hätte leise geseufzt …

Ich muss mich nicht umsehen, um zu festzustellen, dass mich alle anstarren. Zum ersten Mal bereue ich es, in der vorderen Reihe zu sitzen.

»Möchten Sie etwas zu meiner Aussage beitragen?«

Ich schiele zu Mr. Delivade auf, der mich mit gerunzelter Stirn anblickt. Seine buschigen, grau melierten Augenbrauen ziehen sich so weit zusammen, dass sie einen geraden Balken bilden. Biologische Psychologie ist mein absolutes Glanzfach und normalerweise lausche ich während der Vorlesungen jedem Wort meines Professors. Verdammter Mist. Wie kann ich mich so dermaßen von diesem Kerl ablenken lassen?

»Nein, ich …«, stammele ich kleinlaut. Mir bricht der Schweiß aus, als sich der besorgte Blick meines Lehrers mit jeder Sekunde verhärtet.

»Ich habe nichts zu sagen. Entschuldigung.« Fast füge ich die

Notlüge hinzu, dass ich bohrende Kopfschmerzen habe, aber ich will nicht wie eine verkaterte Studentin klingen. Wobei genauso wirke ich vermutlich gerade.

Mr. Delivade presst die Lippen aufeinander, die von unzähligen feinen Fältchen umrahmt werden. Er nickt knapp und sieht dabei aus, als wäre er von seiner Musterschülerin hochgradig enttäuscht. Super.

Gwen, die zierliche Asiatin neben mir, mustert mich besorgt, sagt aber nichts. Sie ist nett und genauso ein Lernjunkie wie ich. Manchmal fachsimpeln wir nach dem Unterricht über die durchgenommenen Themen oder tauschen interessante Berichte aus Fachzeitschriften miteinander aus. Zu einer richtigen Freundschaft hat es sich bisher aber nicht entwickelt. Wahrscheinlich, weil wir uns vom Naturell her zu sehr gleichen und keiner sich den nächsten Schritt traut. Wäre Anna nicht meine Mitbewohnerin, säße ich mit Sicherheit jeden Abend allein auf meinem Bett und würde Lernstoff auswendig lernen. Was für meine Noten gut wäre, aber eben nicht für meine sozialen Kompetenzen. Sogar mein Bruder Josh bezeichnete mich bei meinem letzten Besuch zu Hause als Realitätsflüchtling, weil ich ihm nach einem Jahr Collegeleben von keiner aufregenden Verbindungsparty und irgendwelchen nackten Weibern, die auf Tischen tanzen, erzählen konnte.

Den Rest des Vormittags verhalte ich mich nicht wesentlich konzentrierter. Egal, wie sehr ich es versuche, ich kann nicht anders, als an Alex zu denken. Je mehr Stunden bis zu unserem Treffen vergehen, desto mehr fühle ich mich wie vor einer Prüfung, auf die ich mich nicht gut genug vorbereitet habe.

Zum Mittagessen treffen Anna, Max und ich uns im Coffeeshop. Normalerweise würde ich mich darauf freuen, aber heute ist mir nicht nach Small Talk. Anna lag schon auf der Lauer, als ich in unser Wohnheimzimmer zurückkehrte. Sie reagierte erleichtert, als ich grünes Licht gab und versicherte, dass Alex unser Trainer bleibt. Aber Anna wäre nicht Anna, wenn sie es dabei belassen hätte. Eine geschlagene Stunde zog sie mir jedes Wort aus der Nase, das Alex und ich gewechselt hatten. Ich war danach so erledigt, dass ich die Sache mit dem Nachhilfeunterricht verschwieg. Sonst hätte ich bis zum Morgengrauen keine Ruhe mehr vor ihren Fragen gehabt.

Jetzt nagt allerdings das schlechte Gewissen an mir. Nach der Sache mit Owen habe ich mir fest vorgenommen, kein weiteres Geheimnis mit mir herumzuschleppen.

»Hey«, begrüße ich Anna und Max, die sich einen Platz an der Fensterfront des Coffeeshops gesucht haben. Während ich meine Jacke über die Stuhllehne hänge, fliegt mein Blick durch den Raum. Es ist wirklich schrecklich, dass ich seit unserem Gespräch ständig die Umgebung nach Alex abchecke.

Max schiebt mir die einlaminierte Speisekarte zu, als ich mich gesetzt habe. Ich nehme sie entgegen und studiere die Sorten an belegten Baguettes, Bagels und Sandwiches.

»Ich habe so einen Hunger. Was nehmt ihr? Habt ihr schon was ausgesucht?«

»Nee.«

Ich sehe auf und runzele sie Stirn, weil mir erst jetzt auffällt, wie reserviert Max wirkt. Es ist untypisch für ihn, nur einsilbig zu antworten und keinen lustigen Spruch zur Begrüßung zu reißen. Auch seine ernste Miene ist mir neu.

»Ist irgendwas?«

Mein Kumpel zuckt mit den Schultern und sieht dann zu Anna, die gerade dabei ist, ihre Serviette in kleine Stücke zu zerreißen.

»Was ist los?«, formuliere ich meine Frage um und schaue abwechselnd zwischen meinen Freunden hin und her.

»Keine Ahnung, sag du es uns.« Annas honigblonde Haare fallen ihr glatt über die Schultern und in ihrem dicken Rollkragenpullover und der schwarzen Jeans sieht sie wie ein Model für Wintermode aus. Ihr enttäuschter Gesichtsausdruck erinnert mich allerdings eher an Professor Delivade.

»Sorry. Ich stehe auf dem Schlauch.«

Anna knabbert an ihrer Unterlippe. Dann beugt sie sich unter den Tisch und taucht mit meinem Kalender in der Hand wieder auf. Wie bei einem Verhör legt sie ihn als ein Beweisstück vor mir ab.

»Den hast du heute Morgen auf deinem Bett liegen lassen.«

»Oh …«, sage ich, weil mir bis gerade überhaupt nicht aufgefallen ist, dass mein Planer fehlt. Das überrascht mich. Ich kann mich nicht daran erinnern, wann mir das in den letzten Monaten passiert ist. Auch wenn ich meine Termine alle auswendig weiß, liebe ich es, akribisch die Daten einzutragen. Erst heute Morgen habe ich die Nachhilfe mit …

In meinem Gesicht muss Erkenntnis aufblitzen, denn Anna hebt erwartungsvoll beide Brauen.

»Er war aufgeklappt. Nicht, dass du denkst, ich hätte dich ausspioniert. Denn eigentlich bin ich immer davon ausgegangen, dass wir uns alles erzählen.«

Ich schlucke und hefte meinen Blick auf den grauen Filzeinschlag mit den leicht abgegriffenen Kanten.

»Du gibst Alex also Nachhilfe.«

»Ich wollte es dir sagen. Gestern. Aber es war spät und ich musste erst mal meine Gedanken sortieren. Alex hat mich damit total überrumpelt.«

»Denkst du wirklich, dass es eine gute Idee ist, in seiner Wohnung mit ihm zu lernen?«, schaltet sich Max ein. »Ich meine, du kennst den Kerl gar nicht.«

»Er ist doch kein Serienkiller.«

»Woher willst du das wissen?«

»Alles, wovor sich Chloe fürchten muss, ist, dass sie ihr Höschen nicht bei ihm liegen lässt«, schaltet sich Anna ein und klingt dabei ziemlich herablassend.

»Wie bitte?« Mit aufgerissenen Augen starre ich sie an. »Anna, ich soll ihm beim Lernen helfen. Du warst doch dabei, als er im Diner gesagt hat, dass er mit dem Stoff nicht klarkommt. Und im Übrigen: Du warst es, die ihm auf die Nase gebunden hat, dass ich ein Streber bin.«

»Und warum hast du es mir dann nicht einfach erzählt?«

Ich weiß nicht, was ich darauf antworten soll und liefere mir für Sekunden ein Blickduell mit ihr, bevor ich seufzend als Erste wegsehe.

»Du hast recht. Es war total bescheuert.«

»Sag ihm ab«, wirft Max ein und dreht sein Smartphone wie ein Karussell auf der Tischplatte. »Ich meine, er hat doch Kohle und so … Soll er sich über das College eine offizielle Nachhilfe suchen.«

Bei jedem Verständnis dafür, dass ich aus der Nachhilfe kein Geheimnis hätte machen sollen, brennt nun eine Flamme aus Wut in meinem Magen. Trauen meine Freunde mir es etwa nicht zu, dass ich Alex eine gute Hilfe sein könnte? Oder, dass ich es nicht schaffen könnte, seinem Charme zu widerstehen? Was unter keinen Umständen passieren wird, weil Alex niemals mit mir etwas anfangen würde.

»Alex hat mich um meine Hilfe gebeten«, erkläre ich sachlich. »Ich habe mich bei unserem letzten Training ihm gegenüber absolut danebenbenommen und bin froh, dass er nicht das Handtuch geschmissen hat. Ich kann jetzt nicht einfach absagen.«

Max hält beim nervösen Spiel mit seinem Smartphone inne und hebt eine Braue. »Hat er dich etwa damit erpresst?«

»Nein«, sage ich prompt, auch wenn ich mir selbst etwas vormache. Aber das kann ich unmöglich vor meinen Freunden zugeben. »Ich habe ihm meine Hilfe zugesagt und daran werde ich mich auch halten.«

Max stößt einen verzweifelten Laut aus und sieht mich eindringlich an. »Klar …, weil du zu nett bist, Chloe.«

Seine Worte treffen mich mit Wucht und auch wenn ich weiß, dass er es nur gut meint, fühle ich mich von ihm angegriffen.

»Ach, halt die Klappe, Max.« Anna löst den Blick von dem weißen Berg Serviettenstücke und stiert ihn an. »Chloe steht eben zu ihrem Wort. Im Gegensatz zu anderen an diesem Tisch.«

Max reißt empört die Augen auf. »Meinst du mich?«

»Du versprichst mir jeden Montag, eine andere Pizza als die mit Meeresfrüchten zu essen und was tust du? Du bestellst sie trotzdem immer wieder.«

Er verdreht die dunklen Augen. »Was ist das denn jetzt für ein dämlicher Vergleich?«

Anna schmunzelt und unsere Blicke treffen sich. Ich schicke ihr ein lautloses »Sorry«, woraufhin sie ihre Lippen zu einem angedeuteten Lächeln verzieht. Dennoch habe ich nicht das Gefühl, dass damit wirklich alles zwischen uns geklärt ist.

Kapitel 8

Nach dem Essen verabschiedet sich Max vor dem Coffeeshop von uns, weil er gleich seinen Nebenjob in der Bücherei antritt.

»Und wenn was sein sollte, meldest du dich, ja?«

»Max ...«, stöhne ich und mache eine wegwerfende Handbewegung. »Jetzt übertreib' es nicht.«

Er hebt abwehrend die Hände vor die Brust. »Ich sag es ja nur.«

»Ich rufe dich an, wenn ich hilflos um mein Leben kämpfe.«

Max' Miene erstarrt und seine karamellfarbene Haut wirkt um die Nase mit einem Mal deutlich blasser. »Das ist nicht witzig. Ehrlich, Chloe, ich ...«

»Jetzt sieh' zu, dass du zu deinem Job kommst«, mischt sich Anna ein und läuft an uns vorbei. Ich lächle Max noch zu, bevor ich ihr Richtung Wohnheim folge.

Der Weg kommt mir viel länger vor als sonst, genau wie die Treppenstufen, die sich seit heute Morgen multipliziert haben. Annas Schweigen ist ungewohnt und verheißt nichts Gutes, meine Vorahnung, dass sie mir noch nicht verziehen hat, scheint sich zu bestätigen. Zuletzt habe ich sie so erlebt, als sie vergangenes Jahr glaubte, trotz Verhütung vom Starting-Quarterback der Footballmannschaft schwanger zu sein. Bis sie kurz vor Weihnachten mit einem erleichterten Lächeln von der Toilette kam, hatte sie tagelang einfach nur vor sich hin geschwiegen. Das hatte mich wahnsinnig gemacht, auch, weil ich mich so schrecklich hilflos fühlte.

Vor unserer WG-Tür bleibe ich hinter Anna stehen und warte geduldig, bis sie ihren Schlüssel in ihrem Rucksack herausgekramt hat. Drinnen herrscht das reinste Chaos. Ich frage mich, wie sie in ihren Kursen klarkommt und den Überblick behält, wenn ihre Arbeitszettel zwischen irgendwelchen Promi-Klatschzeitschriften stecken.

»Ist alles okay … zwischen uns?«, taste ich mich vorsichtig vor, als Anna sich aus ihrem Mantel schält. Anstatt mich neben sie zu schieben, um meine Jacke ebenfalls aufzuhängen, warte ich gespannt ab.

»Klar.«

Ich beobachte ihre angespannte Miene. »Du wirkst aber nicht so.«

Obwohl es keine böse Absicht war, Anna erst heute von dem Treffen zu erzählen, habe ich ein schlechtes Gewissen.

»Es ist alles gut.« Sie lässt sich auf ihr Bett plumpsen, holt ihre Kopfhörer aus ihrer Nachttischschublade und verbindet sie mit ihrem Smartphone. »Ich bin heute Abend mit Justin verabredet. Nur, damit du Bescheid weißt.«

Der vorwurfsvolle Unterton in ihrer Stimme entgeht mir nicht. Selbst wenn ich ihr für einen Moment den Rücken zugekehrt habe und ihren Gesichtsausdruck nicht sehe.

»Der Justin, der dich in deinem Pädagogikkurs immer anstarrt? Ich dachte, du findest ihn gruselig?«

Sie zuckt mit den Achseln. »Ich habe meine Meinung eben geändert.«

Ich unterdrücke einen Seufzer. So sehr ich Anna gern habe, manchmal benimmt sie sich wie eine echte Dramaqueen. Nicht nur einmal habe ich mir die Frage gestellt, wie wir eigentlich so gut miteinander klarkommen. Wir sind total unterschiedlich. Aber gerade durch unsere Gegensätze halten wir zusammen. Ich bin die Geordnete mit den klaren Strukturen, die Anna wieder auf die Spur bringt, und der Zuhörer von uns beiden. Hingegen Anna mich immer wieder aus der Reserve lockt, um Spaß zu haben. Sie meint, dass ich es ihr später danken werde, meine Studienzeit nicht nur in meinem WG-Zimmer verbracht zu haben. Und wahrscheinlich hat sie damit recht. Anna mag von außen oberflächlich und vielleicht sogar ein wenig arrogant wirken, aber ich kenne sie mittlerweile so gut, dass ich diese Vorurteile nicht bestätigen kann. Sie ist aufmerksamer, als man zunächst vermutet, und auch wenn sich ihr Leben viel um sie selbst dreht, weiß ich, dass ich mich immer auf sie verlassen kann. Gerade deshalb hasse ich mich dafür, ihr nichts von Owen und mir erzählt zu haben. Vielleicht hätte sie es verstanden.

»Dann viel Spaß euch beiden.«

»Danke.« Wieder lächelt sie schmal und pult die Kopfhörer in ihre Ohrmuscheln. »Gleichfalls.«

Obwohl ich weiß, dass ich zu früh dran bin, kann ich mein Tempo nicht drosseln, als ich die Treppe hinaufsteige. Ich umfasse die Gurte meines Rucksackes mit beiden Händen und versuche es locker zu sehen, dass ich gleich in die Wohnung von Alexander Clark marschieren und mit ihm lernen werde. Das ist wirklich keine große Sache.

Ich muss fast darüber lachen, wie viel schöner und moderner allein das Treppenhaus im Gegensatz zu meinem Wohnheimkomplex ist. Statt nach Turnhalle riecht es hier wie frisch geputzt und die hellen Steinstufen glänzen im Licht der Deckenleuchten, die nicht wie bei uns sekundenlang flackern, bis sie endlich anspringen.

In der zweiten Etage laufe ich den breiten Flur entlang, bis ich bei der letzten von nur vier Türen angekommen bin. Es ist gespenstisch still und ich frage mich, ob hier überhaupt jemand lebt. Ich sehe auf die Uhr. Viertel vor Vier.

Auf keinen Fall werde ich meinen Stand als Streberin noch mit meiner Überpünktlichkeit unterstreichen. Ich schlendere zu den bodentiefen Fenstern, die den Flur abschließen und sehe hinaus auf die Parkfläche. Ich liebe es, dort spazieren zu gehen oder, mit Anna zu joggen – was wir nach Alex' Ansprache in der Schwimmhalle viel öfter machen sollten. Auch das regelmäßige Krafttraining im Gym ist eingeschlafen, seit Owen das Feld geräumt hat. Ein Punkt, den ich unbedingt bei nächster Gelegenheit mit meinem Team besprechen werde. Durch die hohen Kiefern und Eichen, die zwischen den geschlängelten Wegen hinaufragen, erinnert der Park mich an North Bay, wo unser Haus nur ein paar Gehminuten von einem Waldgebiet steht. Manchmal vermisse ich die Stille, die dort herrschte. Zumindest außerhalb des Hauses. Meine Brüder haben sich oft genug kreischend gejagt und um eine Actionfigur gestritten.

Das Klicken eines Türschlosses lässt mich zusammenfahren.

Ich wirbele herum um und bin wie erstarrt, als ich das Mädchen sehe, dass Alex' Wohnung verlässt. Ihr blondes Haar wird nur noch an den Spitzen von einem Zopfgummi gehalten und unter einem viel zu großen schwarzen Hoodie, der mir sehr bekannt vorkommt, lugt ein ultrakurzer Rock hervor. In der rechten Hand hält sie einen länglichen, dunklen Stofflappen. Wahrscheinlich ihre Strumpfhose.

Ich kenne sie. Wenn auch nicht namentlich. Aber ich weiß mit Sicherheit, dass sie zu der Cheerleader-Gruppe unseres Colleges gehört, die mir auf dem Weg zum Schwimmtraining ab und an im Sportzentrum begegnet.

»Bye, Alex«, schnurrt sie, als sie sich auf Zehenspitzen in den Türrahmen beugt und schmatzende Geräusche folgen. Sie kichert und will sich gerade abwenden, als sie innehält und in meine Richtung sieht. Ihr zuckersüßes Lächeln verblasst und sie inspiziert meinen geflochtenen Zopf, die blaue Jeans und meine einzigen warmen Boots, die ich besitze, mit einer solchen Verachtung, dass ich ihr zu gern meinen Rucksack um die Ohren hauen würde.

»Ich glaube, dein kleiner Bücher-Nerd ist da.«

Alex' Kopf lugt hinter der Tür hervor. Überrascht hebt er die Brauen. »Chloe, hey! Du bist schon da.«

Sein Lächeln verrutscht und verkrampft sich, als wäre ihm die Szene unangenehm. Er blickt wieder auf die Blondine herab. »Wir sehen uns, Liv.«

»Das hoffe ich doch.« Sie streicht mit den Fingern über seinen Arm. »Das müssen wir unbedingt wiederholen.«

Innerlich verdrehe ich die Augen und würde zu gern laute

Würgegeräusche von mir geben. Hätte ich die magische Fähigkeit, mich in Luft aufzulösen – ich würde sie genau jetzt einsetzen. Hiermit schwöre ich mir, niemals mehr zu irgendeinem Termin zu früh aufzukreuzen. Dass eifersüchtige und ziemlich alberne Blitze durch meine Brust zucken, verdränge ich.

»Chloe?«

Ich schiele zu Alex, der jetzt mitten im Flur steht und mir die volle Pracht seines nackten Oberkörpers präsentiert. Hinter ihm wackelt Liv davon.

Für einen Wimpernschlag rutscht mein Blick zu dem Bund seiner lockersitzenden Trainingshose. Wahrscheinlich trägt er nicht mal Unterwäsche.

»Kommst du rein, oder wolltest du hier draußen lernen?«

»Ich will nicht lernen, sondern du«, schieße ich zurück, recke das Kinn und setze mich in Bewegung. Alex stößt ein hohles Lachen aus und lässt mir mit einer förmlichen Handbewegung den Vortritt. »Schließlich bin ich hier der Bücher-Nerd.«

Ich trete in den Flur, der in einem strahlenden Weiß gestrichen ist.

»Nimm' Liv den Spruch nicht übel. Sie meinte es bestimmt nicht so.«

»Bestimmt nicht? Das klingst nicht wirklich sicher.«

Alex fährt sich durch seine aschblonden Haare und zuckt mit den Schultern, die breit und kräftig in die Wölbung seines Trizepses übergehen. Feine, hellrote Striemen ziehen sich über die Haut. Livs Werk. Igitt.

»Keine Ahnung. Ich kenne sie erst seit Kurzem.«

»Aha.« Wahrscheinlich erst seit gestern.

Ich rümpfe die Nase und ziehe Alex automatisch mehrere Sympathiepunkte ab. Ich weiß, was über ihn gesagt wird. Alex ist ein waschechter Casanova, ein Frauenjäger, der König der Affären. Keine Ahnung, was ich nach unserem Gespräch im Schwimmbad von ihm erwartet habe. Selbst wenn er mit mir geflirtet hat – es hat nichts zu heißen, weil das eben seine Art ist. Eine Art, die mir überhaupt nicht an Männern gefällt. Normalerweise.

»Geh' ruhig schon mal ins Wohnzimmer durch, ich zieh' mir schnell was über.«

Sehr gute Idee.

Alex verschwindet in einem von zwei Zimmern, in dem ich durch einen Türspalt ein Bett mit zerwühlten weißen Decken erkennen kann. Schnell gehe ich weiter und halte unwillkürlich die Luft an, weil ich plötzlich meine, den Geruch von frischem Sex zu riechen.

Der Raum, den Alex' als sein Wohnzimmer bezeichnet, ist quadratisch, aber bestimmt dreimal so groß wie Annas' und mein WG-Zimmer. Die vielen Fenster, die einen Großteil der gegenüberliegenden Wand einnehmen, sorgen für wunderbar viel Tageslicht. Nussbraunes Laminat zieht sich über die Fläche und wird nur von einem flauschigen weißen Teppich unter der dunklen Couchlandschaft unterbrochen. Ich gehe an der Küchenzeile mit den schwarzen Hochglanzfronten und dem Esstisch vorbei, direkt auf die Wand zu, an der, neben dem eindrucksvollen Flatscreen, mehrere gerahmte Schwarz-Weiß-Aufnahmen hängen. Alle zeigen Schwimmbecken aus unterschiedlichen Perspektiven. Eins scheint direkt vom Startblock aus fotografiert worden zu sein, ein anderes vom seitlichen Beckenrand. Aber eines haben sie alle gemeinsam. Niemand schwimmt darin. Alles, was festgehalten wurde, ist die unbewegte spiegelglatte Wasseroberfläche.

Ich bin so von der Ausdrucksstärke des simpel wirkenden Motives fasziniert, dass ich nicht bemerke, wie Alex neben mich tritt.

Kapitel 9

»Gefallen sie dir?«

Ich fahre vor Schreck zusammen. Mein Herz schlägt fest gegen meine Rippen.

»So schreckhaft, Campbell?« Er zieht einen Mundwinkel nach oben und ich verbiete meinen Hormonen, seine Sympathiepunkte nur wegen seines anbetungswürdigen Lächelns wieder aufzufüllen.

»Die Fotos sind wunderschön«, sage ich und gehe nicht weiter auf das Necken ein.

Alex verschränkt die Arme vor dem schwarzen T-Shirt.

»Ich mag sie auch sehr.«

»Hast du sie gemacht?«

Er nickt und seine Mundwinkel senken sich.

Ich bohre nicht weiter nach, ob sie für ihn eine tiefere Bedeutung haben, auch wenn mich die Neugier fast auffrisst.

»Wollen wir anfangen?« Sein lockeres Lächeln, mit dem er mich wieder ansieht, kann die Trauer in seinen Augen nicht vertreiben.

»Sicher.«

Ich will zum Esstisch gehen, aber Alex steuert die Couch an.

»Wo willst du hin?«, frage ich und bleibe in der Mitte des Raumes stehen.

Alex runzelt die Stirn und deutet auf die Sofalandschaft. »Auf die Couch?«

»Ich dachte wir lernen.«

»Und das kann man hier nicht?« Er grinst breit.

»Das ist doch kein Ort, um vernünftig zu lernen.«

»Warum nicht? Weil es zu bequem ist?«

»Nein«, sage ich gedehnt und vielleicht etwas kratzbürstig. Warum muss dieser Kerl immer über alles diskutieren? »Weil man seine Unterlagen vernünftig ausbreiten muss und etwas aufschreiben und …«

»Hey.« Er hebt entwaffnend die Hände vor dem Oberkörper. »Schon gut, Hüterin der Regeln. Ich mache alles, was du verlangst.«

Ich beiße die Zähne aufeinander, gehe zum Tisch und lasse meinen Rucksack auf den Boden gleiten.

»Möchtest du etwas trinken?«

»Wasser«, murmele ich und setze mich auf den weich gepolsterten Stuhl, der sich nicht ansatzweise so durchgesessen unter meinem Hintern anfühlt wie der in der WG. Es muss ein Vermögen kosten, in einem der schicken Apartments auf dem Campus zu leben. Bestimmt hat Alex durch seine Karriere viel verdient, noch dazu kommt das millionenschwere Unternehmen seines Vaters. Geldsorgen wird er nicht haben. Und trotzdem wirkt Alex nicht wie jemand, der mit Markenklamotten oder anderen materiellen Dingen angibt. Außer seiner teuren Wohnung ist er ein normaler Typ in abgetragener Jeans und Shirt, der wohlbemerkt, mit einem wahnsinnig guten Aussehen gesegnet wurde. Und dem ist er sich eindeutig bewusster als seinem dicken Geldbeutel.

Ich verbiete mir jede weitere Analyse. Ich sollte wirklich aufhören, ständig über Alexander Clark nachzudenken.

Stattdessen lege ich meine Bücher nebeneinander auf die Glastischplatte, schlage meinen Collegeblock auf und platziere einen Kugelschreiber darauf. Regungslos betrachte ich das Wohnzimmer, während es hinter meinem Rücken in der Küchenzeile klappert. Der Raum ist auffallend geradlinig und minimalistisch eingerichtet. Manche würden es vielleicht als zu steril bezeichnen, meinen Geschmack trifft es. Alex mag seine Eigenschaften haben, aber in Sachen Ordnung liegen wir offensichtlich auf einer Wellenlänge. Klammheimlich springt ein Pünktchen zurück in seinen Sympathietopf.

Als Alex zurückkommt, stellt er neben zwei Gläsern und einer Flasche Wasser auch einen Teller mit Schokoladencookies auf den Tisch. Ihre Form ist zu ungleichmäßig, als dass sie aus einem Supermarkt stammen. Sie sehen köstlich aus.

»Sind die selbst gebacken?«

Er nimmt sich den obersten, beißt hinein und setzt sich dann neben mich. Sein Ellbogen berührt meinen Unterarm, was meinen Herzschlag stolpern lässt, und ich unwillkürlich ein Stückchen zur Seite rutsche.

»Klar«, antwortet er kauend und grinst so breit, dass man ihn beinahe als süß bezeichnen könnte.

»Jetzt sag nicht, dass du die gemacht hast.«

Er kneift die Augen zusammen, bis mich nur noch zwei schmale Schlitze fixieren. »Traust du mir das nicht zu?«

Ich presse die Lippen aufeinander, um das Grinsen zu unterdrücken, dass unbedingt herauswill.

»Wer war es? Deine Mom?«

Er weicht meinem Blick aus, schüttelt den Kopf und schiebt sich den Rest des Cookies in den Mund.

»Sie sind von Rosa.« Mit dem Zeigefinger fegt er die heruntergefallenen Krümel auf der Tischplatte zusammen. Sein Blick zuckt kurz zu mir, abwägend, ob er weitersprechen soll. »Unsere Haushaltshilfe in Montreal.«

Haushaltshilfe … wow.

»Sie war so was wie meine Nanny, als ich noch zu Hause gewohnt habe. Keine Ahnung, wie oft sie mich vor meinen Eltern gedeckt hat, wenn ich heimlich auf Partys gegangen bin, auf die ich noch gar nicht durfte.« Er schluckt den Bissen herunter und blickt auf den Teller. »Dabei bin ich mir sicher, dass mein Dad es immer mitbekommen hat, wenn ich mich aus dem Haus geschlichen habe.« Das traurige Lächeln, das dann über seine Lippen zuckt, als er mich wieder ansieht, schnürt mir den Hals zu. Mit einem Mal überkommt mich eine Woge von Mitgefühl. Ich will mir nicht ausmalen, wie schwer es sein muss, so früh seinen Vater zu verlieren. »Sie hat mir ein Carepaket geschickt, mit Keksen,

Marmelade und den süßen Cornflakes, die ich früher immer zum Frühstück hatte«, schließt er beinahe peinlich berührt.

Bei dem Gedanken an eine jüngere Ausgabe von Alex muss ich lächeln. Er war mit Sicherheit schon als Teenager ein kleiner Casanova, der mit seinen blauen Augen jedes Mädchen um den Finger gewickelt hat.

»Wie alt warst du, als du ausgezogen bist?«, frage ich, weil ich plötzlich das dringliche Bedürfnis habe, mehr über ihn zu erfahren, als man in Sportberichten nachlesen kann.

Für Sekunden glaube ich, dass Alex abblocken wird, doch er mustert mich neugierig.

»Das interessiert dich?«

Ich runzele die Stirn, weil ich die Frage nicht ganz nachvollziehen kann. »Ja, warum nicht?«

Wieder dauert es, bis er antwortet und meine Wangen beginnen allmählich zu brennen. Er lächelt schief. »Na ja. Sagen wir mal so. Die meisten Frauen interessieren sich nicht besonders für meine Vergangenheit.«

»Für was interessieren sie sich dann?« Meine Stimme klingt viel zu hoch und eher wie ein peinliches Piepsen.

Statt zu antworten, zuckt er nur mit den Schultern. »Sie sehen in mir nur den Super-Schwimmer mit Kohle. Reden wollen die wenigsten.«

Natürlich verstehe ich, was er mir zwischen den Zeilen damit sagen will. Die Frauen wollen ein Stück von ihm und seinem Ruhm abhaben und überall herumposaunen, dass sie mit Alexander Clark im Bett waren. Die Missbilligung in seiner Stimme irritiert mich. Jeder kennt seinen Ruf und dass er nichts bei Frauen anbrennen lässt. Wirklich glücklich scheint er darüber aber nicht zu sein.

Es dauert, bis ich diese Information verarbeitet habe, und ich trinke zur Überbrückung einen Schluck Wasser. Alex' unergründlicher Blick auf mir macht es mir nicht leichter, mich zu konzentrieren.

»Ich würde es jedenfalls gerne wissen.«

Sein Lächeln, das sich immer weiter ausbreitet, raubt mir den Atem. »Ich war neunzehn, als ich entdeckt wurde. Ich hatte gerade meinen Abschluss gemacht und bin dann von heute auf morgen nach New York gezogen, um mit dem Team regelmäßig zu trainieren.«

»Wow. Das war sicher nicht leicht.«

Er nickt. »Eigentlich stand mein Plan für die Zukunft fest. Ich wollte BWL studieren und in die Firma meines Dads einsteigen. Aber dann kam alles anders. Es war eine riesige Chance für mich.«

»Und was haben deine Eltern dazu gesagt?«

Ich kann mir vorstellen, dass ein erfolgreicher Geschäftsmann, wie William Clark nicht besonders begeistert gewesen sein muss. Soweit ich weiß, ist Alex Einzelkind und somit der einzige Nachfolger für das Business seines Vaters.

»Das, was alle Eltern in so einem Fall tun sollten. Sie haben mir die Entscheidung überlassen und mich unterstützt.«

Ich schlucke einen dicken Kloß hinunter und muss ehrlich gestehen, dass mich Alex' Sanftheit in seinen Worten tief berührt. Seine Familie scheint ihm viel zu bedeuten.

»Es ist bestimmt hart, ihn verloren zu haben.«

Alex spannt sich neben mir an, bevor seine Schultern wieder heruntersinken.

»Mit der Zeit wird es leichter.«

Ich nicke und knibbele unter dem Tisch an meinen Nägeln herum. Alex atmet aus, nimmt sich einen weiteren Keks, den er mir entgegenstreckt. Mit einem kleinen Lächeln nehme ich ihn entgegen.

»Was ist mit deiner Familie? Wie ist sie so?«

»Toll«, antworte ich und beiße ein winziges Stück ab. »Mom und Dad sind immer für uns da, auch wenn sie viel arbeiten müssen, um über die Runden zu kommen. Ich habe oft auf meine Geschwister aufgepasst, während sie ihre Schichten hatten. Aber das war okay für mich, weil ich wir als Familie zusammenhalten. Wir sind ein gutes Team.«

»Wie viele Geschwister hast du denn?«

»Drei jüngere Brüder. Zwei von ihnen sind Zwillinge.«

Alex hebt überrascht die Brauen und schmunzelt dann. »Ich wette bei euch ist es niemals ruhig.«

Ich beiße wieder in den Keks, der seinem köstlichen Aussehen gerecht wird, und kaue zu Ende, bis ich antworte. »Stimmt. Ich muss zugeben, dass mir ihr Chaos manchmal fehlt.«

Alex schweigt. Für Sekunden scheint er durch mich hindurchzusehen und seinen eigenen Gedanken nachzuhängen. Dann setzt er sein unbeschwertes Lächeln auf. »Ich wette, du hast deine Brüder immer voll unter Kontrolle.«

»Wieso?«

Er grinst und beugt sich ein Stück zu mir herüber, als wolle er mir ein Geheimnis anvertrauen. »Na ja … wer widersetzt sich schon gerne der Regelbeauftragten?«

»Kannst du bitte mal mit diesem blöden Namen aufhören? Das ist echt nervig.« Ich ziehe eine Schnute und ärgere mich darüber, dass ich mich von ihm mit diesem dämlichen Begriff so provozieren lasse.

Alex' Augen blitzen amüsiert, während sich sein Blick auf meinen Mund senkt – genau wie im Schwimmbad. Ich halte die Luft an, wage nicht, mich zu regen.

»Ich glaube, das kann ich nicht, Chloe. Dafür macht es viel zu viel Spaß, dich damit zu ärgern.«

Ich wende mich ab, räuspere mich und beginne, ziellos in einem der Bücher zu blättern.

»Also, bei welchem Thema hast du Probleme?«, frage ich geschäftig, obwohl in mir ein Feuerwerk der Hormone tobt.

Kapitel 10

Es fällt mir nicht leicht, Alex etwas zu erklären, ohne mich ständig zu verhaspeln. Die ersten Minuten laufen dermaßen holprig ab, dass ich mich gedanklich mehrmals dafür schüttele, mich auf die Nachhilfe einzulassen. Aber je mehr ich mich auf die Thematik konzentriere, desto mehr schaffe ich es, Alex halbwegs auszublenden. Er nimmt sich Stift und meinem Block und notiert sich immer wieder ein paar Stichworte. Ansonsten hört er mir aufmerksam zu, runzelt die Stirn und lächelt mich immer wieder an, was mich kurzzeitig ablenkt.

»Das sollte für heute genügen«, meine ich irgendwann und schlage das Buch zu. Ich sehe auf meine Uhr und stelle erschrocken fest, dass ich seit über zwei Stunden hier bin.

Alex legt den Stift ab, bläht die Wangen und stößt Luft durch den Mund. »Ich glaube, ich habe in meinem ganzen Leben noch nie so intensiv gelernt.« Er grinst mich an. »Es war eine fette Lüge, dass du eine schlechte Lehrerin bist.«

Wie ertappt beiße ich auf meine Unterlippe. Schließlich hatte ich das nur als Vorwand genutzt, um mich vor der Nachhilfe zu drücken. Zeitgleich glimmt das Gefühl von Stolz in mir auf und zum ersten Mal schäme ich mich nicht dafür, lieber gelernt zu haben, statt wie andere in meinem Alter jedes Wochenende zu feiern.

»Na ja. Du bist aber auch nicht der schlechteste Schüler«, gebe ich zu und meine es ernst.

»Dank dir werde ich bald der Beste im Kurs sein.« Er gähnt und streckt sich auf seinem Stuhl wie eine verschlafene Katze. Dabei rutscht sein Shirt nach oben und gibt einen Streifen glatte

Haut frei. Schnell sehe ich weg und beginne, mit klopfendem Herzen meine Unterlagen in meinem Rucksack zu verstauen.

»Hast du dir schon Gedanken darüber gemacht, wie viel du pro Stunde haben möchtest?«

Ich halte in meiner Bewegung inne, ziehe dann den Reißverschluss zu und greife nach meiner Jacke, die über der Stuhllehne hängt. »Du willst mich bezahlen?« Aus irgendeinem Grund versetzt mir diese Tatsache einen Stich. Keine Ahnung warum. Dabei sollte ich mich freuen, schließlich bin ich gefühlt am zweiten Tag nach Monatsanfang pleite.

»Natürlich. Es ist deine Freizeit, die du für mich opferst.«

Ich stehe auf, schultere meinen Rucksack und schiebe mir eine braune Strähne zur Seite, die zu kurz ist, um in einem Zopf zu halten. Als ich meinen Schulabschluss in der Tasche hatte und die Info bekam, am Penfield College studieren zu können, packte mich eine ungewohnte Euphorie und ich ließ meine Haare beim nächstbesten Friseur komplett durchstufen – ganz nach dem Motto: ein neuer Lebensabschnitt, eine neue Frisur. Allerdings stellte sich schnell heraus, dass alles weitestgehend genauso verlief wie zu Hause und mich die Stufen in den Haaren total nervten.

»Ich will kein Geld von dir.«

Alex' Blick ruht auf mir und wenn er so groß und schön vor mir aufragt, komme ich mir gleich wieder viel unbeholfener vor.

»Wieso nicht?«

»Weil ich es gerne mache, darum.«

Wieder betrachtet er mich, als wäre er über meine Worte überrascht.

Meine Güte. Muss er eine so große Sache daraus machen? Alex ist mein Trainer, wir sind weder befreundet noch kennen wir uns besonders gut. Ich weiß nicht mal, was ich von ihm halten soll. Und trotzdem würde es sich einfach falsch anfühlen, mich bezahlen zu lassen.

»Ich möchte es aber.«

Ich verdrehe die Augen. »Wer von uns beiden ist hier jetzt

stur?«, frage ich und erinnere ihn damit an seine Aussage, die er mir gegenüber gestern geäußert hat.

Alex lacht. »Punkt für die Hüterin der Regeln.«

»Du wirst nicht aufhören, mich so zu nennen, oder?«

Wir gehen zur Tür und einen Moment stehe ich wie ein Depp im Flur. Alex lehnt sich gegen das Holz des Türrahmens und lächelt schief. »Nein. Wahrscheinlich nicht.«

Es ist wirklich unfair, dass er in dieser lässigen Haltung so heiß aussieht. Doch jeder glühende Funke erlischt, da er an genau dieser Stelle Liv seine Zunge in den Hals und ... na ja, kurz davor auch noch etwas anderes in sie geschoben hat.

»Na dann ... bis Montag beim Training«, beeile ich mich zu sagen und will auf dem Absatz kehrtmachen, als Alex mich plötzlich am Arm festhält.

»Hey.«

Langsam und mit einem Rauschen in den Ohren drehe ich mich wieder zu ihm und schaue von seiner Hand in sein Gesicht.

Er lächelt. Aber nicht auf seine typische sexy Art, die verwirrende Dinge in einem verursachen. Alex sieht mich einfach nur an, mit einem offenen und ehrlichen Blick, den ich noch nie bei ihm gesehen habe und der mir unter die Haut geht.

»Danke, Chloe.«

Kapitel 11

Als ich zurück ins Wohnheim komme, ist Anna noch nicht von ihrem Date mit Justin zurück. Und auch am nächsten Morgen ist ihr Bett genauso zerwühlt wie am Abend zuvor. Es ist nichts Außergewöhnliches, dass Anna die Nächte bei ihren Verabredungen verbringt. Aber diesmal habe ich das Gefühl, dass sie mir aus dem Weg geht. Es tut weh und gleichzeitig finde ich ihre Reaktion total überzogen. Wenn sie schon wegen eines verschwiegenen Kalendereintrages enttäuscht ist, wie würde sie wohl reagieren, wenn sie von der Affäre mit Owen Wind bekommt? Allein die Vorstellung Anna als Freundin zu verlieren sticht in meiner Brust. Sie würde es mir niemals verzeihen.

Ich mache mich fertig, packe meine Tasche für meine Kurse, die nach meinem Job im Bookshop anstehen und mache mich auf den Weg. Im Gebäude der Cafeteria mache ich kurz halt, um meine Glasflasche an einem der Wasserspender aufzufüllen. Ich stöhne verzweifelt, als sich kurz darauf aus den dunklen Wolken ein monsunartiger Regen ergießt.

Mit einem erneuten Seufzen verstaue ich meine Flasche im Rucksack und ziehe mir meine Kapuze über den Kopf, bevor ich das Gebäude verlasse.

»Chloe!« Max kommt mit einem Sandwich in der Hand aus der Cafeteria gejoggt. Sein Lächeln ist breit und verschmitzt. »Guten Morgen. Musst du zur Arbeit?«

Ich nicke und bin erleichtert, dass wenigstens einer meiner Freunde nicht nachtragend ist.

Mit einem Augenzwinkern zieht er mir die Kapuze vom Kopf. »Die brauchst du nicht.« Dann schiebt er mich nach draußen und klappt seinen Schirm auf. »Ich begleite dich.«

»Danke«, sage ich lächelnd und hake mich bei ihm unter. »Wie gut, dass wenigstens einer von uns den Wetterbericht verfolgt.«

Max ist nur ein kleines Stück größer als ich und erinnert mich mit seiner schlaksigen Statur an meinen Bruder Josh. Überhaupt sind die beiden sich ziemlich ähnlich. Wahrscheinlich habe ich ihn auch deshalb so gern. Max' Humor ist manchmal wirklich nervig, aber sein Lachen ist ansteckend und ich wünschte, ich hätte seine positive Sicht auf die Dinge. Für ihn ist immer alles einfach.

Wir laufen an dem kleinen Theater vorbei, in dem fast an jedem Wochenende ein Konzert oder eine Aufführung stattfindet.

»Hast du zufällig was von Anna gehört?«, frage ich Max über das laute Trommeln der Regentropfen hinweg, die auf dem Schirmdach zerplatzen. »Ich glaube, sie ist immer noch sauer auf mich.«

»Ach, du kennst sie doch. Sie kriegt sich schon wieder ein.«

»Du glaubst mir, dass ich es euch erzählt hätte, oder?«

»Klar.«

Wir weichen einer Gruppe Studenten aus, die durch den Regen sprinten und ihre Rucksäcke schützend über den Kopf halten.

»Und, wie lief es gestern?« Max presst die Lippen aufeinander. »Ich hätte dir geschrieben, aber ich wollte nicht nerven.«

»Du kannst mir immer schreiben, das weißt du«, stelle ich klar und stoße ihn mit dem Ellbogen in die Seite. »Aber es gab keinen Grund zur Sorge.«

»Also hat Clark seine Finger bei sich behalten?«

Ich seufze und spüre das Ziehen in meiner Brust, als ich mich daran erinnere, wie Alex meinen Arm festgehalten hat. Auch jetzt sehe ich noch seinen eindringlichen Blick vor mir.

»Wir haben zwei Stunden Psychologie durchgeackert, Max. Mehr nicht.« Okay, so langsam geht mir sein überzogener Beschützerinstinkt doch auf den Keks. »Ich finde es im Übrigen ziemlich verletzend, dass du davon ausgehst, ich würde mich von einem fremden Kerl herumkriegen lassen. Du solltest mich mittlerweile besser kennen.«

»Tu ich auch. Ich hatte eher bedenken, dass Clark die Situation ausnutzt.«

»Klar. Weil ich genau in sein Beuteschema passe.«

»Als hätte der Kerl ein Beuteschema.« Max brummt. »Der nimmt, was er bekommt. Immer wenn ich ihn am Campus sehe, hängt eine andere Tussi an seinem Hals.«

»Ach komm, du bist doch nur neidisch«, ziehe ich ihn auf. Doch Max reagiert nicht. Seine Miene bleibt grimmig. »Wenn man vom Teufel spricht …«

Ich folge seinem Blick und entdecke Alex, der unter dem Vordach des Supermarktes steht und sich mit zwei Mädchen unterhält. Die beiden kleben an seinen Lippen, kichern übertrieben offensichtlich und berühren immer wieder seinen Arm.

Ich ziehe den Kopf Richtung Schultern und kippe in einer schnellen Bewegung den Regenschirm so, dass er mein Gesicht verdeckt.

Max wirft mir einen kurzen Blick zu, zieht mich näher an sich und beschleunigt seinen Schritt. Keine Ahnung, warum ich nicht will, dass Alex mich sieht. Wir studieren am selben College, er ist mein Trainer, ich gebe ihm Nachhilfe. Mich unsichtbar zu machen, ist vollkommen sinnfrei.

Gerade, als wir an dem Laden vorbeiziehen, hebe ich den Schirm wieder an. Alex' und mein Blick treffen sich. Seine Mundwinkel ziehen sich zu einem überraschten Lächeln auseinander. Als er Max neben mir bemerkt, runzelt er die Stirn, nickt einmal und widmet sich wieder seinen Groupies. Und ich, ich fühle mich, als hätte mir jemand in den Magen getreten.

Sally, meine Chefin, braucht nur einmal meine Hilfe an der Kasse und ich schaffe es, die gesamte neue Lieferung mit Fachliteratur in die Regale einzusortieren. Im Laden ist wenig los. Außer einer Studentin, die mich nach einem Buch fragt, arbeite ich still vor mich hin und gehe meinen Gedanken nach. Eigentlich ist das eine schöne Sache, nur heute wäre ich dankbar für ein bisschen mehr

Stress. Selbst der angenehme Duft von neuen Büchern schafft es nicht, mich zu beruhigen. Dabei will ich gar nicht mehr über Alex nachgrübeln – weil … ich nicht schlau aus seinem Verhalten werde und es mir langsam Angst macht, wie fixiert ich auf ihn bin.

In meiner Verzweiflung schnappe ich mir einen Staubwedel und putze jedes Regal von oben bis unten, bis der Laden am Ende meiner Schicht blitzblank ist und ich total erledigt bin. Auf dem Weg zurück zum Wohnheim knurrt mein Magen so laut, dass ich mir zu gern eine Portion Pommes im Diner mitnehmen würde. Aber ich muss mir mein Geld für den Rest des Monats gut einteilen. Mehr als die Pizza und die Bagels im Café sind neben dem normalen Einkauf einfach nicht drin. Manchmal nehmen Anna und ich uns vor, in der Gemeinschaftsküche etwas zu kochen. Doch uns vergeht meist der Appetit, weil in jedem Topf, den wir aus dem Schrank ziehen, irgendwelche eingetrockneten Essensreste hängen. Ab und zu lädt mich Anna auch ins Diner ein, wenn sie die Chinanudelsuppe im Becher leid ist, die sie nur aus Solidarität mitisst. Ihre Eltern stehen finanziell besser da als meine und haben mit Anna nur ein Kind, das sie unterstützen müssen. Und auch wenn ich mich jedes Mal gegen ihre Einladung wehre, schafft sie es, mich mit ihrer Hartnäckigkeit umzustimmen. Na ja, sie und mein knurrender Magen.

Ich schließe die Tür zum Zimmer auf und stocke, als ich Anna auf dem Boden vor dem aufgeklappten Laptop hocken sehe. Der herrliche Duft von Frittiertem hängt in der Luft und als sich Anna zu mir umdreht, grinst sie breit. Mein Herz rumpelt vor Erleichterung in meiner Brust. »Hey.«

»Da bist du ja endlich. Netflix ist startbereit und es gibt neue Serien. Die müssen wir uns unbedingt ansehen.« Sie klatscht in die Hände wie eine Robbe mit den Flossen.

»Perfekt.« Ich schließe hinter mir die Tür, hänge meine Jacke an den Haken an der Wand und stelle meinen Rucksack neben mein Bett.

»Was riecht hier so gut?« Passend zu meiner Frage gibt mein Magen ein lautes Grummeln von sich. Anna rückt ein Stück zur

Seite und klopft mit der flachen Hand auf den Teppich. Vor ihr steht eine riesige Schale Süßkartoffelpommes, daneben verschiedene Sorten Dips. Ein Strahlen prangt auf ihren Lippen. »Bin ich gut oder bin ich gut?«

Ich lache, setze mich neben sie und schiebe mir gierig eine Pommes in den Mund.

»Du bist die Beste«, verbessere ich sie kauend und halte mein genüssliches Stöhnen nicht zurück.

Anna nickt zufrieden und tunkt ein frittiertes Stäbchen in die Aioli.

»Heißt das, du bist nicht mehr sauer auf mich?«

»Hallo? Ich habe mit einem Haufen Kalorien vor der Nase auf dich gewartet. Ich denke nicht, dass ich dir darauf eine Antwort geben muss.« Sie lächelt und stößt mich sanft mit ihrer Schulter an. »Alles gut. Wirklich. Ich möchte mich nicht streiten. Du hattest sicher deine Gründe, es mir nicht sofort zu sagen.« Kurz zuckt Enttäuschung über ihre Züge und ich fühle mich abscheulich.

»Das war keine böse Absicht«, sage ich in dem Versuch, meine Gewissensbisse zu lindern. Aber es gelingt mir nicht. Meine Worte klingen trotzdem nach purer Heuchelei. Anna ist immer ehrlich zu mir – okay, was ihre Bettgeschichten angeht, leider manchmal etwas *zu* ehrlich. Ich dagegen bin eine schreckliche Freundin. Genau jetzt wäre der perfekte Zeitpunkt, ihr von Owen zu erzählen. Aber feige wie ich bin, lenke ich auf ein anderes Thema.

»Wie war denn das Date mit Justin?«

Zum Glück lässt sich Anna darauf ein. Sie verzieht das Gesicht, als hätte sie eine bittere Medizin geschluckt. »Furchtbar. Der Kerl ist echt seltsam.«

»Und trotzdem hast du bei ihm … übernachtet?«

»Ja.« Sie zuckt mit den Schultern. »Er kann gut küssen.« Sie grinst, sieht mich an und wackelt anzüglich mit den Brauen. »Und ich meine nicht meinen Mund.«

Ich halte in meiner Kaubewegung inne. »Du bist schrecklich, Anna.«

»Ja, vielleicht.« Sie kichert und wirft ihre blonde Mähne über die Schulter. »Und jetzt, Chloe Campbell, lenkst du nicht weiter ab und erzählst mir von deinem neuen heißen Nachhilfeschüler. Und zwar jedes Detail.«

Kapitel 12

»Geiler Lippenstift. Das Rot gefällt mir.« Anna mustert Lillys bemalte Lippen eingehend.

Lilly strahlt und stopft eine kupferfarbene Haarsträhne unter ihre Schwimmhaube. »Und der ist wasserfest. Ich dachte, jetzt, wo wir einen neuen Trainer haben, muss ich mich ein wenig ins Zeug legen.«

»Schade, dass er uns immer in den Dingern sieht und nicht in sexy Bikinis«, bemerkt Pam und lässt den Träger ihres Badeanzuges schnacken. »Habt ihr das von Liv und ihm mitbekommen?«

Ich streife mir die Träger meines Anzugs über die Schultern und versuche wegzuhören. Bei Livs Namen zieht sich mein Magen zusammen, und die Bilder von ihr und Alex schießen durch meinen Kopf – was dumm ist. Es sollte mich nicht interessieren, was er mit wem treibt.

»Liv, die Cheerleader-Bitch?«

Pam nickt Anna aufgeregt zu. »Sie war wohl letzte Woche bei ihm und es soll richtig heiß hergegangen sein. Sie war total aus dem Häuschen und hat geschworen, dass es der beste Sex ihres Lebens war.«

»Kotz«, bemerkt Kim und gibt unappetitliche Würgegeräusche von sich. »Wer will das denn wissen?«

»Ach komm, Kim. Spiel nicht immer die Obercoole. Ich habe genau gesehen, wie du gesabbert hast, als Alex letztes Mal aus dem Wasser gestiegen ist.«

Kim presst verbissen die Lippen aufeinander und wird rot. »Quatsch.«

Anna rollt nur mit den Augen und überprüft ihren wasserfesten Mascara im gesprungenen Spiegel der Umkleide. »Ich gebe jedenfalls offen zu, dass mein Höschen schon jedes Mal nass ist, bevor wir ins Wasser steigen.«

»Bäh, Anna! So genau will das niemand wissen«, kreischt Lilly und verpasst ihr mit ihrem Handtuch einen Klaps auf den Hintern.

»Was denn? Ich bin wenigstens ehrlich und gebe zu, dass ich ihn zum Anbeißen finde. Ich meine, Owen war ganz okay. Aber Alex – der ist eine glatte Zehn.«

Mit Schwung stoße ich die Tür zu den Duschen auf. Krachend schlägt sie gegen die Fliesen. Dieses alberne Geschnatter macht mich noch wahnsinnig. Sie reden über Alex, als wäre er ein Sexobjekt und kein menschliches Wesen mit Gefühlen. Nach unserem Gespräch und der Zeit in seinem Apartment, habe ich meine Vorbehalte über ihn ein Stück revidiert. Natürlich ist er ein Weiberheld, aber ich bin mir sicher, dass da noch mehr ist … und ich erwische mich immer wieder dabei, wie ich darüber grübele.

»Hey, was ist denn mit dir los?«, fragt Pam und kommt mir hinterher. Auch der Rest meiner Mannschaft folgt uns, um sich unter der Dusche abzuspülen.

»Ach, unser lieber Captain ist momentan etwas unentspannt«, antwortet Anna für mich und wirft mir einen zweideutigen Blick zu. Mit den Augen sende ich ihr eine Warnung, bloß die Klappe zu halten. Anna hatte mir am Samstag hoch und heilig versprochen, den anderen nichts von der Nachhilfe zu erzählen. Und auch wenn sie eine Tratschtante ist, an ihre Versprechen hält sie sich normalerweise. Trotzdem ist mir nicht wohl bei dem Gedanken, dass es ihr doch unabsichtlich mal herausrutschen könnte. Ich habe nichts zu verbergen, weil ich mit Alex bloß lerne. Und trotzdem habe ich keine Lust, neben Anna auch noch meinem Schwimmteam Woche für Woche Bericht zu erstatten, wie Alex beim konzentrierten Schreiben aussieht, ob er Kondome in seinem Bad liegen hat und welche Farbe seine Bettwäsche hat.

»Das kenne ich«, seufzt Lilly und hält uns die Tür zur Halle auf. »Chronisch untervögelt, nennt man das.«

»Könnt ihr mal aufhören! Ich bin einfach nur nicht gut drauf. Von wegen untervögelt«, zische ich und stapfe als Erste und mit erhobenem Kinn an ihr vorbei.

Wie angewurzelt bleibe ich stehen und starre in zwei türkisblaue, weit aufgerissene Augen. Alex' verdutztes Gesicht wandelt sich zu einem Grinsen – das mit den drei Grübchen um die Mundwinkel. »Okay … Das freut mich sehr für dich, Chloe.«

Ich werde puterrot und muss mich zusammenreißen, nicht wieder zurück in die Umkleide zu stürmen und mich mein restliches Leben lang dort zu verbarrikadieren. Das Gekicher der anderen macht die Peinlichkeit nur noch schlimmer.

Alex sieht mich noch einen Moment lang intensiv an, bevor er sich räuspert und uns begrüßt. »Hallo Team, heute werden wir uns mit den einzelnen Schwimmtechniken befassen. Bevor wir mit dem Rückenschwimmen starten, wärmen wir den Schulterbereich auf.«

Meine Wangen glühen noch, als er bunte Thera-Bänder an uns verteilt.

Selbst, als Owen und ich uns heimlich nach den Trainingsstunden in seinem Auto verabredet haben, war mir das Schwimmtraining nie so unangenehm vorgekommen wie jetzt mit Alex. Dabei verbindet uns nicht ansatzweise etwas Leidenschaftliches. Ich war in seiner Wohnung, wir haben zusammen gelernt, Kekse gegessen und uns wieder voneinander verabschiedet. Mehr nicht.

Und trotzdem schlägt mir mein Herz bis zum Hals, sobald sein Blick mich streift, während wir die Gummibänder über unseren Köpfen auseinanderziehen. Und er streift mich oft. So oft, dass es mir nicht mehr normal vorkommt und ich mich dabei erwische, wie ich wieder und wieder auf seinen Blickkontakt hoffe. Owen hat mich während des Trainings immer soweit es ging ignoriert. Ich weiß noch, wie panisch er immer war, weil er Angst davor hatte, das mit uns könnte auffliegen. Er studiert an der benachbarten University Sportmanagement und verdiente sich mit dem Job als unser Trainer nebenher etwas Geld. Sein Traum ist es, die ganz großen Teams zu trainieren. Eine öffentliche Beziehung mit einem seiner Schützlinge sah er deshalb als absolutes No-Go. Ich akzeptierte das. Ich meine, hey, ich fühlte mich begehrt. Aber irgendwann musste ich mir eingestehen, dass mir diese oberflächliche Geschichte nicht reichte. Ich sehnte mich so sehr nach etwas Festem und zum damaligen Zeitpunkt glaubte ich sogar, dass ich in ihn verliebt war. Ich versuchte, mit Owen darüber zu sprechen, aber er blockte sofort ab. Aus Panik, unsere Sex-Beziehung würde doch noch an die Öffentlichkeit dringen, schmiss er kurzerhand den Job. Es ist meine Schuld, dass mein Team und ich wochenlang ohne Trainer dastanden. Und das nagte an mir unentwegt.

»Chloe.«

Ich blinzele mich zurück in die Gegenwart, zurück zu Alex, der auf einmal vor mir steht. »Halt die Armspannung.«

Der Stoff seines weißen Shirts streift meinen Unterarm, als er seine warme Hand zwischen meine nackten Schulterblätter legt. Ich beiße die Zähne aufeinander und hoffe inständig, dass er die von ihm ausgelöste Gänsehaut nicht spürt.

»Weiter zusammenziehen«, murmelt er mit gesenkter Stimme, durch die sich wirklich alles in mir zusammenzieht. Mit aller Kraft dehne ich das Gummiband weiter, bis meine Muskeln unter der Anstrengung zittern. Zumindest rede ich mir ein, dass es wegen der Anstrengung ist und nicht daran liegt, dass Alex' Handfläche gerade ein Loch in meinen Rücken brennt und sich die Chlorluft köstlich mit seinem Duft mischt. Er ist mir so nah, dass ich seinen ruhigen Atem hören kann.

»Perfekt …«, murmelt er, zieht seine Hand so langsam zurück, dass es sich beinahe wie ein Streicheln anfühlt.

»Okay, ihr könnt lockerlassen.« Ein entkräftetes fünfstimmiges Stöhnen schallt durch die Halle.

Innerlich verdrehe ich die Augen, weil Anna und Lilly bei den nächsten Übungen die unbeholfenen Mädchen spielen und sich absichtlich ungeschickt anstellen. Es ist total dämlich, aber ich bin froh, dass Alex nicht auf ihre Flirtversuche eingeht.

»Okay, bitte schwimmt noch ein paar lockere Runden, bevor

wir uns mit dem optimalen Beinschlag beim Rückenschwimmen auseinandersetzen.«

Als wir an ihm vorbeigehen und ihm die Thera-Bänder zurückgeben, bin ich es, die den Blickkontakt vermeidet. Aber ich spüre seinen überdeutlich auf mir.

Kapitel 13

»Mist.« Ich bleibe stehen und krame in meiner Tasche. Aber mein Geldbeutel ist nicht da.

»Was denn?«, fragt Anna, die an der Tür zur Vorhalle auf mich wartet. »Jetzt mach schon. Ich habe Hunger. Max hat geschrieben, dass die Schlange im Café ausnahmsweise mal nicht bis nach draußen reicht.«

»Ich glaube, mein Geldbeutel liegt noch in der Umkleide.«

»Chloe«, quengelt sie. »Was ist denn los mit dir? Erst vergisst du deinen Planer, jetzt deinen Geldbeutel … Seit wann bist du so ein Schussel?«

Ich zucke mit den Achseln. »Ich geh noch mal rein und sehe nach.«

»Soll ich mitkommen?«

Ich schüttele den Kopf. »Wie treffen uns im Coffeeshop. Bestellst du schon für mich? Ich nehme den Bagel mit …«

»Avocado und Tomate«, ergänzt Anna. »Wie immer.«

Ich lächle, werfe ihr eine Kusshand zu und laufe zurück. Gerade, als ich in die Umkleiden einbiegen will, bleibt mein Blick an der Tür zum Badeingang hängen. Ich ertappe mich bei dem Gedanken, ob ich einen kurzen Blick ins Innere werfe. Ob Alex noch da ist und schwimmt?

Aber ich ermahne mich, gehe eilig an der Tür vorbei und suche die Kabine vergeblich nach meinem Geldbeutel ab. Langsam macht sich Panik in mir breit und ich sehe, auf den Knien rutschend, unter jedem Spint nach.

»Suchst du was?«

Vor Schreck fahre ich hoch und donnere mit dem Kopf gegen eine offene Schranktür. Autsch.

Mit schmerzverzerrtem Gesicht komme ich auf die Beine.

»Scheiße … Alles okay?« Alex kommt zu mir, fasst nach meiner Hand, die auf der schmerzenden Stelle liegt und hebt sie leicht an. Die Berührung lässt mich erstarren und ich blicke auf seine helle Jeans und den Bund der schwarzen Trainingsjacke.

»Geht schon«, sage ich mit schwerer Zunge, auf der ich Alex' köstlichen Geruch beinahe schmecken kann.

»Kein Blut …«, murmelt er, macht aber keine Anstalten, meine Hand wieder loszulassen. »Das gibt bestimmt eine ordentliche Beule.« Sein Daumen streicht über meinen Handrücken. »Was genau hast du da unten gesucht?«

»Meinen Geldbeutel. Aber er ist nicht … da.«

Langsam blicke in seine Augen.

Für mehrere Sekunden scheint die Zeit stillzustehen, genauso wie mein Herz und meine Hirnaktivität.

»Das tut mir leid.«

»Ja.« Ich schlucke trocken. Mehrmals. Aber meine Kehle fühlt sich staubtrocken an, als hätte ich einen Löffel Sand heruntergewürgt. Alex' Blick senkt sich auf meinen Mund und für eine Millisekunde glaube ich, dass er mich küssen will. Mein Herz scheint den Stillstand überwunden zu haben – in einem wilden Takt donnert es gegen meine Rippen, während in meinem Kopf hunderte Fragen aus irgendwelchen Nischen kriechen. Sollte ich es zulassen? Will ich ihn küssen? Wieso riecht er so gut?

Alex' Finger lösen sich von meiner Hand, streichen mir eine Strähne aus dem Gesicht und klemmen sie hinter mein Ohr. Das allein reicht, um meine Knie in Pudding zu verwandeln.

»Kann ich dich etwas fragen, Chloe?«

Wie benommen nicke ich und habe das Gefühl in einer Art Tagtraum festzustecken. Ist es wirklich gerade Alexander Clark, der mich wie selbstverständlich berührt?

»Dieser Typ, der immer mit euch abhängt … Der aus dem Diner und mit dem du am Freitag unter dem Schirm an mir vorbeigelaufen bist.«

»Max?« Mein Atem geht peinlich schnell.

Alex nickt. »Ist er dein Freund?«

Ich blinzele. »Nein. Max und ich sind nur befreundet.«

»Bist du dir sicher?« Zwischen Alex' Augen bilden sich zwei zarte Falten. Am liebsten würde ich sie mit den Fingern glatt streichen, um den Zauber und das Knistern zwischen uns nicht zu verlieren.

»Ihr wirkt sehr vertraut zusammen.«

»Weil wir Freunde sind«, wiederhole ich und erschaudere, als sich Alex' Finger weiterbewegen und von meiner Ohrmuschel in meinen Nacken gleiten.

»Hm.« Alex beugt sich hinunter, bis seine Stirn kurz vor meiner schwebt und ich keuchend die Augen schließe. »Also ist da niemand, der gegen das hier etwas einzuwenden hat?«

Seine Finger graben sich in meine Haare und ich spüre das Zittern, das von seinem Körper ausgeht, als mein stockender Atem auf seine Lippen trifft.

»Nein«, bringe ich hervor und hasse mich dafür, dass ich nicht stärker bin und ihm keine Grenzen aufzeige. Alex ist zwar nicht Owen, aber ich habe mir geschworen, nicht noch einmal so naiv zu sein und mich voreilig auf jemanden einzulassen. Es ist fast schon zum Lachen, dass der zweite Mann, der offensichtlich Interesse an mir zeigt, wieder mein Trainer ist. Ich sollte vorsichtiger sein, mehr Abstand wahren. Stattdessen verliere ich mich gerade in dem Gefühl, dass es sich diesmal alles anders anfühlt.

»Soll ich dir was anvertrauen, Chloe?«

Seine Hand massiert meine Kopfhaut und trotz meiner verwirrenden Gedanken, muss ich mich zusammenreißen, nicht genüsslich zu seufzen. Himmel, wie macht er das nur? Statt zu antworten, nicke ich schwach.

»Du faszinierst mich. Diese korrekte Art und deinen Biss, wenn es um das Schwimmen und dein Studium geht. Du weißt, was du willst und gleichzeitig bist du so … verletzlich. Das ist eine Mischung, die es nicht oft gibt.«

Alex dreht den Kopf, bis unsere Münder nur noch Millimeter voneinander entfernt sind. »Und außerdem bist du wunderschön. Auf eine natürliche Art, ohne irgendwelche Schichten von Make-up. Das gefällt mir.«

Ein Zittern durchfährt mich, als sich unsere Nasenspitzen berühren. »Ich breche sicher gerade einige deiner Regeln.«

Oh ja. Wenn er wüsste, wie Recht er hat.

Ich sollte wirklich verschwinden, mich seiner Berührung entziehen. Doch mein Blut jagt siedend heiß durch meine Adern und ich möchte nirgendwo anders sein.

Und dann … klingelt mein Smartphone, was sich wie ein Eimer Eiswürfel anfühlt, den jemand über mir ausleert, und mich damit augenblicklich zurück in die muffelige Umkleidekabine holt.

Alex löst sofort seinen Griff und macht einen Schritt zurück – ganz so, als hätte er auch etwas von den Eiswürfeln abbekommen. Er weicht meinem Blick aus und reibt sich mit ernster Miene über den Nacken. Jener Zauber, der gerade noch zwischen uns lag, hat sich aufgelöst. »Du solltest rangehen. Ich … muss sowieso los.« Als er mich ansieht, schluckt er und ein wehmütiges Lächeln zuckt an seinem Mund. »Bis Mittwoch. Beim Training.«

»Bis Mittwoch …«, murmele ich, als Alex schon längst aus der Umkleide gerauscht ist und ich mir nicht sicher bin, ob ich mir das alles gerade nur eingebildet habe.

Mit zittrigen Beinen gehe ich zu meiner Sporttasche und ziehe mein vibrierendes Smartphone heraus. Es ist Anna, die sich sicher schon fragt, wo ich so lange bleibe.

»Hi«, melde ich mich und versuche, gelassen zu klingen. Dabei tobt in mir ein Sturm.

Ich fasse an meinen Nacken, wo immer noch die Wärme von Alex' Hand prickelt. »Ich … bin unterwegs. Ich habe alles abgesucht, aber mein Geldbeutel …«

»… liegt hier. In unserem Zimmer auf dem Schreibtisch, du kleiner Trottel«, unterbricht mich Anna und ich kann mir vorstellen, wie sie gerade mit den Augen rollt.

»Ach wirklich?« Ich sollte erleichtert sein, aber es ist mir gerade vollkommen egal, was mit meinem Portemonnaie ist.

»Was ist nur in deinem Kopf los, dass du momentan so durch den Wind bist?«

Ich beiße mir auf die Lippe und lasse in Zeitraffer noch einmal die letzten Minuten vorbeiziehen.

»Bin gleich da«, sage ich und übergehe ihre Frage, obwohl ich die Antwort genau kenne. Sie heißt Alexander Clark, der mir vor wenigen Minuten verdammt nah gekommen ist … der mich um ein Haar küsste und dann einfach abgedampft ist.

»Okay, bis gleich. Dein Bagel und ich warten auf dich.«

»Bis gleich.« Ich lege auf und drücke auf den Knopf, der das Display verdunkelt.

Kapitel 14

Es gibt doch dieses Phänomen, dass einem Dinge, die einen gerade beschäftigen, auf einmal überall begegnen – so wie eine bestimmte Automarke, die man sich gerne kaufen würde und die man auf einmal ständig auf der Straße sieht.

Genauso geht es mir mit Alex.

Seitdem Beinahe-Kuss kann ich an nichts anderes mehr denken und ich sehe ihn an jeder verdammten Ecke.

Am Dienstagmorgen begegnet er mir auf dem Flur der Forschungseinrichtungen, wo ich Max nach seinem Biologie-Kurs abhole. Am Nachmittag verlässt er gerade die Cafeteria, die ich gerade betrete und Mittwochmorgen sehe ich ihn mit Len, seinem Kumpel, Liv und einer anderen Blondine Richtung Park joggen, als Anna und ich gerade schweißgebadet unsere Runde beendet haben. Und jedes Mal fühle ich mich, als würde mich ein Blitzschlag mitten in die Brust treffen. Zum einen, weil mich sein zerknirschtes Lächeln, mit dem er mich grüßt, total verunsichert und zum anderen, weil Max absolut recht hat. Egal, wo Alex geht und steht – irgendeine Tussi hängt immer an ihm.

Die hohe Wahrscheinlichkeit, dass er tatsächlich mit all den Frauen ins Bett steigt, dreht mir den Magen um und verursacht fiese Stiche der Eifersucht. Dabei habe ich überhaupt kein Recht dazu. Schließlich ist rein gar nichts zwischen uns passiert.

Die ganze Sache mit Alex und dem Beinahe-Kuss bringt mich dermaßen durcheinander, dass ich mich nur schwer aufs Lernen konzentrieren kann und Mittwochnachmittag erst die Hälfte des neuen Skripts durchgearbeitet habe.

Anna versteht nicht, warum ich deshalb so frustriert bin. Sie sieht das Lernen wesentlich entspannter als ich und gibt sich mit ihren mittelmäßigen Noten zufrieden. Sie studiert Pädagogik, weil sie vielleicht mit Kindern arbeiten möchte. Wirklich sicher ist sie sich aber nicht. Ich selbst weiß noch nicht genau, in welche Richtung ich will. Es gibt so viele spannende Bereiche der Psychologie. Besonders mag ich Strukturen, Diagramme und Statistiken. Alles, was andere furchtbar langweilig und trocken finden.

»Die Collegezeit soll Spaß machen, Chloe. Du bist einfach zu streng mit dir.«

»Ich bin fokussiert«, verbessere ich sie und ziehe mir meine Mütze tiefer in die Stirn. Die kalte Oktoberluft kriecht unter meine Jacke und am Himmel drängen sich schon wieder regengefüllte Wolken aneinander. »Ich will einen guten Abschluss, damit mir danach viele Türen offenstehen.«

Anna umfasst den Gurt ihrer Sporttasche. »Aber man muss auch im Jetzt leben, Süße. Du bist super schlau. Was soll dir denn passieren?«

Dass ich wegen unseres Trainers, der mich fast in der Damenumkleide geküsst hat, nie wieder einen klaren Gedanken fassen kann. Zum Beispiel.

»Du schaffst das schon. Wir schaffen das. Und bis dahin …«, Anna rempelt mich leicht an und grinst, »… dürfen wir ruhig mal ein bisschen Spaß haben. Alt und vernünftig sind wir noch früh genug.«

Ich seufze und sehne mich schon jetzt nach meinem langweiligen, ruhigen Leben zurück.

Als wir das Sportzentrum betreten, begrüßen uns die Pfiffe der Footballer, die sich am Snackautomaten sammeln. Mit einem Lolita-Lächeln zwinkert Anna einem der Spieler zu, der sie mit seinem Blick regelrecht auszieht.

»Deacon? Läuft da wieder was zwischen euch?«, frage ich und mustere unauffällig den kräftigen Kerl, dessen roter Sportanzug so spannt, als würde er jeden Moment aus allen Nähten platzen. Anna hat eine Vorliebe für kantige Typen, die viel Zeit im Fitnessstudio verbringen. Mein Ding ist das nicht. Zuckende Brustmuskeln und Arme, bei denen die Venen hervortreten, sind einfach nichts für mich. Da gefallen mir andere Körper schon besser. Von Schwimmern zum Beispiel …

»Wir schreiben seit gestern wieder miteinander. Das habe ich dir doch heute Morgen erzählt.«

»Ach ja?« Ich lächle schuldbewusst und stelle, in der Umkleide angekommen, meine Tasche auf der Bank ab. Einen Moment lang starre ich auf die Stelle, an der Alex und ich am Montag Stirn an Stirn …

Anna schnalzt mit der Zunge, was mich zusammenzucken lässt. Mit einem entnervten Schnauben wickelt sie ihren karminroten Schal vom Hals ab. »Jaaa … Und ich habe dir erzählt, dass er bisher der Kerl mit dem größten und eindrucksvollsten …«

»Okay! Ich glaube, ich erinnere mich doch«, stoppe ich sie, weil ich wirklich keine Details über Deacons bestes Stück erfahren möchte.

»Wer hat einen großen Penis?«, fragt Lilly, die gerade mit den anderen Mädels im Schlepptau die Umkleide betritt und ich mich am liebsten von hier wegbeamen würde.

Fünfzehn Minuten lang geht es nur um die Erfahrungen meiner Mannschaft mit den verschiedenen Größen von männlichen Geschlechtsteilen. Ich halte mich raus, weil ich das Thema dämlich finde. Abgesehen davon, nicht viel beisteuern kann. Ich kenne nur Owens Penis. Und der ist, keine Ahnung … ganz normal, schätze ich? Anna weiß, dass ich erst einen Freund hatte und ich nicht viele Erfahrungsberichte beisteuern kann. Deshalb lässt sie mich zum Glück bei solchen Gesprächen außen vor. Wahrscheinlich wäre es anders, wenn sie wüsste, wer mich entjungferte und dass es noch gar nicht lange her ist.

»Was ist eigentlich mit unserem Treffen am Samstag, Chloe? Steht schon was fest?«, fragt mich Kim, als wir alle umgezogen unter der Dusche stehen.

»Stimmt … was hast du denn geplant?« Lilly und der Rest des Teams blicken mich erwartungsvoll an und zum ersten Mal, seit über einem Jahr als Captain, bin ich darauf nicht vorbereitet. Es war mein Vorschlag, einmal im Monat irgendetwas zusammen zu unternehmen, weil ich das in North Bay als positiv für das Teambuilding und die Motivation empfunden habe. Meistens reserviere ich dafür in irgendeinem netten und günstigen Lokal in der Stadt einen Tisch zum Abendessen. Aber dafür ist es jetzt schon viel zu spät.

Annas Augen werden rund wie Tischtennisbälle. »Sag nicht, du hast es vergessen.«

Ich presse die Lippen aufeinander, was Annas Vermutung bestätigt.

»Chloe Campbell vergisst etwas?« Pam runzelt ungläubig die Stirn. »Das ist ja mal eine Premiere.«

»Tut mir leid, Leute.«

Ich spüre Annas Blick auf mir, dem ich absichtlich ausweiche. Langsam wird sie misstrauisch. Zu Recht. Ich bin immer gut vorbereitet und plane alles weit im Voraus. Eigentlich … Ich könnte mich ohrfeigen.

Lilly lächelt und winkt ab. »Ist doch nicht schlimm. Wir überlegen einfach gemeinsam.«

»Nicht nötig. Ich habe eine super Idee.« Anna klatscht einmal in die Hände und wackelt mit den Brauen. »Am Wochenende bin ich auf Deacons Party eingeladen.«

»Uh … der gutbestückte Deacon?«, fragt Pam, woraufhin Anna begeistert nickt.

»Er hat bestimmt nichts dagegen, wenn ihr mitkommt.«

»Cool«, jubeln Lilly und Pam wie aus einem Munde. Nur Kim und ich stehen schweigend da. Anna stemmt die Hände in die Hüften und taxiert uns. »Jetzt sagt schon ja.«

»Ich hasse solche Partys«, brummt Kim und ich sende ihr einen entschuldigenden Blick. Schließlich ist es meine Schuld, dass wir in diese Lage geraten sind.

»Quatsch. Das wird super. Außerdem bleibt euch keine andere Wahl. Es steht drei gegen zwei. Das ist die Mehrheit. Und die siegt bekanntlich.« Anna hebt das Kinn in die Luft und grinst.

Ich stöhne laut. »Gut, dass du nicht der Captain bist, Anna. Von Mitspracherecht hast du noch nie was gehört, oder?«

»Stimmt. Aber unser Captain hat leider unser Treffen verpeilt und ich liefere gerade die ultimative Lösung.« Mit einem herausfordernden Grinsen entwaffnet sie mich. »Also, gehen wir zur Party?«

Statt zu antworten, zucke ich kaum merklich mit den hängenden Schultern. Kim tut es mir gleich. Sie hat wirklich was gut bei mir.

Als wir in die Schwimmhalle kommen, ist Alex gerade dabei, lange Seile an den Startblöcken zu befestigen. Mein Herz macht einen Satz, gleichzeitig wird mir flau im Magen.

Nicht zu wissen, was er über den Beinahe-Kuss in der Umkleide denkt, macht mich fertig. Ich weiß ja selbst nicht, was ich davon halten soll. Seine Nähe hat sich viel zu gut angefühlt und die Worte, die er mir zugeraunt hat, gehen wir einfach nicht mehr aus dem Kopf. Er findet mich faszinierend, weil ich nicht so bin wie andere … Eigentlich eine ziemlich hohle Phrase, die er jeder Frau ins Ohr flüstern könnte, um sie um den Finger zu wickeln.

Alex spart mit Sicherheit nicht an Komplimenten. Das Flirten fällt ihm leicht, weil er es ständig macht. Und ich springe sofort darauf an. Das ärgert mich, aber gleichzeitig glimmt in mir der Funke Hoffnung, dass er es bei mir wirklich ernst meint. Ist das naiv? Ja, wahrscheinlich. Ist es dumm, mich in das Gefühl hineinzusteigern, welches mich bei dem Gedanken an ihn überkommt? Absolut. Dennoch kann ich nichts daran ändern, dass ich mich zu ihm hingezogen fühle. Und das nicht nur, weil er Alexander Clark ist, der gut aussehende Schwimmprofi. Sondern, weil ich seit dem Nachmittag in seiner Wohnung verstärkt das Gefühl habe, dass in ihm etwas Verletzliches, Sanftes schlummert, was nichts mit seinem Womanizer-Gehabe zu tun hat. Das wirft ein neues, interessantes Licht auf ihn. Und ich bin die Motte, die geradewegs darauf zufliegt.

»Hey, Team!« Alex winkt uns zu sich. Wie dressierte Pinguine stellen wir uns vor ihm auf. Es ist eindrucksvoll, wie konzentriert wir alle sind, seitdem Alex uns trainiert. Obwohl er ein wirklich lockerer Trainer ist, strahlt er dennoch die nötige Autorität aus. Er schafft es sogar, das Plappermaul Anna für eineinhalb Stunden zum Schweigen zu bringen.

Alex' Blick schweift durch die Reihe, wobei er mich ganz bewusst auslässt. Mein Herz rutscht mir in die Kniekehle und es ist nicht leicht, unbemerkt den Klumpen Enttäuschung hinunterzuschlucken. Er bereut es. War ja klar.

»Nachdem wir am Montag an eurem Beinschlag gearbeitet haben, möchte ich euch heute eine Trainingsmethode mit diesem Gerät zeigen.« Er deutet auf die Seile. »Habt ihr das schon mal ausprobiert?«

Außer mir schütteln alle den Kopf. Jetzt muss Alex mich ansehen, was ihn ganz offensichtlich Einiges an Überwindung kostet. Mit verkrampftem Kiefer blickt er mir entgegen. »Du kennst es schon?«

»Ja«, antworte ich und straffe die Schultern. Ich will nicht, dass er mir die Verunsicherung anmerkt und glaubt, ich wäre wegen seiner offensichtlichen Ablehnung verletzt. Das bin ich nämlich nicht. Ich stehe darüber und bin ehrlich froh, dass nicht mehr zwischen uns passiert ist. Im Ernst. Es wäre die reinste Katastrophe gewesen. Außerdem habe ich mir nach dem Desaster mit Owen geschworen, mich nie wieder in eine solche Lage zu bringen.

»In meinem alten Verein haben wir die Methode ab und zu genutzt.«

»Und, was hältst du davon?«

»Ich finde, es ist eine gute Abwechslung zum normalen Kraftausdauertraining.«

Alex nickt und ein unmerkliches Lächeln zupft an seinen Mundwinkeln. Er macht eine Kopfbewegung Richtung Becken. »Dann zeig den anderen, wie es funktioniert.«

Bevor ich die Bedeutung seiner Worte und den strengen Trainer-Ton verarbeiten kann, streckt er mir schon einen blauen Gürtel entgegen, den ich zögernd entgegennehme.

Unter Alex' Blick schnalle ich ihn um meine Hüfte und komme mir dabei eher so vor, als würde ich vor ihm strippen. Als sein Blick meinen Körper entlanggleitet, fühle ich mich vollkommen nackt. Er schluckt hart und wendet sich dann den anderen zu.

»Das Training mit dem Zugseil hat viele Vorteile und wird nicht nur beim Schwimmen genutzt. Auch Footballer oder Läufer schwören darauf. Es geht darum, die Schwimmkraft zu verbessern, indem man gegen einen Widerstand anschwimmen muss. Auch die Abstoßkraft kann dadurch gezielt trainiert werden.« Alex nimmt das Ende eines der Seile und stellt sich neben mich. »An den Gürteln gibt es einen Metallring, an dem das Seil befestigt wird.«

Ich halte ganz still und als seine Finger meine Hüfte streifen, hält er ebenso den Atem an wie ich. Mit einem leisen Klicken hakt er den Karabiner ein, macht einen Schritt zurück. Seine Pupillen sind geweitet und für eine Millisekunde sehe wieder den gefühlvollen Alex vor mir, nicht den toughen Trainer. Mit einem Wimpernschlag vertreibt er den Moment.

»Chloe wird euch jetzt zeigen, was ihr machen müsst.«

Ich folge seiner Anweisung, ziehe meine Taucherbrille vor die Augen und gehe mit weichen Knien zum Beckenrand. Als ich ins Wasser hineingleite, atme ich einmal tief ein und aus, um die chaotischen Gedanken zu besänftigen. Im Wasser funktioniert das deutlich besser als an Land und ich fühle mich sofort sicherer.

Alex zieht eine schwarze Trillerpfeife aus der Tasche seiner Shorts. »Sobald ich pfeife, wird Chloe sich abstoßen und ungefähr acht Sekunden lang mit Dolphin-Kicks gegen den Widerstand tauchen.« Er sieht zu mir herunter. »Bereit?«

Ich nicke, gehe in Startstellung und fixiere den gegenüberliegenden Beckenrand. Ich bin hoch konzentriert, während jeder meiner Muskeln in freudiger Anspannung darauf wartet, in Bewegung zu kommen. Als der Pfiff ertönt, tauche in unter, drücke mich von der gekachelten Wand ab und schieße mit voran gestreckten Armen in einem flachen Winkel durch das Wasser. Der Widerstand des Seils macht sich schnell bemerkbar und ich muss alle Kräfte mobilisieren, um mich mit meinen Beinschlägen voranzubringen. Nach ein paar weiteren Metern ist das Seil vollends hinter mir gespannt und hält mich vom Weiterkommen ab. Meine Oberschenkel beginnen zu brennen und ich spüre, wie ich von Sekunde zu Sekunde den Druckpunkt auf dem Wasser verliere.

Dann ertönt wieder ein Pfiff. Ich stoppe in meiner Bewegung und hebe prustend den Kopf an die Oberfläche, während mich das Seil ein Stück zurückzieht.

Mit wenigen Schwimmzügen bin ich wieder an meiner Startposition angekommen. Vom Rand aus sieht Alex auf mich herunter, so durchdringend, das Gedankenchaos, das ich gerade im Wasser zurückgelassen habe, mit voller Wucht zurückholt.

Kapitel 15

Hey, ich muss die Nachhilfe morgen absagen. A.

Ich starre auf das Display, überfliege zum hundertsten Mal Alex' Nachricht, die er mir nach dem Training geschickt hat. Seitdem sind drei Tage vergangen und noch immer fühlt es sich an, als würde mir jedes einzelne Wort eine Backpfeife verpassen. Jedes Mal, wenn wir uns auf dem Campus begegnet sind, hat er mich geflissentlich gemieden.

Man muss kein Genie sein, um sich den Grund zusammenzureimen. Er bereut das, was zwischen uns passiert ist – oder eher, was fast zwischen uns passiert ist.

Dabei war nicht ich es, die sich ihm an den Hals geworfen hat. Ich habe ihn nicht gezwungen, mir in der Umkleide so nah zu kommen, mich zu berühren und mir irgendwelche verwirrende Dinge zuzuraunen. Er wusste, was er macht und die Anziehung zwischen uns habe ich mir nicht eingebildet.

Ich bin wirklich kein Experte in Sachen Sex, aber ich bin durchaus in der Lage zu unterscheiden, ob ein Mann ein normales Gespräch mit mir führt oder mit mir flirtet.

Ich weiß noch, wie überrascht ich war, als Owen mich nach dem Training gebeten hat, ihm noch mit den Papieren für unseren ersten Wettkampf zu helfen. Im Nachhinein bin ich mir nicht mal sicher, ob er mich wirklich attraktiv fand oder nur mit mir schlief, weil ich ihn mit meiner damaligen Freshmen-Naivität so angehimmelt habe.

Rückblickend schäme ich mich für meine Dummheit und hätte mich gern von Anna trösten lassen. Aber die Angst vor ihrer

Reaktion war zu groß. Also schwieg ich, weinte leise abendelang in mein Kissen, während Anna auf Dates war, und überstand meinen ersten heftigen Liebeskummer allein.

Ich unterdrücke ein Seufzen, schiebe das Smartphone unter mein Kopfkissen und die Gedanken an Alex gleich dazu. Mit überkreuzten Beinen hocke ich auf meinem Bett und beobachte Anna dabei, wie sie ein Kleidungsstück nach dem anderen aus ihrem Schrank zieht, es mit kritischem Blick begutachtet und dann einfach hinter sich auf den Boden wirft.

»Wieso kann ich nicht meine Sachen anbehalten?«, frage ich muffelig und stütze den Kopf in meine Hände. Es ist schon sieben Uhr und in einer halben Stunde sind wir mit dem Team vor Deacons Wohnheim verabredet.

Anna dreht den Kopf in meine Richtung und zieht die Nase kraus, während sie mein schlichtes Outfit aus Jeans und schwarzem Pullover mustert. Nichts Aufregendes, aber für eine Party, auf die ich keine Lust habe und von der ich schnellstmöglich wieder verschwinden werde, vollkommen angemessen. Wahrscheinlich würde ich nicht mal meine Jacke ausziehen …

»Auf keinen Fall wirst du da so aufkreuzen. Das werde ich nicht zulassen. Es ist deine erste Collegeparty. Da kannst du nicht in deinen Alltagsklamotten hin, Chloe.«

»Wer sagt das?«

»Ich.«

Anna wirft ihre gelockten Haare nach hinten, für die sie eine komplette Stunde vor dem Spiegel stand und ich in der Zeit endlich mein Skript durchgearbeitet habe.

Ich wäre noch schneller fertig gewesen, wenn mein Kopf nicht ständig andere Gedanken heraufbeschworen hätte.

»Ja«, stößt Anna hervor, springt auf und hält mit breitem Grinsen einen schwarzen Stofffetzen in die Höhe. »Das ist es.«

»Was?«, frage ich vorsichtig und ahne das Schlimmste.

»Na, dein Outfit!«

»Das ist ein Stirnband«, korrigiere ich sie.

Anna rollt mit den Augen. »Das ist ein Crop Top, Chloe.«

»Oh, nein.« Ich schüttele vehement den Kopf. »Auf keinen Fall werde ich das anziehen.«

»Natürlich wirst du das«, entgegnet sie und blickt mich mit kompromissloser Miene an. Sie selbst hat sich ordentlich in Schale geworfen und sieht in dem schwarzen Ledermini, den schwarzen Strumpfhosen und dem tief ausgeschnittenen Shirt wie ein Rockstar aus.

»Du hast doch diese Jeans, die mit der hohen Taille.«

Ich zucke die Achseln und verschränke trotzig die Arme.

Anna stöhnt genervt. »Mann, Chloe, vertrau mir doch mal.« Sie geht zu meinem Schrank und reißt die Tür auf. »Das wird super heiß aussehen.«

»Stopp!«, rufe ich, springe auf und schiebe mich zwischen sie und meine Kleidung, die auf Kante gefaltet in den Regalfächern liegt. »Ich mache das selbst.«

Anna verdreht die Augen, tritt aber dann zur Seite und grinst gewinnend. Sie weiß genau, welche Knöpfe sie bei mir drücken muss, um ihren Willen zu bekommen. Die Vorstellung, dass sie in Sekunden meine ordentlichen Kleiderstapel durchwühlt und alles herauszerrt, macht mich ganz kribbelig.

»Wir werden Spaß haben. Du erinnerst dich? Alt und langweilig werden wir noch früh genug.«

Ich hole die Jeans heraus, von der Anna gesprochen hat, und die ich bisher nur in Kombination mit langen Pullis getragen habe. Diese High-Waist-Schnitte betonen einfach zu sehr den Hintern. Ich habe sie mir am selben Tag gekauft, an dem ich meine Haare habe schneiden lassen. Ganz nach dem Motto: neue Frisur, neue sexy Jeans, neues Leben am College. Lächerlich.

Fünfzehn Minuten später stehe ich in der hautengen Jeans, einem winzigen Crop Top und einem offenen rot-schwarz-karierten Buttondown-Hemd vor dem Spiegel. Meine Haare sind zu einem hohen Zopf gebunden und meine braunen Augen mit Mascara betont. Zu mehr hat mich Anna nicht überredet bekommen.

»Du siehst heiß aus«, meint sie, legt die Hände auf meine Schultern und mustert mit einem zufriedenen Lächeln mein Spiegelbild.

Und ja, ausnahmsweise muss ich ihr wirklich recht geben. Das Outfit trifft trotz meiner Zweifel meinen Geschmack und durch das lockere Hemd fühle ich mich in dem minimalistischen Top nicht ganz so nackt.

Wir ziehen unsere Jacken über und verlassen unser Zimmer. Auf dem Flur herrscht reges Treiben. Es ist Samstagabend, was für die meisten Studenten Partyzeit bedeutet …

»Mädels!« Max, der fast zeitgleich mit uns sein Zimmer verlässt, drängt sich zwischen uns und legt seine Arme um unsere Schultern. Der Duft seines Parfums schlägt mir entgegen, den er nur auflegt, wenn er ausgeht – was in letzter Zeit nicht oft vorkommt, weil er seine Schichten es kaum zulassen.

Max studiert Biologie und da seine alleinerziehende Mom ihn finanziell kaum unterstützen kann, muss er sich jeden Tag am College hart erarbeiten. Ich habe noch nie mitbekommen, dass er sich darüber beklagt oder deshalb gestresst wirkt.

»Bereit für die Party?«, fragt er und sieht uns abwechselnd an. Seine dunklen Augen strahlen und die schwarzen Locken hüpfen bei jedem Schritt mit.

»Du kommst auch mit?«, frage ich und lächle erleichtert.

»Sicher. Ich kann euch doch nicht allein in eine Wohnung voller Proleten-Footballer lassen.«

Anna schüttelt seine Hand von ihrer Schulter. »Wehe du spielst den Aufpasser, Max. Ich wollte nur nett sein, als ich dich gefragt habe.«

Max, der nur noch mich im Arm hält, verdreht die Augen. »Du und nett … klar.«

Wir laufen an mehreren Wohnheimkomplexen vorbei, bis zu denen, die am Ende des Campus liegen. Gleich hinter dem Gebäude, in dem Alex wohnt. Ich habe keine Ahnung, ob er mit den Footballern befreundet ist, aber ich bin mir sehr sicher, dass Deacon es nicht verpasst hat, Alex zumindest zur Party einzuladen. Alex ist hier schließlich eine Art Promi, den jeder gerne zum Freund haben möchte. Denn darum geht es doch in unserem Alter. Sehen und gesehen werden. Ein Grund, weshalb ich mich auf Partys und anderen Anlässen mit Menschenmassen deplatziert fühle.

Nervös reibe ich meine Handflächen aneinander. Ich kann nur hoffen, dass ich Alex nicht über den Weg laufe, falls er auch da sein wird.

Schon von Weitem hört man die Musik und den Bass gegen die Hauswand donnern. Vor der Tür hat sich bereits eine Traube Menschen gebildet, die mit Bierflaschen oder Zigaretten zusammenstehen. Etwas abseits entdecke ich Lilly und Pam, die uns euphorisch begrüßen.

»Wo ist Kim?«, frage ich, weil ich sie nirgends entdecken kann. Lilly verdreht die stark geschminkten Augen. »Sie hat sich geweigert. Pam und ich haben alles versucht, aber sie wollte nicht.«

Auch wenn ich es schade finde, dass Kim nicht dabei ist, kann ich es ihr nicht verübeln. Ich wäre auch lieber in meinem Bett und würde ganz in Ruhe lesen.

Kaum haben wir die Wohnung betreten, muss ich mich an vielen Körpern vorbeidrängen, um vorwärts zu kommen. Die Luft steht schon jetzt und riecht nach einem wilden Mix aus blumigem Parfum und männlichem Aftershave.

»Was ist das hier?«, rufe ich Anna zu, die meine Hand hält und unsere Gruppe zielstrebig in die Küche navigiert, in der Deacon und zwei andere aus dem Football-Team Bierflaschen verteilen. »Projekt X?«

Anna lacht, als sie mir einen Blick über die Schulter zuwirft. »Das ist eine WG-Party. Ganz normal. Wenig Platz, viele Menschen.« Sie stellt sich auf die Zehenspitzen und wedelt mit der Hand in der Luft herum, um Deacon auf sich aufmerksam zu machen. Als er sie bemerkt, erobert ein Strahlen sein markantes Gesicht. Sofort kommt er auf uns zu.

»Anna … super, dass du da bist.« Deacon beugt sich zu ihr hinunter und zieht sie in eine feste Umarmung. Dabei platziert er seine riesige Hand ziemlich nah an ihrem Hintern. Doch sie kichert nur und drückt ihn von sich weg.

Deacon sieht neben ihrer schlanken Gestalt wie Hulk aus. Sein schwarzes Shirt spannt über den aufgepumpten Muskeln. Er hat diese rasierte Kerbe in der dunklen Augenbraue, die wahrscheinlich gefährlich und verwegen wirken soll. Ich finde, es ist eine ziemlich alberne Art der Selbstdarstellung.

Ich liebe Anna, aber ihr Männergeschmack ist fragwürdig. Auch wenn sie auf den ersten Blick sehr oberflächlich wirkt, steckt hinter ihrer aufgehübschten Fassade eine intelligente und feinfühlige Person. Ich habe mich zu schnell auf eine Affäre eingelassen, die ich sehr bereue, weil ich mich unter meinem Wert an jemanden verkauft habe. Anna hat mehr verdient, als sich von jedem Kerl an den Hintern fassen zu lassen. Ich glaube nicht, dass ihr das wirklich gefällt. Und trotzdem provoziert sie es und giert geradezu nach männlicher Aufmerksamkeit.

»Ich habe noch ein paar Freunde von mir mitgebracht. Das ist doch okay, oder?« Anna lächelt dieses verführerische Lächeln, mit dem sie jeden Kerl das Hirn ausschaltet.

»Klar, Babe. Du kannst mitbringen, wen du willst.« Sein Blick huscht über unsere Gruppe. Seine blauen Augen sind glasig, er muss schon einiges getrunken haben. »Nehmt euch was. Es ist genug da.«

Dann legt Deacon einen kräftigen Arm um Anna und flüstert ihr etwas ins Ohr. Sie kichert wieder und gibt ihm einen Klaps gegen die Brust.

Ich tausche einen Blick mit Max, der sich gerade aus seiner Jacke befreit und genauso angewidert guckt, wie ich mich fühle. »Wollen wir ins Wohnzimmer?«

Ich nicke und will gerade Lilly und Pam Bescheid geben, aber die beiden sind bereits mit zwei Jungs beschäftigt, die ihnen jeweils einen roten Plastikbecher in die Hand drücken und unverhohlen in ihre Ausschnitte glotzen. Genau deshalb hasse ich solche Partys. Es geht nur ums Trinken und Sex. Absolut nicht meine Welt.

Ich seufze und komme mir, mehr denn je, fehl am Platz vor.

Als Max meine Hand nimmt und wir uns zusammen Richtung Wohnzimmer schlängeln, bin ich unendlich dankbar, dass er mitgekommen ist.

Kapitel 16

Wir drängen uns an den Leuten vorbei, die trotz der Enge einfach auf der Stelle tanzen. Ein kleiner Typ mit Basecap bedient hinter einem Klapptisch einen Laptop. Neben ihm stehen große Boxen, aus denen irgendein Dance-Hit schallt.

»Party!«, schreit ein schlaksiger Kerl in einem übergroßen Footballshirt und drückt uns im Vorbeigehen zwei volle Flaschen Bier in die Hand. Max und ich prusten los. Wir arbeiten uns bis in den hinteren Teil des Raumes vor und ergattern tatsächlich einen Platz auf der Couch.

»Hältst du mal kurz?«, bitte ich Max und drücke ihm meine Flasche in die Hand. Dann schlüpfe ich aus meiner Jacke und lege sie auf die Lehne des schwarzen Ledersofas. Max starrt einen Augenblick auf das knappe Top.

»Anna hat mich gezwungen, das zu tragen«, erkläre ich und ziehe unbehaglich die Hemdenden zueinander, weil mich zwei Typen von der Wand gegenüber grinsend angaffen. Ich frage mich ernsthaft, was Anna daran so reizt.

Wir setzen uns und Max reicht mir mein Bier. »Du siehst … toll aus. Steht dir, ehrlich.«

»Danke«, murmele ich und erwidere sein verkrampftes Lächeln. Schnell nimmt er einen Schluck Bier. »Ich hasse solche Partys.«

»Da sind wir schon zu zweit.«

Sein Lächeln wird zu seinem typischen Grinsen, was mich etwas entspannt.

Zögerlich nippe ich an meiner Flasche und versuche, mich daran zu erinnern, wann ich das letzte Mal Alkohol getrunken habe. Das Glas Sekt vergangenes Silvester mit meinen Eltern? Habe ich da überhaupt eins getrunken?

Max stöhnt neben mir und reißt mich damit aus meinen Gedanken. »War ja klar.«

Ich folge seinem Blick zum Wohnzimmereingang und erstarre.

Alex betritt den Raum und zieht sofort die Aufmerksamkeit der feiernden Leute auf sich. Einige glotzen ihn unverhohlen an, während andere schüchtern in seine Richtung linsen und eine Gruppe Mädels in Miniröcken in regelrecht anschmachtet – was man ihnen nicht verübeln kann. Selbst in Jeans und dem einfachen weißen T-Shirt, sieht er unglaublich gut aus. Seine dunkelblonden Haare sind verwuschelt, als wäre er gerade erst mit den Fingern hindurchgefahren. Trotz der Entfernung und des dämmrigen Deckenlichts kann ich das strahlende Blau seiner Augen erahnen.

Meine Finger schließen sich fester um den Flaschenhals und ich kann nicht verhindern, dass mein Herzschlag den gleichen schnellen Rhythmus annimmt, wie der Beat von Gigi D'Agostinos *In my Mind*, der gerade aus den Boxen dröhnt.

»Der Kerl ist einfach überall. Langsam nervt er.«

Ich nehme Max' missbilligende Worte nur am Rande wahr, weil ich viel zu sehr damit beschäftigt bin, Alex anzustarren. Mich nervt etwas ganz anderes, denn Alex ist nicht allein erschienen. Liv klebt an seiner Seite.

Sein Blick gleitet durch den Raum und stockt, als er erst Max trifft und dann bei mir verharrt. Alex' Miene ist unergründlich, als er sich von meinen Augen löst und mein Outfit mustert. Nur ein kleiner Muskel zuckt an seinem Mundwinkel und ich beobachte mit rasendem Puls, wie sein Adamsapfel langsam nach oben und wieder hinabrutscht. Die Erinnerung an die Spannung zwischen uns in der Umkleide überfällt mich ohne Vorwarnung.

Erst als Liv besitzergreifend die Arme um seine Taille schlingt, reißt er sich von mir los und blickt auf sie hinab. Grinsend legt sie den Kopf in den Nacken und sagt etwas zu ihm, woraufhin Alex nur gleichgültig mit den Schultern zuckt.

»Da hat er sich ja genau die Richtige geangelt.«

Ich kann nicht länger ertragen, wie Liv an Alex hängt, und konzentriere mich wieder auf Max.

»Wie meinst du das?« Die Eifersucht, die in meiner Brust schmerzhafte Stiche auslöst, mischt sich mit einem Anflug von Panik. »Sind die beiden etwa ... zusammen?«

Eine Handvoll Jungs kommt herein und begrüßt Alex mit einem freundschaftlichen Schulterklopfen. Darunter auch Len, der auch ein weibliches Anhängsel dabeihat und mir die Sicht auf Alex versperrt.

Max schnaubt und stiert finster auf die Gruppe. »Glaub ich nicht. Liv ist das weibliche Pendant zu eurem Spitzenschwimmer und will sich bestimmt genauso wenig auf jemanden festlegen.«

Ich schweige und knibbele an dem Etikett meiner Flasche herum. Mit einem Mal fühle ich mich wie der größte Idiot aller Zeiten, weil ich mich in einen Fast-Kuss so sehr hineingesteigert habe, obwohl Alex diesen ganz offensichtlich bereut und mir aus dem Weg geht. Mit Sicherheit hat er Sorge, dass Chloe Campbell – die verklemmte Regelbeauftragte – wer weiß was in diesen flüchtigen Moment hineininterpretiert.

Eine Weile sitzen Max und ich schweigend da und trinken aus unseren Flaschen.

»Findest du, dass ich ... langweilig bin?«, frage ich ihn irgendwann. Stattdessen fixiere ich Livs platinblonde Mähne, die zwischen den anderen Personen hervorblitzt.

Max blickt mich von der Seite an. »Wie kommst du denn darauf?«

Ich zucke mit den Schultern und forme ein Stück des abgerissenen Etiketts zwischen den Fingerspitzen zu einer Kugel. »Weil, ich eben lieber zuhause sitze und lerne, statt Party zu machen und mit Männern zu flirten. Weil ich nicht so bin wie Liv und Anna ...«

»Und das ist auch gut so.« Max lehnt sich nach vorn und sucht meinen Blick. Seine Stirn liegt in Falten und seine Augen mustern mich eindringlich. »Nicht jeder Kerl steht auf solche Frauen.« Er seufzt und legt seine Hand auf mein Bein. »Chloe, ich sage dir jetzt was als Mann und nicht als dein Kumpel, okay?«

Als ich langsam nicke, sieht er mich noch einen Moment lang an, bevor er zögernd zu sprechen beginnt: »Du bist klug und ...

hübsch. Du bist niemand, der im Vordergrund stehen muss, auch wenn du jedes Recht dazu hättest. Du weißt, was du willst und verstellst dich für niemanden.« Er lächelt. »Glaub mir. Du bist genau richtig.«

»Okay … wow.« Ich mustere skeptisch sein Gesicht, auf dessen Wangen sich hellrote Flecken gebildet haben. Das war eine deutlich detailliertere Antwort, als ich es erwartet habe. Max ist ein wichtiger Freund und wie ein Bruder für mich. Ein »Du bist toll, Chloe« hätte ausgereicht, um mich aufzumuntern.

»Ja, und …«

»Hey. Darf ich kurz unterbrechen?«

Vor Schreck zucke ich zusammen. Wie in Zeitlupe drehe ich den Kopf, Alex hat sich vor uns aufgebaut. Sein Blick fixiert Max' Hand, die noch immer auf meinem Bein liegt.

»Was gibt's?«, fragt Max, der seine Finger erst zurückzieht, als ich unbehaglich auf der Couch herumrutsche.

»Ich würde gerne mit dir reden, Chloe. Hast du ein paar Minuten?«

Instinktiv halte ich nach Liv Ausschau. Aber sie ist verschwunden. Genauso wie Len und sein Gefolge.

Ein neuer Song setzt ein und ein lautes Jubeln bricht aus.

»Worüber?«, frage ich über die Musik hinweg.

Alex' mustert Max, der sich zurückgelehnt hat und die tanzenden Leute anstarrt. Klar, er hält nichts von seinem Machogehabe, aber muss er sich deshalb wie ein Arsch benehmen? Der Gedanke, dass hinter Max' Verhalten mehr stecken könnte, schnürt mir die Brust zu.

»Das würde ich dir gerne allein erklären. Unter vier Augen.«

»Okay.«

Max' Kiefer ist angespannt, als ich mich ihm zuwende. »Kann ich dich kurz allein lassen?«

Seine Schultern sacken ein Stück hinab, aber er behält seine abweichende Haltung. »Sicher. Deine Sache.«

Verunsichert beiße ich auf der Innenseite meiner Wange herum. »Dann bis gleich.«

Ich folge Alex aus dem Wohnzimmer. Im Flur verliere ich fast den Anschluss, weil er viel zu schnell geht und mir ständig irgendwelche Leute den Weg versperren. Plötzlich packt mich eine Hand, die sich warm und weich um meine Finger legt und mich bestimmend mit sich zieht. Seine Berührung löst ein Prickeln aus, das meinen gesamten Arm entlangwandert. Am Ende des Flures öffnet er eine Tür und ich frage mich, warum er sich hier so gut auskennt. Ob er und Deacon befreundet sind? Erst als Alex die Tür hinter uns schließt, lässt er mich los. Plötzlich ist es stockdunkel um uns herum – dunkel und ruhig. Ich mache einen Schritt nach hinten und stoße gegen die Wand. Mit den Fingern taste ich nach dem Lichtschalter, erstarre aber, als ich merke, wie nah Alex mir gekommen ist. Ich spüre die Wärme, die von seinem Körper ausgeht, und höre seinen Atem, der auf meinen Haaransatz trifft.

»Was soll das? Mach sofort das Licht an«, fordere ich mit sehr viel weniger Nachdruck als beabsichtigt.

»Was machst du hier?«, fragt er mit rauer Stimme.

Als sich seine Hand um meine Wange legt, halte ich die Luft an und schließe die Augen. Eine winzige Berührung von ihm und ich bin eine zappelnde Fliege, die sich in seinem Netz verfangen hat.

»Was ist das denn für eine Frage? Ich feiere und habe Spaß, was sonst? Das Team geht regelmäßig zusammen weg«, lenke ich ungeschickt ab.

Er lacht und seine Finger bahnen sich durch meine Haare. »Du hast nicht so gewirkt, als hättest du sonderlich viel Spaß.«

Ich keuche und umfasse fest sein Handgelenk. Ich sollte ihn von mir stoßen, ihn bitten, mich in Ruhe zu lassen.

Alex hat mich die letzten Tage behandelt wie jemand mit einer ansteckenden Krankheit. Er hat die Nachhilfe abgesagt und jetzt berühren wir uns, sind uns viel zu nah in einem stockdunklen Raum, nur wir zwei. Ich bin verwirrt und gleichzeitig von dem Gefühl überwältigt.

»Du siehst wunderschön aus, Chloe.« Er legt seine andere Hand an meine Hüfte. »So wunderschön.«

Zitternd atme ich aus. Es fühlt sich falsch und gut zugleich an und ich habe keine Ahnung, wie ich es schaffen soll, mich von ihm loszureißen und zu verschwinden, wenn jede Zelle in meinem Körper vor freudiger Erwartung vibriert. Auch wenn sich gerade alles einfach nur fantastisch anfühlt, weiß ich, dass es nicht funktionieren kann – weil ich nicht wie Liv oder Anna bin. Weil ich nicht gemacht bin für oberflächige Spielchen. Nicht nach Owen. Aber was, wenn das hier mehr bedeutet?

»Ich dachte, du wolltest mit mir reden«, flüstere ich und umschließe sein Handgelenk noch fester, anstatt es einfach loszulassen.

»Ja … aber, ich muss erst mal dringend etwas anderes machen. Daran denke ich seit Tagen. Das hat mich wahnsinnig gemacht. Du machst mich wahnsinnig.«

Und dann berühren seine Lippen meine, tasten sich zögerlich an mich heran, bevor er mein Gesicht näher zieht und mich mit einem tiefen Seufzer küsst.

Kapitel 17

Alex' Mund bewegt sich auf eine so köstliche Weise auf meinem, dass ich alles andere ausblende – die Party, die Leute auf dem Flur und die laute Musik, die gegen die Tür des Zimmers prallt, in dem Alex mich mit seinem Körper gegen die Wand presst.

Ich keuche, als sich seine Finger an meinem offenen Hemd vorbeischieben und meine nackte Taille umfassen. Das tiefe Brummen, das aus seiner Kehle dringt, wird von meinem Mund erstickt. Ich löse meinen Griff um sein Handgelenk und kralle mich an den Seiten seines T-Shirts fest. Alles in mir schreit danach, ihn noch näher an mich heranzuziehen. Gott. Das ist noch viel besser, als ich es mir vorgestellt habe – und ich habe es mir seit dem Umkleide-Vorfall ziemlich oft vorgestellt …

Als Alex' Hand meine Taille hinaufwandert und eine Gänsehaut hinter sich herzieht, habe ich das Gefühl, den Boden unter den Füßen zu verlieren.

»Das ist so falsch«, flüstert er, als wir beide voneinander ablassen, um nach Atem zu ringen. Seine Nasenspitze berührt meine und ich will ihn am liebsten sofort wieder an meine Lippen ziehen.

»Fühlt sich aber nicht so an«, erwidere ich und öffne langsam die Augen. Es ist so dunkel, dass ich bloß schwarz sehe, dafür aber überdeutlich Alex' Nähe spüre – seinen warmen Körper, seine Brust, die sich schnell hebt und senkt.

Die Art, wie er mich hält, seine Wärme – alles fühlt sich wunderbar richtig an.

»Wieso hast du mich die letzten Tage ignoriert?«

Er legt die Stirn an meine. Seine Hände krallen sich um meine

Taille. »Es tut mir leid. Ich … habe nur versucht, dich auszublenden.«

»Warum?«

»Weil …« Alex schnaubt und ich spüre, wie sich unter seinem Shirt jeder Muskel anspannt. »… weil das in die verkehrte Richtung läuft mit uns. Es ist … zu viel.« Er stößt ein Geräusch aus – eine Mischung aus einem verzweifelten Lachen und Stöhnen und löst die Hände von mir. »Was mache ich hier?«

Noch bevor ich die Chance habe, ihn wieder an mich zu ziehen, tritt er zurück. Plötzlich ist da nichts mehr zwischen uns, außer einer viel zu großen und kalten Lücke.

Ich schlinge die Arme um meinen Körper und versuche, das reißende Gefühl in meiner Brust zu vertreiben. Mein Herz schlägt mir noch immer bis zum Hals, aber jedes Prickeln, das es bis eben noch durch meine Adern gepumpt hat, ist verschwunden.

»Tut mir leid, dass ich dich von deinem Freund weggeholt habe. Das war … eine scheiß Idee.« Plötzlich klingt Alex kühl und sachlich, was mich völlig auf den Boden zurückholt und ich wieder anfange, nach dem verdammten Lichtschalter zu tasten. Ich muss seinen Gesichtsausdruck sehen. Das kann einfach nicht sein Ernst sein.

Gerade, als meine Finger einen kleinen Hebel an der Wand erspüren, reißt Alex die Tür auf und rauscht an mir vorbei. Das Flurlicht und die Geräusche der Party schwappen ins Innere und für Sekunden starre ich auf das Bett vor mir und registriere nur am Rand, dass das hier das Zimmer von Deacon oder einem seiner Mitbewohner sein muss.

Ich bin geschockt und kurz davor, Alex hinterherzurennen und ihm vor den versammelten Gästen eine feste Ohrfeige zu verpassen. Er hat mich stehen gelassen. Schon wieder. Nur mit dem Unterschied, dass er mich diesmal geküsst hat – so wahnsinnig intensiv, dass das Blut in meinen Lippen immer noch warm pulsiert. Warum macht er das? Ist das irgendein krankes Spielchen? Tränen brennen in meinen Augen und endlich schaffe ich es, mich von der Wand zu lösen. Ich schiele durch den Türspalt und schiebe mich so unauffällig wie möglich hinaus. Ich habe keine Ahnung, wohin Alex verschwunden ist, und auch wenn ich ihn am liebsten sofort zur Rede stellen will, gerade kann ich es nicht ertragen, ihm wieder gegenüberzustehen. Ich will einfach nur hier weg.

»Chloe!« Max drängt sich an den Leuten im Flur vorbei und bahnt sich zu mir. Seine Augen mustern mich sorgenvoll. »Ich habe dich schon gesucht.«

»Tut mir leid … ich …« Ich reibe über meine Stirn, um mich nicht heulend um seinen Hals zu werfen.

»Geht es dir gut? Ist es wegen Clark? Er ist gerade wie ein Irrer mit Liv abgedampft. Da habe ich mir Sorgen gemacht.«

Seine Worte fühlten sich wie ein Schlag in die Magengrube an. Alex ist mit Liv abgehauen? Und das, nachdem er mich geküsst hat?

»Ich will einfach in mein Zimmer, okay?« Meine Stimme zittert.

Max zieht die schwarzen Brauen zusammen. »Gut. Warte hier. Ich hole unsere Jacken.«

»Du musst nicht mitkommen, Max.« Ich seufze und versuche zumindest eine unbekümmerte Miene aufzusetzen. »Ich komme klar, ehrlich. Ich bin müde und will nur ins Bett.«

»Und ich bringe dich zurück.«

Weil ich nicht die Kraft habe, mich weiter dagegen zu sträuben, nicke ich und warte, bis Max mit unseren Jacken zurück ist, damit wir endlich die erste und vermutlich auch letzte Studenten-Party meines Lebens verlassen. Nach Annas unzähligen Erzählungen habe ich nicht erwartet, dass sich meine erste Party-Erfahrung zu so einer Katastrophe entwickelt: Alex hat mich geküsst, er hat mich an sich gezogen, mich festgehalten, als wolle er mich nie mehr loslassen, um dann einfach abzuhauen. Mit Liv. Mein Herz verkrampft sich und ich bereue zutiefst, dass ich ihm überhaupt gefolgt bin.

Vor dem Haus begegnen wir Pam und Lilly, die angetrunken in den Armen der Kerle aus der WG-Küche hängen und an deren Zigaretten ziehen. Weil sie mir nicht sagen können, wo Anna ist, sende ich ihr eine knappe Nachricht, dass ich auf dem Weg nach Hause bin.

»Geht es dir jetzt besser?«, fragt Max, als wir das Gebäude und die Partygeräusche hinter uns lassen und eine Weile schweigend nebeneinander hergelaufen sind.

»Ja«, krächze ich und muss mich räuspern, um zu meiner gewohnten Stimme zurückzufinden. »Partys sind einfach nichts für mich.«

»Es lag nicht an der Party. Das wissen wir beide.«

Max vergräbt die Hände in den Jackentaschen.

»Es ist wegen Clark. Seit er aufgetaucht ist, bist du ständig so drauf. Er tut dir nicht gut. Er ist es, der nichts für dich ist.«

»Max …«

Er bleibt stehen und schnaubt laut. »Begreifst du denn nicht, was für ein Vollidiot er ist? Ich meine, mal im Ernst, der Typ schleppt eine nach der anderen ab.«

»Du kennst ihn doch gar nicht«, gebe ich zurück und wundere mich über die Wut, die sich in meinem Bauch wie ein Gewitter zusammenbraut. Wieso verteidige ich Alex? Max hat schließlich recht. Ich hätte mich niemals auf ihn einlassen dürfen.

»Aber du kennst ihn, oder was?« Max schnaubt, die Kälte macht seine Atemwolke sichtbar. Er legt den Kopf in den Nacken, das Gesicht Richtung dem klaren Sternenhimmel. »Chloe. Er ist ein Aufreißer und ehrlich gesagt …«, er richtet den Blick wieder auf mich, »… habe ich gedacht, du stehst nicht auf so was.«

»Wieso interessiert dich denn so, auf wen ich stehe? Es ist nett, dass du dich sorgst, aber ich bin kein Kind mehr. Ich kann sehr gut auf mich aufpassen. Das mit Alex … das ist meine Sache, okay?«

»Ich will doch nur für dich da sein. Was erwartest du denn? Soll ich ignorieren, dass es dir schlecht geht?« Max kommt einen Schritt auf mich zu. Seine Züge sind angespannt, als er mir die Hände auf die Schultern legt. »Glaub mir, Chloe, du hast so viel Besseres verdient.«

Ich versteife mich und obwohl ich Max' Nähe immer als angenehm empfunden habe, ist mir die Situation und die Wehmut, die in seinen Worten mitschwingt, gerade zu viel. Der Kuss und die Wut auf Alex, weil er mich eiskalt in dem dunklen Raum zurückgelassen hat, steckt mir noch in den Knochen. Und die Befürchtung, dass Max mir jeden Moment sein Herz ausschütten wird, macht mir wahnsinnige Angst. Ich brauche dringend eine Handbremse, die ich ziehen kann.

»Ich möchte jetzt wirklich auf mein Zimmer.«

Für ein paar Sekunden blinzelt er mich verwirrt an, dann schluckt er hart und nickt. »Okay.«

Wir laufen schweigend weiter, die gedrückte Stimmung fühlt sich wie eine Mauer zwischen uns an. Meine Schritte werden schneller, als wir an dem Apartmentblock vorbeigehen, in dem Alex' wohnt. Mit aller Macht versuche ich, die Vorstellung zu verdrängen, dass Liv und er dort oben eine Privatparty schmeißen.

»Alex«, seufzt jemand und im ersten Moment glaube ich, dass ich mir das nur eingebildet habe. Aber Max' Kopf schnellt in dieselbe Richtung – zur Hauswand, gegen die Liv lehnt, die Hände in Alex' Haaren vergraben, der sich an ihrem Hals zu schaffen macht. Ich halte ein entsetztes Keuchen zurück und das Gefühl überkommt mich, dass ein überdimensionales Messer meine Brust zerfetzt. Alex' Finger schließen sich um Livs Taille, genauso, wie sie es bei mir getan haben, eben, in Deacons Zimmer.

»Das Traumpaar.« Max' abwertendes Zischen ist so laut, dass Alex abrupt den Kopf hebt. Auch Liv bemerkt uns. Sie scheint mich zu erkennen, denn wie auf Knopfdruck bildet sich ein triumphierendes Lächeln auf ihren Lippen. »Tut mir leid, Leute. Wir stehen nicht so auf Spanner.«

»Keine Sorge. Das müssen wir uns echt nicht geben«, kontert Max' mit unverhohlener Ablehnung.

»Stimmt ja. Ihr Nerds habt ja nur Augen für eure Bücher.«

»Liv, lass gut sein«, brummt Alex und rückt von ihr ab. Er fährt sich durchs Haar. Erneut sacken seine Schultern ab. Geschockt, katalogisiere ich seine Reaktionen und frage mich, warum ich mir das antue.

»Wir schaffen wenigstens unseren Abschluss allein. Ohne Nachhilfe.«

Max' spitze Bemerkung trifft seinen Empfänger. Alex' richtet sich auf, seine Hände ballen sich zu Fäusten.

»Max, lass den Mist.« Ich packe ihn am Arm, um ihn weiterzuziehen. Aber er rührt sich nicht. Ich habe ihn noch nie so angriffslustig erlebt.

»Was ist eigentlich dein scheiß Problem?«, donnert Alex, der sich uns zuwendet und Max anstarrt.

»Du bist das Problem.« Seine Worte kommen ohne Zögern, aber sein nervöser Blick, den er mir kurz zuwirft, spricht Bände.

Mit langen Schritten kommt Alex auf uns zu, mich blendet er dabei vollkommen aus. Für Sekunden glaube ich, dass er Max eine verpassen wird. Der schluckt, bleibt aber an Ort und Stelle stehen und reckt das Kinn.

»Ich finde, du spielst dich ganz schön auf, dafür, dass du nur ihr *Kumpel* bist.«

Max' Nasenlöcher blähen sich, als Alex ihm noch näherkommt. »Ich bin mir ziemlich sicher, dass sie sehr gut auf sich selbst aufpassen kann, Maxwell.«

»Und das weißt du, weil du sie schon so wahnsinnig lange kennst?«

Alex schiebt das Kinn vor und senkt den Kopf, bis er mit Max auf Augenhöhe ist. »Du nervst mich, weißt du das?«

»Spinnt ihr? Hört auf«, unterbreche ich die beiden leicht hysterisch und ziehe erneut an Max' Jackenärmel. Diesmal lässt er es zu. Neben Alex taucht jetzt auch Liv auf, die ihre Hand auf seinen Rücken legt und mich dabei anfunkelt, als wolle sie mich damit provozieren – was ihr auch gelingt.

»Lass uns gehen, Babe. Das musst du dir echt nicht geben.«

Alex' Blick löst sich von Max und streift den meinen. Bevor ich irgendeine Emotion darin ausmachen kann, dreht sich um und stapft zum Hauseingang – dicht gefolgt von Liv.

Die Tür fällt hinter den beiden zu und ich muss mit aller Kraft die Tränen zurückhalten.

»Das war vollkommen unnötig«, zische ich und lasse Max einfach stehen.

Mein Kopf dröhnt, mein Hals brennt und meine Augen fühlen sich geschwollen an, als ich am nächsten Morgen aufwache. Kein Wunder. Schließlich habe ich die halbe Nacht damit verbracht, mich in Selbstmitleid und meinen Tränen zu suhlen und nebenbei Alex mentale Flüche zu senden. Und auch jetzt spüre ich, wie der fette Kloß bei dem Gedanken an den vergangenen Abend in meinem Hals anschwillt.

Ich wälze mich herum und schwarze Flecken tanzen vor meinem Sichtfeld, bis ich mich an die Helligkeit im Raum gewöhnt habe. Annas Bett ist noch immer leer.

Weil ich mich wie ausgebrannt fühle – mental und körperlich – beschließe ich, mir einfach die Decke über den Kopf zu ziehen und mich der Welt heute nicht zu stellen. Am liebsten nie wieder. Um meine lauten Gedanken zu übertönen, setze ich meine Kopfhörer auf und starte eine Playlist, die den vielversprechenden Namen *Life Sucks* trägt. Trotz der harten Rockklänge schlafe ich irgendwann ein und wache erst wieder auf, als die Lieder durchgelaufen sind und zeitgleich Anna ins Zimmer geschlurft kommt. Die gestern noch so perfekt aufgedrehten Locken hängen schlaff herunter. Bei jedem Schritt verzieht sie das Gesicht.

»Guten Morgen.« Ich nehme die Kopfhörer ab und stütze mich mit den Unterarmen auf die Matratze.

Anna brummt, linst aus schmalen Augen in meine Richtung. »Wieso lernst du nicht? Bist du krank?« Bäuchlings und vollständig angezogen legt sie sich auf ihr Bett.

»Kopfschmerzen«, antworte ich knapp und hasse mich selbst für meine Lüge. Aber ich will Anna nichts erzählen, weil ich das Ganze einfach nur vergessen will.

Anna schließt die Augen. »Dito.« Sie gähnt und ein träges Lächeln umspielt ihre Lippen. »Und das kommt nicht vom Alkohol. Deacon hat wirklich Ausdauer.«

Angewidert verziehe ich das Gesicht.

Obwohl mir wirklich nicht nach Scherzen zumute ist, kann ich mir einen Kommentar nicht verkneifen. »Vielleicht hast du ja ein Schleudertrauma. Soll ich das mal googeln?« Anna hebt den

Arm, der schlaff an der Bettkante herunterhängt, und zeigt mir den Mittelfinger. »Sag du mir lieber mal, warum du gestern so früh abgehauen bist.«

Ich ziehe mir die Bettdecke bis zu den Ohren, in dem Versuch, die Erinnerungen an Alex' fluchtartiges Verschwinden nach unserem Kuss und die Szene mit Liv auszusperren. »Ich war müde. Und Max musste heute früh raus.«

»Laaangweilig ...« Sie gähnt und schmatzt träge.

»Wenigstens habe ich kein Schleudertrauma«, verteidige ich mich halbherzig, während frische Tränen hinter meinen Lidern aufsteigen und ich kurz darauf, von Annas Schnarchen begleitet, wieder an den Mann denken muss, der mich innerhalb von wenigen Minuten auf Wolke sieben katapultiert und dann zielgenau abgeschossen hat.

Kapitel 18

Die nächsten zwei Tage husche ich wie eine Maus von Vorlesung zu Vorlesung, ohne mich auf den Fluren umzusehen.

Ich lasse sogar den Pizza-Tag ausfallen, einerseits aus Angst, Alex dort zu begegnen und irgendwie auch, um Max auszuweichen. Seit der Party haben wir uns nicht mehr gesehen und momentan weiß ich nicht, wie ich mit ihm in Zukunft umgehen soll. Max ist mir wichtig. Ich kann und will mir nicht vorstellen, ihn als meinen Freund zu verlieren, nur weil er … mehr für mich empfindet. Der Gedanke ist so schrecklich befremdlich, dass ich ihn nicht zu Ende denken will und mir einrede, dass es sich schon zwischen uns beruhigen wird.

Außerdem belastet es mich gerade wesentlich mehr, dass ich mich nicht vor dem Schwimmtraining drücken kann. Doch das wäre falsch. Auf keinen Fall werde ich Alex das Gefühl vermitteln, dass ich unter seinem Verhalten leide. Ich bin eine starke Frau. Und das soll dieser Arsch ruhig sehen.

»Willst du mir nicht endlich mal sagen, was los ist?«, fragt Anna auf dem Weg zur Schwimmhalle, den wir überwiegend schweigend verbracht haben. Natürlich hat sie meine gedrückte Stimmung bemerkt. Mich wundert es, dass sie erst jetzt nachhakt.

»Was soll denn los sein?«

»Chloe.« Sie spielt an den Fransen ihres Schals herum und sieht mich an. »Du verschanzt dich seit Tagen in unserem Zimmer, starrst ständig total gruselig vor dich hin und sagst unseren Pizza-Tag ab.«

»Ich muss eben viel lernen.«

»Das musst du immer«, hält sie dagegen und seufzt. »Seit

wann … redest du nicht mehr mit mir? Ich meine, erst die Sache mit der verschwiegenen Nachhilfe. Und jetzt weichst du mir schon wieder aus.«

Ich schiele zu ihr und die Enttäuschung in ihren Augen zerreißt meine Brust.

»Habe ich irgendwas falsch gemacht? Vertraust du mir nicht?«

»Natürlich vertraue ich dir.« Tu ich das wirklich? Warum kann ich Anna nicht einfach alles erzählen? Warum habe ich solche Angst davor, dass sie mich hassen wird, wenn ich sie einweihe. *Ach, weißt du, es ist nur wegen Alex. Seit er hier aufgekreuzt ist, bringt er mich total durcheinander. Wir haben uns auf Deacons Party geküsst, aber dann ist er verschwunden und hat Liv seine Zunge in den Hals geschoben. Und, ach ja, Owen und ich hatten eine Affäre. Deshalb hat er auch seinen Trainerposten geschmissen. Außerdem glaube ich, dass Max Gefühle für mich hat. Aber sonst läuft wirklich alles fantastisch!*

»Mir geht es gut.«

Anna schürzt die Lippen und sieht alles andere als zufrieden aus. Aber sie belässt es dabei und ich bin richtig erleichtert, da Pam und Kim zu uns stoßen und Anna in ein Gespräch über den neusten Campus-Gossip verwickeln.

Wir ziehen uns um und als wir in die Schwimmhalle gehen, fühlt es sich für mich so an, als würde ich einem Löwen in einer Kampfarena gegenübertreten – unbewaffnet. Mit gestrafften Schultern folge ich meinem Team, den Blick starr nach vorne gerichtet. Innerlich fühle ich mich aber alles andere als stark. Ich spüre seinen Blick auf mir und sogar seine Stimme wühlt mein Inneres auf; wie ein Sturm das Meer.

Ich würde ihm gerne demonstrieren, dass mir der Kuss genauso wenig bedeutet wie ihm. Aber das wäre eine glatte Lüge und ich weiß ganz genau, dass mich Alex durchschaut hat. Er hat gespürt, wie ich mich ihm hingegeben habe, während er mich gegen die Wand gepresst hat. Wieso zur Hölle hat er mich nicht einfach in Ruhe gelassen? Wieso hat er mir gesagt, wie besonders ich bin und wie ätzend er die Frauen eigentlich findet, die ihn nur benutzen.

So wie Liv – mit der er sofort wieder rumgemacht hat. Das ist total krank.

Ich quäle mich durch die einzelnen Übungen und achte neunzig Minuten penibel darauf, Alex auszublenden.

Zum Ende des Trainings nimmt er unsere Zeiten auf der Kurzstrecke. Meine angestaute Wut treibt mich nicht wie erhofft an, sondern hängt schwer wie Blei an meinen Füßen und ich schwimme die langsamste Bahn aller Zeiten.

»Die meisten von euch haben sich deutlich verbessert.« Ich spüre, wie Alex mich mit seinen Augen aufspießt, als wir nacheinander aus dem Becken steigen. »Bis zum Wettkampf solltet ihr neben dem Training noch mehr an eurer Kondition arbeiten.«

»Das haben wir schon in Angriff genommen. Wir gehen seit ein paar Tagen wieder jeden Morgen Laufen oder ins Gym. Wie wäre es, wenn du dich uns anschließt«, schlägt Anna vor und strahlt Alex an. »Du als Experte könntest uns ein paar Tipps geben.«

»Ihr sollt joggen, Anna. Ich denke, dass bekommt ihr auch allein hin.«

Die Härte in Alex' Worten scheint selbst meine toughe Freundin zu überrumpeln. Ihr Lächeln verrutscht.

»Im Gym kann man sich spezielle Trainingspläne zusammenstellen. Fragt einfach die Trainer. Wir sehen uns Montag«, schließt er die Stunde, wendet sich ab und ich laufe den anderen Richtung Ausgang nach.

»Chloe.«

Ich gehe weiter, reagiere nicht. Ich weiß wie albern das ist, aber ich kann jetzt einfach nicht mit ihm sprechen.

»Chloe, jetzt warte mal.«

Seufzend bleibe ich stehen. Mein Herzschlag beschleunigt sich und ich schließe die Faust fester um meine Taucherbrille, die ich in der Hand halte. Der Knoten, der seit der Party in meinem Magen entstanden ist, zieht sich unangenehm zusammen.

»Sehen wir uns morgen?« Die Sanftheit, die in seiner Frage mitschwingt, trifft mich unvorbereitet. Gleichzeitig macht es mich unfassbar wütend, dass er wirklich glaubt, dass ich ihm weiter beim Lernen helfe. In welcher Welt lebt dieser Arsch eigentlich? Die Enttäuschung, darüber, wie er mich behandelt hat, wächst zu einem übermächtigen Gefühl heran. Ich beiße die Zähne aufeinander, hebe den Kopf und das leuchtende Blau in Alex' Augen überrollt mich wie eine gigantische Welle.

»Ist das dein Ernst, Alex? Denkst du wirklich, dass ich noch weiter mit dir lerne?«

Alex schüttelt langsam den Kopf. Er wirkt richtig niedergeschlagen, so, wie er sich durch die Haare fährt und die Lider senkt. »Es geht mir nicht um die scheiß Nachhilfe. Ich will mit dir reden – über Samstag.«

»Es ist mir vollkommen egal, was du willst.«

»Chloe.« Er seufzt schwer und er macht einen Schritt auf mich zu.

Die kleinen Härchen auf meinem Arm stellen sich auf, als würden sie sich sehnsüchtig nach ihm ausstrecken.

»Bitte komm morgen. Wir sollten wirklich darüber sprechen.«

»Keine Sorge«, erwidere ich kühl. Meine Fassade einer toughen Frau ist widerstandsfähiger als gedacht. »Du brauchst keine Angst zu haben, dass ich jemandem von dem Kuss erzähle. Du bist unser Trainer und wir sind auf dich angewiesen. Alles andere kann ich ausblenden. Wir vergessen das einfach. Fertig.«

Alex' Blick jagt über meine harten Züge. Er stößt ein humorloses Lachen aus, senkt den Kopf und fasst sich in den Nacken. »Einfach vergessen ... klar.«

Ich bin viel zu aufgewühlt, um zu verstehen, was er damit meint. Ich will nur weg von hier – von ihm und dem Gefühlschaos.

»So kann das nicht jede Trainingsstunde laufen, Chloe.«

Ich fixiere meine nackten Füße, während sich die unterschiedlichsten Empfindungen in mir zu Wort melden. Ich wünschte, ich hätte mich niemals auf ihn eingelassen. Dann wäre zwischen uns alles ganz normal. Alex wäre einfach nur mein Trainer.

»Wir müssen normal miteinander umgehen können.«

»Das hättest du dir vorher überlegen sollen«, zische ich und verschwinde.

»Lernst du heute wieder mit Alex?«, fragt Anna, während sie in ihr Sandwich beißt. Es ist das erste Mal seit der Party, dass ich mich Max stelle und die Mittagspause mit ihnen verbringe. Doch weil meine Gedanken ständig um Alex kreisen, habe ich weder Zeit noch Lust, mich mit seiner betrübten Miene zu befassen. Wie ein trauriger Schatten hockt er neben mir.

»Erde an Chloe?«, hakt Anna nach.

Ich stocke in meiner Kaubewegung, bevor ich den Bissen Brot schwerfällig hinunterzwänge. »Weiß noch nicht.«

»Wieso nicht?«, will sie weiterwissen und lässt mich nicht aus den Augen. Unbehagen macht sich in mir breit. In Annas Frage schwingt zu viel Misstrauen mit.

»Deacon meinte, ihr hättet auf der Party geredet?«

Ich muss mich zusammenreißen, ihr den Inhalt meines Mundes nicht vor Schreck ins Gesicht zu spucken.

»Woher … wie kommt er denn darauf?«

Max, der mit harter Miene auf seinem Smartphone herumdrückt, schielt kurz zu mir. So sehr er sich bemüht, er kann es vor mir nicht verbergen, dass ihn das Thema Alex zur Weißglut bringt.

»Er hat mitbekommen, wie Liv über dich abgelästert hat. Sie ist wohl ziemlich angefressen, weil Alex mit dir verschwunden ist.«

»Die spinnt ja«, sage ich und gebe mich so gelassen wie möglich. Ich kann nicht fassen, dass Liv eifersüchtig auf mich ist. Gut – Max und Alex haben sich beinahe wegen mir geprügelt, aber er ist mit *ihr* in seiner Wohnung verschwunden. Trotzdem glimmt ein erbsengroßer Funke Genugtuung in mir auf, dass sie mich als Konkurrentin wahrnimmt.

»Du hast gar nichts davon erzählt. Was wollte er denn von dir?«

Schnell beiße ich ein besonders großes Stück von meinem Bagel ab, um mir ein wenig Bedenkzeit zu verschaffen. »Ach, es ging um die Nachhilfe. Er will mich unbedingt bezahlen.«

Auch wenn es nicht ganz an den Haaren herbeigezogen ist, fühle ich mich schrecklich, dass mir die Lüge so leicht über die Lippen geht. »Aber ich will sein Geld nicht.«

Jetzt hebt auch Max den Kopf und blickt mich argwöhnisch

an. Angespannt versuche ich, ihm mit den Augen ein *Bitte sag ihr nichts* zu senden.

»Du hilfst dem Kerl, weil er seinen Hintern allein nicht hochbekommt. Und du willst das umsonst machen?«

Anna seufzt und sieht Max an. »Maxwell. Es geht hier um Alexander Clark.«

»Ja, und?«

Sie verdreht die Augen, als wäre die Antwort darauf offensichtlich. »Er ist ein Superstar, er ist heiß und unser Trainer. Ich würde bis an mein Lebensende mit ihm unentgeltlich Lernen.«

Max zischt und schüttelt den Kopf, was die vielen schwarzen Locken in Schwung versetzt. »Sorry. Das ist mir zu hoch.« Wie, um das Gespräch zu beenden, widmet er sich wieder seinem Smartphone.

»Ach, mach dir nichts daraus. Da bist du nicht der Einzige«, meint Anna gespielt mitfühlend und tätschelt seinen Unterarm. Ruppig zieht er ihn weg, was Anna sichtlich irritiert.

»Mein Gott. Hol dir ein Snickers, Max.« Sie verdreht die Augen und wendet sich wieder an mich. »Und nur weil du kein Geld von ihm willst, gibst du ihm keine Nachhilfe mehr?«

»Ich … weiß einfach nicht, ob ich die Richtige dafür bin. Es ist ziemlich viel Stoff, den wir aufarbeiten müssen«, lüge ich weiter und schreie mich innerlich für meine Verlogenheit an.

Irgendwas in Annas grauen Augen verrät mir, wie wenig sie meine Ausrede überzeugt. »Egal was es ist, bitte klär das, Chloe. Wir brauchen ihn als Trainer.«

Ich senke den Blick auf mein Sandwich, um meine schuldbewusste Miene vor ihr zu verbergen. Das ungute Gefühl, dass Anna mich langsam durchschaut, versetzt mich in Panik. Es wäre die reinste Katastrophe, wenn Alex uns auch noch im Stich lassen würde – nur weil ich zum wiederholten Mal einen Egotrip fahre.

Mir bleibt keine andere Wahl. Ich muss mit ihm reden. Das bin ich meinem Team einfach schuldig.

Kapitel 19

Ich bin niemals zu spät. Weder zu meinen Kursen noch zum Training. Aber heute habe ich mir bewusst Zeit genommen und bin den Weg zu Alex' Apartment extra langsam gelaufen.

Erstens, weil ich nicht wieder riskieren will, eins seiner Betthäschen aus der Wohnung hoppeln zu sehen. Und zweitens, um ihm zu demonstrieren, dass er nicht der Mittelpunkt der Welt ist – das mag albern sein, aber es fühlt sich trotzdem wie eine kleine Genugtuung an, ihn warten zu lassen.

Ich klingle und es dauert nur Sekunden, bis sich die Tür öffnet. Alex trägt Jeans und ein weißes Shirt – wie immer. Und wie immer droht mir mein Herz aus der Brust zu springen. Nur, dass kurz darauf der stechende Schmerz des Messers, das er mir auf der Party in die Brust geschoben hat, jedes positive Gefühl überlagert.

»Hey.« Sein Blick gleitet über mich und ich umfasse die Träger meines Rucksacks fester. »Danke, dass du gekommen bist.«

Obwohl ich weiß, dass wir heute nicht lernen werden, habe ich trotzdem meine Unterlagen zusammengepackt. Hauptsächlich, um Anna keinen Grund zur Skepsis zu liefern und auch, um mich selbst davon abzulenken, was gleich zur Sprache kommen wird.

»Komm rein.« Er tritt zur Seite und ich halte den Atem an, als ich an ihm vorbei gehe und mir sein Geruch in die Nase steigt. Er ist mir mittlerweile so vertraut, dass es wehtut. Weil es eine falsche Vertrautheit ist. Eine, die sich niemals vertiefen wird.

Alles in seinem Wohnzimmer ist ordentlich und sauber, so wie beim letzten Mal. Aber dann fällt mir doch etwas auf. Mein Blick bleibt an der Fotowand hängen, wo ein gerahmtes Bild hinzugekommen ist. Durch den monochromen Effekt unterscheidet es sich von den anderen schwarz-weißen Aufnahmen.

»Das ist die Schwimmhalle des Colleges«, sagt Alex, der dicht hinter mir steht.

»Es ist … anders. Aber schön.«

»Genau wie du.«

Mein Hals schnürt sich zusammen und ich wende mich in einer raschen Bewegung ab. »Können wir das jetzt hinter uns bringen und zum Thema kommen?«

Alex atmet hörbar aus und setzt sich auf die Couch. Er legt die Unterarme auf seine Knie und lässt die Hände locker herunterhängen.

»Klar … bringen wir es hinter uns.« Der sarkastische Unterton, der in seinen Worten mitschwingt, ist das genaue Gegenteil von dem, was er davor zu mir gesagt hat.

Ich stelle meinen Rucksack auf dem weißen Teppich ab, lege meine Jacke über die Lehne und setze mich. Mit zusammengezogenen Brauen registriert Alex die zwei Armlängen Abstand, die ich bewusst zwischen uns gelassen habe.

»Okay …« Erneut atmet er aus. »Was da auf der Party passiert ist, das war …«

»Ein Fehler«, platzt es aus mir heraus.

Alex' Kiefer spannt sich an. »Das wollte ich nicht sagen.«

Ich starre ihn an und kralle die Finger in das weiche Polster unter mir.

»War es das für dich, Chloe? Bereust du es, mich geküsst zu haben?«

Meine Wangen werden warm und ich halte es fast nicht aus, seinem Blick standzuhalten. »Ich bin nicht abgehauen und habe mit dem nächsten Kerl rumgemacht, falls du dich erinnern kannst«, stoße ich durch zusammengebissene Zähne hervor.

»Stimmt. Dafür klebt ständig dein Kumpel an dir. Aber das gilt ja nicht. Ihr seid schließlich nur *Freunde*.«

Mir bleibt vor Entsetzen das Keuchen im Hals stecken. »Willst du das wirklich miteinander vergleichen? Willst du mir vorwerfen, dass ich nach deiner scheiß Aktion nicht allein im Dunkeln zurück ins Wohnheim gelaufen bin?«

Alex schließt die Augen. Sein Kiefer malt und er zwickt sich mit zwei Fingern in die Nasenwurzel. »Okay. Vergiss es. Darum geht es jetzt nicht.«

»Doch, genau darum geht es, Alex. Hörst du dir eigentlich mal selbst zu? Du sagst, dass du mich besonders findest, dass du eigentlich diese oberflächlichen Affären ätzend findest und dann … machst du genau das Gegenteil. Du stößt mich von dir, verschwindest und steigst mit Liv ins Bett.«

Alex schiebt das Kinn vor. Seine Lippen teilen sich. Aber ich rede weiter, gebe ihm keine Gelegenheit, mich zu unterbrechen. »Du weißt nicht, was du willst und nimmst dir das, worauf du gerade Lust hast, ohne groß darüber nachzudenken. Für dich ist es vielleicht nur ein Spiel, aber da mache ich nicht mit.«

Mein Puls schlägt fest gegen meinen Hals, während Alex' Miene hart und ausdruckslos wird.

»Das denkst du also von mir? Dass ich dich nur zum Spaß benutze?«

»Was erwartest du?«, zische ich und verschränke die Arme. »Ich bin mir sicher, dass du deinen Ruf kennst.«

»Nur, weil ich keine feste Beziehung habe, heißt das nicht, dass ich mit Frauen spiele, Chloe. Sie wissen, worauf sie sich einlassen und sie benutzen mich genauso.«

»Ich aber nicht. Ich benutze dich nicht, Alex«, stoße ich aufgebracht und in meiner Emotion gefangen hervor. Alex' Augen weiten sich und seine Miene verliert an Härte. »Und genau das ist das Problem.«

Sein verzweifeltes Seufzen geht mir durch Mark und Bein. »Es ist … scheiße gelaufen. Ich bin zu weit gegangen. Ich wusste von Anfang an, dass es falsch ist. Ich hätte dich in Ruhe lassen sollen.«

Ich senke die Lider. Kalte Stiche jagen durch meine Brust. »Ja. Das hättest du.«

Eine Weile sitzen wir schweigend da und ich bin drauf und dran, aus Alex' Wohnung zu stürmen. Es tut so wahnsinnig weh.

Auch wenn ich den Grund nicht kenne und eigentlich genau spüre, dass ich ihm nicht egal bin, dass da mehr ist zwischen uns – Alex will es nicht.

»Weißt du, warum ich mit dir nach unserer Diskussion in der Schwimmhalle sprechen wollte?«, fragt er leise und sieht mich an. »Weil ich gemerkt habe, dass du dich dort wohlfühlst. Wohler als draußen. Du bist dort ganz du selbst und kannst deinen Kopf abschalten.«

»Ich weiß nicht, worauf du hinauswillst.« Es berührt mich viel zu stark, dass Alex mich so gut einschätzen kann. Doch anmerken lassen will ich es mir nicht.

»Ich weiß nicht, wann ich mir überhaupt um eine Frau so viele Gedanken gemacht habe. Wann ich so viel über jemanden wissen wollte. Ich habe jedes Wort ernst gemeint, als ich gesagt habe, dass du etwas Besonderes bist. Mir hat es nicht gereicht, dich nur in der Schwimmhalle zu treffen.«

Er stockt und reibt sich mit dem Finger über sein Kinn.

»Und dann kam mir die Idee mit der Nachhilfe.«

»Moment. Warte …« Ich blinzele verwirrt. Die Erkenntnis trifft mich wie ein Blitzschlag. »Du meinst … du hast die Nachhilfe nur vorgeschoben, um …«

»Jepp, habe ich.« Alex räuspert sich und lächelt zerknirscht. »Psychologie ist nicht mein Lieblingsfach, aber ich komme klar.«

»Gott«, murmele ich und vergrabe mein Gesicht in den Händen. Das ist doch alles ein schlechter Scherz. Was genau versucht er mir gerade weiszumachen? Dass er mich interessant findet und gleichzeitig eine andere vögelt?

»Glaub mir, ich weiß selbst nicht, was mit mir los ist.«

»Und was erwartest du jetzt von mir? Mitleid?«

»Nein. Ich …« Sein Lächeln verblasst und seine Schultern sacken nach unten. »So bin ich eben, Chloe.«

»Wow.« Ich schüttele fassungslos den Kopf. »So bist du also, ja? Es ist also ganz normal, dass du mich am Samstag in ein stockdunkles Zimmer geschleppt, mir den Kuss meines Lebens gegeben hast und dann wieder zu Liv abgehauen bist?«

Alex' angestrengter Blick ruht auf mir, während ich beobachte, wie es hinter seiner Stirn arbeitet.

»Den Kuss deines Lebens …?«

Ich blitze ihn wütend ihn an und der überraschte Ausdruck auf seinem Gesicht verfliegt. »Das mit Liv … Ich wollte dich einfach aus meinem Kopf bekommen.«

Ich kann nicht fassen, was für egoistischer Arsch er ist. Wütende Tränen steigen meine Kehle herauf. »Dann hoffe ich für dich, dass dein super Plan funktioniert. So einfach ist das bei mir nämlich leider nicht.«

Alex schürzt die Lippen und sieht mich schweigend an. Am liebsten würde ich ihn schütteln, so lange, bis er mir erklärt, was sein Problem ist.

»Ich kapier das nicht. Du küsst mich, du stößt mich von dir … Was willst du denn von mir?«

Sein Blick bohrt sich durch mich hindurch, wühlt mich noch mehr auf, als ich es eh schon bin. »Ich will dich. Das ist ja das Problem.«

Meine Fingernägel graben sich noch tiefer in das Sofa und ich versuche zu begreifen, was er da gerade ausgesprochen hat. Alex will mich. Er will mich.

»Wieso ist das ein Problem?«, frage ich leise.

Ein wehmütiger Ausdruck legt sich auf sein Gesicht.

»Weil ich dir nicht das geben kann, was du brauchst, Chloe.«

»Ich brauche dich.« Meine Worte kommen unüberlegt aus mir heraus gepurzelt. Dabei weiß ich nicht mal, was das bedeutet. Was erwarte ich von Alex und mir? Was kann er mir geben und was nicht? Was, wenn ich wieder nur ein schmutziges Geheimnis bin statt der offiziellen Freundin? Ich habe mir nach Owen geschworen, dass es niemals wieder so weit kommen wird. Und jetzt? Jetzt schliddere ich wieder ungebremst auf einen Eisberg zu. Mit dem Unterschied, dass es sich diesmal alles anders anfühlt. Weil es sich mit Alex anders anfühlt. Ich kann es nicht genau benennen, nicht begreifen. Es ist ein Gefühl, das tief aus meinem Inneren kommt. Und auch wenn die Alarmglocken in meinem Kopf schrillen, nehme ich meine Aussage nicht zurück, weil es die Wahrheit ist und weil meine Worte etwas in Alex auslösen.

Seine Augen verdunkeln sich und ein langer Atemstoß entweicht seiner Lunge, als er zu mir rutscht. »Du weißt nicht, was du da sagst.«

Alle meine Sinne nehmen den Mann neben mir auf – seine klaren türkisblauen Augen, den einladenden Geruch, seine gesenkte Stimme, die Sehnsucht darin …

Mit einem dumpfen Schlag platzt der zum Zerreißen gespannte Knoten in meiner Brust.

»Ich weiß genau, was ich sage, Alex. Ich will dich und das meine ich genauso.«

Es klingt seltsam, das auszusprechen, was ich seit Wochen zu unterdrücken versuche. Aber es fühlt sich befreiend an, endlich ehrlich zu sein. Ich will Alex. Vielleicht auf eine andere Art, als er es meint. Vielleicht aber auch nicht. Aber in diesem Moment ist mir die Antwort darauf egal. Weil ich Alex hoffnungslos verfallen bin. Wahrscheinlich schon von der ersten Sekunde an, als er mir mit seinem schiefen Lächeln die Hand geschüttelt hat und ich mit aller Macht versucht habe, ihn ätzend zu finden.

Alles in mir prickelt vor Aufregung, als er mich an sich zieht.

Kapitel 20

Alex' Hände umklammern meinen Hinterkopf, während sich seine Lippen auf meinen bewegen. Ich zögere nicht, lasse mich darauf ein, komme ihm entgegen und lege meine Hände mit einem Seufzen auf seine Schultern. Die Wärme seiner Haut, die durch den Stoff seines Shirts sickert, durchfährt mich wie eine heiße Welle.

Obwohl ich seit unserem letzten Kuss auf der Party weiß, wie sich Alex' Lippen anfühlen, welche Geräusche er von sich gibt, wenn ich meine Nägel in seine Haut bohre, habe ich das Gefühl, in eine neue Sphäre zu schießen.

Alex neigt den Kopf zur Seite und als seine Zunge in meinen Mund gleitet, zieht sich jeder Muskel meines Körpers zusammen.

Mit Owen habe ich mich nie so gefühlt. Klar, er war scharf auf mich, sobald ich in seinem Auto saß, hat er mir meinen Pullover und die Hose vom Körper gerissen. Geküsst haben wir uns selten, weil er immer viel zu ungeduldig wirkte und eher darauf konzentriert war, seinen Hosenknopf zu öffnen. Es ging ihm eben um Sex. Nicht, dass es Alex nicht darum geht. Ich weiß, dass er wahrscheinlich schon mehr Sex hatte, als ich in meinem ganzen Leben haben werde. Aber es fühlt sich anders an mit ihm. Und die Tatsache, dass er gegen unsere Anziehung gekämpft hat, spricht für mehr als eine rein körperliche Sache.

Alex' Hände wandern an den Seiten meines Halses hinab, verharren an meinen Schultern und drücken sie mit genau dem richtigen Grad an Kraft, dass es wie eine Bestätigung für meine Gedanken ist. Ich weiß nicht, woher der Schalter in mir plötzlich kommt, aber ich höre genau das laute Klicken, als Alex ihn umlegt. Ohne darüber nachzudenken, überkreuze ich meine Arme hinter seinem Hals und schiebe mich auf seinen Schoß. Für einen Bruchteil einer Sekunde stoppt Alex seine Bewegung und schlägt die Augen auf. Die Überraschung darin mischt sich mit einer neuen Flut an Lust, die er mit einem kehligen Brummen deutlich macht und mich noch hungriger als zuvor küsst. Er umfasst meine Hüften und drückt mich an sich, was ein Ziehen zwischen meinen Beinen auslöst.

Keuchend löst Alex sich von meinen Lippen.

»So bist du also, wenn du Regeln brichst, Chloe Campbell?« Die Erregung in seiner Stimme bringt mich beinahe um. Bedächtig lässt er seine Finger unter meinen Pullover, über die nackte Haut meines Rückens wandern. Ich erschaudere und zögere nicht, als Alex mich erneut an sich zieht. Ich nehme meine Arme von seinen Schultern, fahre mit den Fingern durch sein weiches Haar und stöhne leise, als seine Hand über meine Seite zu meinem BH gleitet und mit sanftem Druck meine Brust umfasst. Als sich meine Brustwarzen unter seiner Berührung aufstellen, stöhnt er dunkel. Während meine Nägel über seine Kopfhaut kratzen, tanzen unsere Zungen so wild miteinander, dass mir schwindelig wird.

»Chloe«, stößt er hervor und löst sich von mir. Ich will die Lücke zwischen uns wieder schließen, aber er zieht seine Hände unter meinem Pullover hervor und umfasst mein Gesicht. Schwer atmend und mit großen Augen starre ich ihn an.

»Wir sollten … aufhören.«

Tonlos öffne ich den Mund und ziehe ruckartig meine Hände aus seinen Haaren, als hätte ich mich verbrannt. Ein Stich jagt durch meinen Bauch. Doch die roten Flecken auf seinen Wangen sind neben der Beule unter meinem Po ein eindeutiges Zeichen, wie sehr er erregt ist. Ihm gefällt, was wir machen und trotzdem hat er es abgebrochen.

Unsicherheit kriecht in meine Knochen. Mit einem Mal ist mir eiskalt und ich habe langsam das Gefühl, dass es Alex' widerliches Hobby ist, mich immer wieder von sich wegzustoßen. Wortlos springe ich auf, schnappe mir Jacke und Rucksack und stapfe zur Tür.

»Was machst du?« Alex läuft mir nach und hält mich im Flur am Arm fest.

»Was wohl? Ich gehe.« Tränen brennen in meinen Augenwinkeln, die ich vor Alex nicht zeigen will. Stur sehe ich an ihm vorbei, befreie mich aber nicht aus seinem Griff – weil mir die Kraft dazu fehlt, nicht, weil ich es nicht will.

Er schiebt mich rückwärts, bis mein Rücken gegen die Wand stößt. Nur langsam lässt er mich los, als würde er auf Nummer sicher gehen wollen, dass ich nicht abhaue. Er sucht meinen Blick.

»Hey, sieh mich an.« Alex' Augen fixieren mich mit einer solchen Eindringlichkeit, dass ich nicht wegsehen kann.

»Damit wir uns nicht falsch verstehen … Ich will dich, Chloe. Mehr als du glaubst. Auf der Stelle.« Mit den Armen stützt er sich links und rechts neben meinem Kopf ab und beugt sich zu mir herunter, bis sich beinahe unsere Nasenspitzen berühren. »Hier, und auf meiner Couch, auf dem Tisch und in meinem Bett. Glaub mir. Ich habe mir schon das schon ziemlich oft ausgemalt.«

Ein heißer Schauer ergießt sich über mich. Ich bin noch viel zu erregt, um seine Worte einfach an mir abprallen zu lassen.

»Aber ich will nicht, dass es mit dir so abläuft wie immer.«

Wie mit den anderen Frauen.

»Wieso?«

Alex starrt mich schweigend an, bevor er sich mit aufeinandergepressten Lippen ein Stück zurückzieht. Zwischen seinen Brauen bildet sich eine nachdenkliche Falte, als wisse er keine Antwort darauf.

»Dieses Hin und Her, ich will das nicht, Alex.«

»Ich weiß.« Ein betrübtes Lächeln liegt auf seinem Mund, gleichzeitig erkenne ich Unsicherheit in seinen Augen, die ich bei ihm noch nie gesehen habe. »Es tut mir leid, wie ich mich dir gegenüber verhalten habe. Ich … das ist alles ziemlich neu für mich.« Sanft streichen seine Finger über meine Wange. »Warst du am Montagabend wegen mir nicht im Diner?«

Ich blinzele, weil mich der plötzliche Themenwechsel überrumpelt. »Woher weißt du, dass ich nicht da war?«

»Weil *ich* da war.« Ich ziehe fragend die Brauen nach oben und er fährt mit seiner Erklärung fort. »Ich habe gehofft, dich dort zu treffen. Aber Anna und Max waren allein.«

»Du wolltest was?«, wiederhole ich, als wäre ich zu dumm, um seine Worte zu verstehen. Dabei bin ich einfach … überrascht.

»Auch wenn du es nicht glaubst, aber ich habe mich nach Samstag wie ein Arschloch gefühlt.«

»Zu Recht«, bestätige ich, kann ein Schmunzeln aber nicht unterdrücken. »Und was hattest du im Diner vor? Dich entschuldigen?«

»Keine Ahnung. Ich schätze, ich wollte einfach nachsehen, wie es dir geht.«

»Du hättest mir schreiben können.«

Er zuckt mit den Schultern. »Ich weiß. Ich konnte es einfach nicht.«

»Du stalkst mich lieber in meiner Freizeit, statt mir eine Nachricht zu schicken?«

Alex lacht, was sich so wunderbar rau anhört, dass sich eine Gänsehaut unter den Ärmeln meines Pullis bildet.

Er fasst mich an den Handgelenken und zieht mich an sich. Mit einem dumpfen Geräusch landet mein Rucksack mitsamt der Jacke auf dem Fußboden.

»Ich habe dir doch gesagt, dass ich anders bin als du. Ich kenne mich mit Regeln nicht besonders gut aus.«

Er hebt die Hand an mein Gesicht und beugt sich zu mir herunter. »Aber dafür habe ich ja jetzt dich. Meine persönliche Regelbeauftragte.«

Mein Kichern wird durch seinen Mund erstickt. Wir küssen uns, wenn auch langsamer und mehr auf den anderen bedacht. Es ist verrückt, aber dieses Gespräch hat etwas in mir verändert. Vielleicht, weil ich jetzt weiß, dass ich Alex etwas bedeute. Dass ich mehr bin, als die Hoffnung auf einen schnellen One-Night-Stand. Das reicht mir. Zumindest für den Moment.

Alex drückt seine Lippen fest auf meine, bevor er sich von mir löst. »Was hast du heute noch vor?«

»Keine Ahnung«, lüge ich, weil der Donnerstagnachmittag fest für die Nachhilfe eingeplant ist, oder war. Wie auch immer.

Ein Grinsen spannt sich über sein Gesicht, das gleichzeitig attraktiv und jungenhaft wirkt. »Dann habe ich eine super Idee.«

Kapitel 21

Ich beiße in mein Stück Pizza, bedacht darauf, Alex' weißen Flauschteppich nicht zu bekleckern. Mit der Serviette unter meinem Kinn, fange ich in letzter Sekunde einen Tropfen Tomatensoße auf.

Ich linse zu Alex herüber, der wesentlich entspannter als ich auf der Couch sitzt und mich kauend und mit einem breiten Grinsen beobachtet.

»Klappt's?«

Ich brumme nur und fühle mich total bescheuert, weil mein Hirn in seiner Nähe selbst so etwas Simples nicht mehr koordiniert bekommt. Es ist eine süße Idee von ihm, den verpassten Pizza-Tag wiedergutzumachen. Doch noch immer versuche ich, meine Gedanken zu sortieren und zu begreifen, was zwischen uns passiert ist – warum ich weiterhin in seiner Wohnung bin, seine Berührungen auf meiner Haut spüre und seinen Geruch rieche, der an meinem Pullover hängt. Es fühlt sich ein bisschen wie ein Traum an. Ein sehr schöner, aufregender, in dem man gerne bleiben möchte. Und doch höre ich den kleinen rationalen Teil in mir flüstern, dass ein Traum nicht die Realität ist und ich jeder Zeit aufwachen kann.

So wie Alex mich gerade anstrahlt, verdränge ich aber diese Tatsache und bemühe mich weiter darum, beim Essen nicht wie eine Zweijährige auszusehen.

»Wieso hast du eigentlich einen Tisch in deiner Wohnung, wenn du ihn nie benutzt?«, nuschele ich und kämpfe mit einem Käsefaden, der sich nicht von dem Teigstück ablösen will.

»Irgendetwas musste hier rein. Ich glaube, ich habe mit dir

letzte Woche zum ersten Mal daran gesessen.« Er wischt sich mit seiner Serviette über den Mund, formt sie zu einer Kugel und wirft sie auf den niedrigen Glastisch vor uns. »Oder ist es verboten, seine Möbel nicht zu benutzen, Miss Regelbeauftragte?«

Ich verziehe das Gesicht und kaue einen Moment auf meinem letzten Bissen herum. Dann wische ich jeden einzelnen Finger an meinem Tuch ab und lege, die mit Fettflecken übersäte Serviette auf den Pizzakarton, in dem nur noch zwei einsame Stücke übrig geblieben sind. Das meiste hat Alex gegessen, meine Aufregung hat mir den Magen zugeschnürt. Die Erinnerungen an die vergangene Stunde sind einfach noch viel zu präsent und ich kann mich kaum auf den flimmernden Fernseher konzentrieren. Alex hat den Ton leiser gestellt, was gut ist, weil gerade ein Mädchen der vierköpfigen Jury schrecklich schief Miley Cyrus' *Wrecking Ball* entgegenschmettert. Alex beobachtet das Elend eine Weile mit hochgezogenen Brauen, bevor er mich wieder ansieht.

»Was ist das denn?«

Ich lache und zucke mit den Achseln. »Das Ergebnis von unehrlichen Freunden und einem überzogenen Selbstbewusstsein?«

»So Sendungen sind doch bescheuert.«

»Aber auch eine Chance, den Fuß in die Tür zu bekommen.« Ich grinse. »Kann ja nicht jeder von einem Scout entdeckt werden.«

Alex' Lächeln verrutscht. Er schluckt und sieht zurück auf den Bildschirm. »Ja ... das war wirklich ... Glück.«

Ich bemerke, wie sein abwesender Blick von der Castingshow zu den Schwimmbadfotos gleitet.

Je länger er die Aufnahmen betrachtet, umso mehr senken sich seine Mundwinkel. Mir brennt es auf der Zunge, ihn zu fragen, was ihn so traurig macht, sobald es um seine Schwimmkarriere geht. Aber ich habe nicht den Mut dazu. Ich will nicht riskieren, ein Thema anzuschneiden, dass ihn wieder von mir entfernen könnte. Jetzt – wo wir endlich länger als ein paar Minuten vertraut miteinander umgehen. Also schweige ich. Die Pizza ist gegessen und es ist schon nach sechs ... Anna wundert sich sicher, wo ich bleibe.

»Kommst du zu mir?« Mit einem schiefen Lächeln lehnt Alex sich zurück, den Arm einladend ausgebreitet. Mein Herz macht einen Satz und ich brauche zwei Atemzüge, um etwas unbeholfen neben ihm Platz zu nehmen. Steif lehne ich mich zurück und schlucke schwer, als ich seine Wärme spüre. Sein Unterarm streift meinen Nacken und verursacht kleine Stromschläge auf meiner Haut. Mit der Hand umfasst er meine Schulter. »Besser, oder?«

Ich schiele zu ihm und kann nicht anders, als sein einnehmendes Lächeln zu erwidern. Das ist einfach zu verrückt. Ich liege gerade in den Armen von Alexander Clark. Dem Profischwimmer, meinem Trainer und dem momentan am meisten umschwärmten, männlichen Studenten am Penfield College. Auch wenn seine Stimmungswechsel ein Chaos in mir verursacht haben, kann ich mir doch nicht vorstellen, es ungeschehen zu machen. Alex hat mich schon längst gefangen und ich bezweifle, dass ich ihm entkommen will.

»Was denkst du?« Seine Augen mustern mich eingehend, während sich seine Hand fester um meine Schulter schließt.

»Ich bin froh, hergekommen zu sein.«

Alex' Mundwinkel zuckt zu einem Lächeln. Mit dem Daumen streicht er über mein Kinn und blickt auf meine Lippen. Mein Magen zieht sich vor Vorfreude zusammen und Funken von einem Dutzend Wunderkerzen scheinen darin zu sprühen.

»Hey«, murmele ich, als ich eine Stunde später ins WG-Zimmer komme und von zwei Paar neugieriger Augen beobachtet werde. Ich schäle mich aus meiner Jacke und hänge sie an den Haken. Einen Moment verharre ich in der Bewegung, um mich zu sammeln und meine Lippen zu befeuchten, die von Alex' Bartstoppeln ganz empfindlich sind. Bei der Erinnerung an die letzten Stunden lächle ich in mich hinein.

»Du bist spät«, kommentiert Max, der es sich auf meinem Bett ausgestreckt hat. Normalerweise stört mich das nicht. Heute würde ich ihn gerne bitten aufzustehen, weil ich das Gefühl habe, als wolle er damit irgendeinen Anspruch an mich demonstrieren.

»Das war eine ziemlich lange Nachhilfestunde«, bestätigt Anna, die auf dem Boden hockt und, ohne mich aus den Augen zu lassen, über ihre frisch lackierten Fingernägel pustet.

Ich starre auf den türkisblauen Lack, der Alex' Augenfarbe ähnelt, und spreche das aus, was ich mir auf dem Weg hierher zurechtgelegt habe.

»Wir haben heute einiges an Stoff geschafft. Und dann, hat Alex mich auf eine Pizza eingeladen.«

»Du hast mit Alex Pizza gegessen?« Annas Augen werden kugelrund. Mit einem Pokerface lasse ich mich neben sie sinken, spüre aber Max' Blick weiter auf mir. Normalerweise würde ich mich neben ihn setzen. Aber normal ist es seit der Party nicht mehr zwischen uns.

»Mein Magen hat während des Lernens geknurrt. Das hat er gehört und darauf bestanden, mir was zu essen zu besorgen. Nebenbei haben wir diese Castingshow geguckt. Der letzte Mist, ehrlich.« Ich schnaube und hoffe, dass mein Augenrollen überzeugend wirkt. In Wahrheit haben Alex und ich nämlich kaum etwas von der Sendung mitbekommen. Mit dem Kinn deute ich auf den Laptop. »Was guckt ihr?«

»Du lernst also weiterhin mit ihm?«, übergeht Max meinen Ablenkungsversuch, verschränkt die Arme und lehnt sich gegen die Wand. »Ich dachte, du wolltest aufhören.«

Ich mache ein gleichgültiges Gesicht und zucke mit den Achseln. »Ich habe meine Meinung geändert.« Ich beiße die Zähne aufeinander, sehe ihn aber nicht an.

»Gut so«, sagt Anna und grinst. »Wenn Alex mit dem Studium klarkommt, bleibt er auch unser Trainer. Wir gewinnen den Wettkampf und können uns weiterhin zweimal die Woche an seinem Anblick ergötzen.«

Ich zwacke mir ein Lächeln ab, was mir kaum gelingt. Anna ist meine beste Freundin. Auch, wenn ich zu gern mit jemandem über mein Gedankenchaos reden würde, weiß ich, dass ich mich zusammenreißen muss. Alex und ich sind nicht zusammen, aber auch keine Freunde, wir sind … irgendetwas dazwischen, das man nicht benennen kann. Ich kann niemandem davon erzählen, solange ich selbst nicht weiß, in welche Richtung das mit uns läuft.

»Was guckt ihr nun?«, wiederhole ich meine Frage, in einem zweiten Versuch, das Thema zu wechseln.

»So einen Zombie-Quatsch«, schnaubt Anna und verzieht das Gesicht. »Es ist abartig. Max hat mir geschworen, dass heiße Typen darin vorkommen. Aber alles, was ich bisher gesehen habe, sind ekelhafte, verweste Körper.«

»Was hast du erwartet? Zombies mit Sixpack?«, grollt Max und handelt sich einen giftigen Blick von ihr ein.

Wir sehen die Serie, von der ich aber nichts mitbekomme, da ich mich stattdessen aus dem WG-Zimmer zurück in Alex' Wohnung träume.

Kapitel 22

Ich halte inne und schließe die Augen, als ein Lichtstrahl zwischen dem grauen Wolkenmeer hervorblitzt und durch das schlierige Fenster des Bookshops fällt. Die Wärme trifft auf meine Wangen und ich genieße die wenigen Sekunden, bis sich der Vorhang wieder schließt und die Morgensonne verschluckt. Auch wenn die Sonnenstunden immer weniger werden, mag ich den Herbst. Die Natur wirkt so still und friedlich, ein wenig melancholisch. Als würde sie warten und Kraft tanken für den nächsten Frühling.

Seufzend hebe ich die Lider und sortiere die neu gelieferten Bücher weiter ein. Meine Schicht im Bookshop hat schon vor zwei Stunden begonnen und ich habe immer noch einen gewaltigen Stapel vor mir, der an die richtigen Plätze geräumt werden muss.

»Entschuldigung, kannst du mir vielleicht helfen?«

Ich zucke zusammen und drehe mich ruckartig zu der Person um, dessen Stimme ich unter hunderten heraushören würde.

»Alex«, keuche ich, starre in seine blauen Augen und presse mir die Bücher gegen die Brust.

Seine Lippen kräuseln sich amüsiert, während sein Blick über meinen schwarzen Rollkragenpullover, die Jeans und wieder hinauf zu meinem schockierten Gesicht gleitet.

»Was machst du denn hier?«

Alex lächelt und ich habe das brennende Bedürfnis, meine Hand an seine Wange zu legen und über die Falten zu streichen, die sich dabei bilden.

»Ich brauche dringend ein Buch«, antwortet er förmlich, gerade in dem Moment, als ein Typ mit Dreadlocks in unsere Regalreihe biegt und den konzentrierten Blick über die Bücherrücken schweifen lässt.

»Okay«, bringe ich hervor. »Welches … Thema?«

»Psychologie.« Er räuspert sich und senkt die Stimme. »Ich hab wirklich große Probleme in dem Fach.«

»Ach wirklich?« Ich verkneife mir ein Grinsen, während warme Wellen meinen Rücken hinabrauschen. Der Kragen meines Pullis fühlt sich plötzlich viel zu eng an meinem Hals an. »Da haben wir eine große Auswahl«, sage ich und lege die Bücher auf einem Regalboden ab. »Ich zeig dir, wo du die Bücher findest.« Alex weicht mir nicht aus, als ich an ihm vorbei gehe und sich unsere Arme streifen. Ein kribbelndes Ziehen durchfährt mich und mein Puls rast, während ich den beigefarbenen Teppichboden entlang durch den Mittelgang laufe und Alex mir wie ein Schatten folgt. Ich werfe einen raschen Blick zu Sally, die an der Kasse steht und eine Schlange Studenten abkassieren muss. Das wird sicher ein paar Minuten dauern …

Im hinteren Gang angekommen, wo jedes erdenkliche Buch über Kunstgeschichte zu finden ist, aber kein einziges über Psychologie, bleibe ich mit angehaltenem Atem stehen. Es ist ein wahnsinniges Gefühl, dass er sich genauso nach mir sehnt, wie ich mich nach ihm. Die Vorstellung, ihn erst am Montag wieder beim Training zu treffen, hat mich ganz verrückt gemacht. Vielleicht sollte es mir Angst machen, dass ich ihn schon nach wenigen Stunden vermisse. Aber gerade jubiliert eher ein naiver Teil in mir, darüber, dass Alex auch nicht länger warten wollte.

Ich drehe mich nicht um, als er hinter mich tritt – so dicht, dass ich den Geruch seiner Lederjacke wahrnehme. Sanft legt er eine Hand auf meine Schulter und beugt sich herunter, bis ich seine Lippen an meinem Ohr spüre. Sein Atem trifft auf meine Haut, als er den Kragen meines Pullis wegschiebt und einen zarten Kuss unter mein Ohr setzt. Aus Alex dringt ein tiefes Brummen, als ich mich mit dem Rücken gegen seine feste Brust dränge. Er fasst mich an den Hüften und schlingt dann die Arme um meinen

Bauch, zieht mich fest an sich. »Ich habe den ganzen Tag an das hier gedacht.«

Mein Hirn verwandelt sich in eine träge wabernde Masse, die nichts anderes kann, außer Alex' Hände wahrzunehmen, die mich festhalten – als gehöre ich nur ihm …

»Chloe! Kannst du mich bitte kurz an der Kasse ablösen?«, schallt Sallys Stimme durch den Laden zu unserem Versteck.

Ich zucke zusammen und will mich von Alex losmachen, aber er hält mich weiter umschlungen.

»Nein«, stöhnt er und gräbt seine Nase in meinen Dutt, der sich jeden Moment aufzulösen droht. Ich kichere leise, befreie mich und drehe mich zu ihm um. »Ich glaube, ich habe mich im Gang geirrt. Literatur über Psychologie findest du im zweiten Gang links.«

Alex fixiert mich aus dunklen Augen, in denen noch immer Verlangen flackert. Er grinst.

»Okay, vielen Dank für die … Hilfe.«

Ich presse lächelnd die Lippen aufeinander. Dann richte ich notdürftig meine Haare und lasse ihn zwischen den Regalen stehen.

An der Kasse drücke ich gerade dem Dreadlocks-Typen sein Rückgeld in die Hand, als Alex mit schiefem Grinsen und den Händen locker in den Taschen vergraben zum Ausgang schlendert. Ich sehe ihm nach, fühle mich wie ein verknallter Teenie und lächle meinen restlichen Arbeitstag vor mich hin.

Es ist noch stockdunkel, als ich vom Piepton meines Smartphones geweckt werde. Blind taste ich danach und blicke auf das Display. Mein Puls schießt von Null auf Hundert, als ich hektisch Alex' Nachricht öffne.

Die Enttäuschung, dass er sich seit seinem Besuch am Freitagvormittag im Bookshop nicht mehr bei mir gemeldet hat, steigt wie ein Heliumballon davon. Wie besessen checkte ich ständig meine Nachrichten und versuchte, mich vergebens den kompletten Samstag mit Lernen abzulenken – was kein bisschen funktionierte, weil ich gedanklich immer und immer wieder die Szenen in seiner Wohnung durchspielte. Klar, ich hätte ihm schreiben können. Aber ich traute mich nicht. Wir sind kein Paar und ich wollte ihm nicht den Eindruck vermitteln, eine Klette zu sein oder mehr in uns hineinzuinterpretieren.

Umso euphorischer schlägt mein Herz, als ich die Frage lese, die er mir geschickt hat:

Lust, Regeln zu brechen?

Ich setze mich grinsend auf und würde am liebsten losquietschen, wenn Anna nicht drei Meter neben mir tief und fest schlafen würde. Erst jetzt wird mir bewusst, dass es vor dem Fenster noch dunkel ist. Obwohl ich mich über Alex' Nachricht wie ein Kind über eine Tüte Bonbons freue, lasse ich meine Antwort unbeeindruckt klingen.

Wenn es etwas mit Straßenschuhen und Schwimmbädern zu tun hat, dann lautet die Antwort nach wie vor NEIN.
Und übrigens … es ist Sonntag und fünf Uhr morgens. Du hast mich geweckt.

Dabei ist es mir gerade vollkommen gleichgültig, wie viel Uhr es ist. Ich bin hellwach und starre auf das kleine und schreckliche Wörtchen *schreibt …*, das kurz erscheint, verschwindet und kurz darauf wiederauftaucht.

Mir wird warm uns Herz, als ich mir vorstelle, wie Alex immer wieder innehält, um mit gefurchter Stirn und einem kleinen Lächeln auf den Lippen über eine passende Antwort nachzudenken.

Um verrückte Dinge zu tun, ist immer die beste Zeit. Schuhe brauchst du tatsächlich. Am besten was Geländetaugliches. Bist du in zehn Minuten fertig?

Moment, was? Die Vorfreude auf ein romantisches Treffen verpufft. Geländetaugliche Schuhe klingen alles andere als sexy. Und wofür, außer zum Schlafen, ist fünf Uhr morgens die perfekte Zeit?

Aber meine Skepsis hält nicht lange. Alex will mich sehen. Ich will ihn sehen. Das reicht, um meine müden Glieder anzutreiben, in Jeans, Laufschuhe und meine dicke Windjacke zu schlüpfen und mich aus dem Zimmer Richtung Parkplatz zu schleichen.

Der Campus ist dunkel, still und wie leer gefegt. Ich bin pünktlich, aber dafür auch komplett ungeschminkt, weil es in der kurzen Zeit gerade mal für eine Katzenwäsche gereicht hat. Ich biege um den letzten Wohnheimblock und sehe Alex, der an der Fahrertür eines bulligen, schwarzen Geländewagens mit verchromten Stoßfängern lehnt. Die Scheinwerfer erhellen den Großteil des Parkplatzes. Als sich unsere Blicke treffen, schlucke ich vor Aufregung. Genau wie ich trägt er Jeans, eine dicke Jacke. An den Füßen derbe … Wanderschuhe.

»Bitte sag mir nicht, dass wir wandern gehen«, stoße ich entsetzt hervor, noch bevor ich bei ihm ankomme. Ich hasse wandern. Auch wenn ich Kanadierin bin, die raue Wildnis liebe und in einem Land lebe, dass geradezu dafür gemacht ist – ich kann dieser schweißtreibenden Lauferei einfach nichts abgewinnen. Als ich noch zu Hause gewohnt habe und Josh noch nicht von seinen Hormonen gesteuert wurde, zog mein Dad mit ihm regelmäßig im Trekking-Outfit los, um die höchsten Punkte von North Bay und Umgebung zu erkunden, während ich mit meiner Mom und den Zwillingen im Tragetuch spazieren gegangen bin. Das klingt nach einem Rollenklischee, aber ich war wirklich heilfroh, nicht mit den beiden unterwegs zu sein und mir am Ende des Tages meine Füße mit Blasenpflastern zu verzieren.

»Ich wünsche dir auch einen wunderschönen guten Morgen, Chloe.«

Alex grinst breit und ich schmelze bei dem Anblick der vielen Lachfältchen um seine Mundwinkel augenblicklich dahin – genauso wie jeder Vorbehalt gegenüber dem Wandern. So schlimm wird es schon nicht werden. Schließlich ist Alex an meiner Seite. Mit ihm würde ich wahrscheinlich jeden Berg der kanadischen Rocky Mountains besteigen.

»Guten Morgen.« Eine Armlänge bleibe ich vor ihm stehen, lächle und vergrabe unsicher meine Hände in den Taschen meiner Jacke. Ich habe keine Ahnung, wie ich Alex begrüßen soll. Ich weiß, wie ich ihn gerne begrüßen würde, aber sollte ich die Initiative ergreifen?

»Du lächelst, obwohl wir wandern werden?«, stellt er fest und stößt sich vom Wagen ab. Langsam kommt er auf mich zu, bis er die Lücke zwischen uns geschlossen hat. »Das ist ein guter Anfang.«

Und für was? – will ich gerade fragen. Aber da nimmt er schon mein Gesicht zwischen seine kühlen Hände und küsst mich.

Kapitel 23

Alex' Geländewagen ist genauso aufgeräumt und sauber wie seine Wohnung. Er hat diesen typischen Neuwagengeruch, den ich nur von Freunden kenne, weil meine Eltern seit Ewigkeiten einen alten Van fahren. Auf dem Armaturenbrett liegt kein Staubkorn und ich frage mich unweigerlich, ob er den Wagen selbst sauber macht, oder ihn regelmäßig reinigen lässt. Das Geld dafür hat er sicher.

»Bereit?« Alex sieht grinsend zu mir herüber und dreht den Schlüssel im Schloss.

»Um Regeln zu brechen? Immer.«

Alex lacht und lenkt sein Auto auf die Landstraße.

Das Penfield College liegt eine gute Stunde von der nächsten Kleinstadt entfernt. Außer Wäldern, Wiesen und vereinzelten Tankstellen sowie ein paar Diners gibt es nicht viel zu entdecken, weshalb es nicht verwunderlich ist, dass die meisten Studenten den Großteil ihrer Zeit auf dem Campus verbringen.

»Verrätst du mir denn, was wir vorhaben?«, frage ich und beobachte Alex dabei, wie er sich in dem schwarzen Ledersitz zurücklehnt und mit einem Arm lässig den Wagen steuert. Sein Blick zuckt kurz zu mir, ein geheimnisvolles Blitzen liegt darin. »Nein.«

»Wieso denn nicht?«, quengele ich. »Ich muss … mich mental darauf vorbereiten.«

»Quatsch«, widerspricht Alex und grinst breit. »Du bist nur neugierig.«

»Was hast du denn erwartet? Du weckst mich um fünf Uhr morgens und schreibst was von Regeln brechen.« Ein mulmiges Gefühl zwickt in meiner Magenwand. Ich bin kein Fan von Überraschungen. Ich will wissen, was mich erwartet.

»Chloe.« Alex sieht wieder zu mir, greift nach meiner Hand und legt sie auf die Mittellehne. »Es wird cool. Vertrau mir einfach, okay?«

Ich blicke auf unsere Finger, die sich ganz automatisch ineinander verflechten. Das flaue Gefühl in meinem Bauch wandelt sich zu einem warmen Kribbeln, das von Alex' Lächeln nur noch verstärkt wird.

Ich genieße den innigen Moment und lausche einen Moment dem Song, der leise aus den Boxen dringt. »Du stehst auf Justin Nozuka?«

»Das ist eine Playlist mit Kanadischen Bands, die ich mir in den USA zusammengestellt habe. Die Lieder haben mir geholfen, mit dem Heimweh klarzukommen.« Alex runzelt die Stirn und konzentriert sich wieder auf die leere Fahrbahn.

»Es war sicher nicht leicht, von zu Hause wegzugehen.«

Er nickt und lächelt träge. »Ich habe mich wirklich schwer getan mit der Entscheidung. Das Schwimmen war ein … Hobby. Dad hatte mich fest als seinen Nachfolger eingeplant, mein Studienplatz stand fest, und dann verkündete nach einem Wettkampf mein damaliger Trainer, dass ein Talentscout an mir interessiert ist.«

»Wow. Das muss ein unglaubliches Gefühl gewesen sein.«

Aber Alex zuckt nur mit den Schultern, während die Falten auf seiner Stirn immer tiefer werden. »Ja, schon.«

Es irritiert mich, dass er über seinen Karrieresprung spricht als sei es nichts Besonderes.

»Also war es nie dein Traum, bei Olympia mit zu schwimmen?«, frage ich, auch wenn ich Alex ansehe, dass dieses Thema ihm Unbehagen bereitet. Seine Hände kneten das Lenkrad. »Ich meine … du musst doch darauf hingearbeitet haben.«

»Ich habe verdammt hart trainiert, ja. Aber ich habe nicht im Traum daran gedacht, Medaillen zu gewinnen. Das war nie mein Ziel.«

»Nicht? Aber was denn dann?«

Er blickt mich an, seine blauen Augen wirken müde. »Das ist ein kompliziertes Thema, Chloe.« Der Schmerz in seinem

Gesichtsausdruck hält mich davon ab, weiter nachzuhaken, auch wenn mir tausend Fragen auf der Zunge liegen.

»Wir sind gleich da«, sagt er stattdessen tonlos und biegt in einen Waldabschnitt ein. Der Wagen schaukelt wie ein Schiff bei tosendem Wellengang, als wir den unbefestigten Weg entlangfahren. Er ist so schmal, dass immer wieder Äste den Lack streifen und mit Sicherheit feine Strammen hineinritzen. Aber Alex scheint das nicht zu stören.

An einer breiteren Stelle hält er an und schaltet den Motor aus.

»Okay. Das hier hat ein bisschen was von Horrorfilm. Wenn ich nicht wüsste, dass du harmlos bist, könnte ich es wirklich unheimlich finden, dass du mich in ein abgelegenes Waldstück bringst.«

Alex zieht den Schlüssel aus dem Schloss. Seine Mundwinkel zucken. »Harmlos, ja?«

Ich schiebe das Kinn nach vorn, bereit seinem herausfordernden Blick standzuhalten. »Harmlos wie ein Katzenbaby.«

Ein gefährliches Grinsen zieht über sein Gesicht, was mich meine Worte sofort bereuen lässt. Er beugt sich langsam zu mir, bis seine Wange an meiner liegt. Die kurzen Bartstoppeln kratzen leicht über meine Haut. Mit angehaltenem Atem presse ich den Rücken gegen meinen Sitz.

»Hm … du bist ganz schön mutig, Chloe Campbell.«

Ich schlucke und hoffe inständig, dass er den wilden Puls an meinem Hals nicht spüren kann.

Sein Mund streift über meine Wange, als ein Klicken ertönt und mein Sicherheitsgurt über meine Brust schnellt. Vor Schreck zucke ich zusammen.

»Du kannst aussteigen.« Mit einem leisen, rauen Lachen zieht Alex sich zurück. Ich funkele ihn an, auch wenn ich diesem Kerl gar nicht böse sein kann. Dafür flattern in meinem Bauch viel zu viele verknallte Schmetterlinge.

Wir steigen aus und Alex holt aus dem Kofferraum einen Rucksack – einen von der Sorte, mit dem Backpacker um die Welt reisen.

»Gehst du öfter wandern?«, frage ich und rücke meine Mütze auf dem Kopf zurecht. Es ist heller geworden und ein paar feine Sonnenstrahlen ziehen sich über den Waldboden. Es riecht nach feuchter Erde und Holz.

Alex hievt sich den Rucksack auf die Schultern. »Früher ja. Mit meinem Dad. Er liebte die Natur. Das Wandern war sein Ausgleich zur dicken Büro-Luft.« Er zieht den Reißverschluss seiner Jacke bis zum Kinn hinauf.

»Also hattet ihr ein gutes Verhältnis?«, frage ich etwas zögerlich, weil ich nicht einschätzen kann, wie viel Alex erzählen möchte.

»Ein sehr gutes. Sein Tod war …« Er atmet schwer, als müsse er seine Emotionen unter Kontrolle halten. »Er hatte einen Herzinfarkt. Es kam ganz plötzlich. Ohne Anzeichen oder so was. Meine Mom hat ihn in seinem Arbeitszimmer gefunden.«

Meine Brust zieht sich zusammen. Ich liebe meinen Dad und kann nur erahnen, wie schwer der Verlust sein muss, so früh und unerwartet einen Teil seiner Familie zu verlieren.

»Das tut mir so leid.« Ich lege meine Hand auf seinen Arm, schätze ab, ob er gerade berührt werden möchte. Als er mich ansieht, lächelt er matt. Dann fasst er mich an den Handgelenken und zieht mich an sich. Mit einem Seufzen vergräbt er das Gesicht in meinem Schal. Eine Zeit lang stehen wir einfach da. Bis Alex sich löst und meine Hände in seine nimmt. »Danke, Chloe.«

»Ich habe nichts getan.«

»Doch«, erwidert er schlicht. Es ist schon das zweite Mal, dass er sich bei mir bedankt, ohne, dass ich genau weiß warum. Schon nach der ersten Nachhilfestunde in seinem Apartment verabschiedete er sich mit diesen Worten.

Sanft streicht er über meine Finger. »Die sind ja jetzt schon eiskalt.« Er hebt meine Hände an seine Lippen und pustet einen Schwall heißem Atem dagegen. Dabei sieht er mich so intensiv an, dass ich nichts anderes kann, als zu schlucken und zu schweigen.

»Soll ich dir was verraten?«, fragt er und lässt unsere Hände wieder sinken. Ich nicke, immer noch außerstande etwas zu sagen. Meine Fingerkuppen kribbeln warm.

»Seit mein Dad gestorben ist, war ich nicht mehr im Wald.«

Ich blinzele. »Heißt das, du …«

»Heute ist seitdem das erste Mal, ja.«

Ich habe das Gefühl, dass mein Herz jeden Augenblick aus der Brust springt. Es macht mich unglaublich glücklich, dass Alex diesen Moment mit mir teilt. Mit mir. Ich bin so gerührt, dass ich ihm, ohne darüber nachzudenken, um den Hals falle und küsse.

Alex schmunzelt gegen meine Lippen und schließt fest seine Arme um mich.

»Und jetzt los, Miss Campbell, sonst verpassen wir alles«, murmelt er und schiebt mich sanft von sich.

»Verpassen?«

Er wackelt nur geheimnisvoll mit den Brauen, was mich verzweifelt stöhnen lässt.

Eine gute Stunde laufen wir durch den dichten Wald. Oder eher gesagt, ich versuche, mit Alex' strammen Schritten mitzuhalten und darauf zu achten, nicht über irgendwelches Gestrüpp oder aus dem Boden ragende Wurzeln zu stolpern.

Alex sieht immer wieder zu mir und grinst so breit, dass ich es nur erwidern kann, auch wenn ich schon nach den ersten Metern das Wandern stumm verfluche. Lieber würde ich an Alex' Hand in einem gemütlichen Tempo spazieren gehen. Doch er wirkt so entspannt und gelöst, dass seine Euphorie auf mich übergeht und die Tatsache, dass er mich bei seiner ersten Wanderung dabeihaben wollte, macht mich ein wenig stolz.

Währenddessen stellt er mir Fragen zu meinen verrückten Brüdern, zu meinen Eltern und meiner Schulzeit und will mir nicht glauben, dass ich kaum Dates an der High-School hatte.

»Es ist nicht so, dass ich nie um ein Date gebeten wurde. Ein paar hatten schon Interesse. Aber mich hat es eben nicht gereizt. Ich war schon immer sehr fokussiert und habe viel gelernt. Und als meine Mom die Zwillinge bekommen hat, brauchte sie meine Hilfe. Da war einfach keine Zeit für Jungs.«

»Heißt das … du hattest nicht mal einen festen Freund?«

Ich zögere, was mir einen skeptischen Seitenblick von ihm einheimst.

»Es gab da mal jemanden. Aber das … würde ich nicht wirklich eine Beziehung nennen.«

Zwischen Alex' Brauen bildet sich ein tiefes V. »Freundschaft plus?« Sein Lächeln verrutscht. »Das hätte ich jetzt nicht erwartet.«

»Ach nein? Und warum nicht?«, sage ich eine Spur zu patzig. Ich bin nicht stolz darauf, was mit mir und Owen gelaufen ist, aber ich habe wenigstens nicht jede Woche einen anderen Kerl rangelassen. »Ich finde nicht, dass ausgerechnet du dir darüber ein Urteil erlauben solltest.«

Alex' verengt die Augen. »Wow. Schon gut. So meinte ich das nicht.«

Ich stöhne innerlich über meinen überflüssigen Kommentar. Auch wenn mir die Art, wie er mit Frauen umgeht, nicht gefällt, geht es mich nichts an. Ich habe keinen Anspruch auf ihn. Und trotzdem brennt die Vorstellung, dass er sich weiterhin mit Liv und anderen Frauen treffen könnte, wie bittere Magensäure in meiner Kehle.

»Ich finde einfach nur, dass du mehr verdient hast, als die Affäre von jemandem zu sein.«

Mit der Hand drückt er einen tiefgewachsenen Ast zur Seite, um mir den Weg freizumachen. »Ich bin ziemlich sicher, dass es Männer gibt, die gerne mit dir zusammen wären.«

»Ach ja? Und wer?«, frage ich provozierend, kann ihn dabei aber nicht ansehen. Natürlich hoffe ich auf eine Antwort. Auf eine einzige.

Ich will weitergehen, als Alex mich am Handgelenk packt und festhält. Mit angehaltenem Atem sehe ich zu ihm auf. Trotz der diesigen Luft funkeln seine blauen Augen. »Einige.«

Ich kneife die Augen zusammen. »Okay. Dann glaube ich dir das mal.«

Ein Lächeln zieht über seine Lippen. »Du weißt gar nicht, wie unglaublich du bist, oder?« Sein Daumen streicht über meinen Handrücken. »Klug und warmherzig. Und ganz nebenbei wunderschön. Selbst um fünf Uhr morgens, wenn dich irgendein Idiot aus dem Schlaf gerissen und in den Wald geschleppt hat.« Er beugt zu mir herunter, so nah, bis seine kühle Nasenspitze meine berührt und ich die Bewegung seiner Lippen an meinen spüre. »Und genau deshalb hast du mehr verdient.«

Kapitel 24

Der Weg durch den Wald wird immer steiler. Auf den letzten Metern brennen meine Oberschenkel und die kühle Luft in meinen Lungen so stark, dass ich am liebsten eine Pause einlegen würde. Trotz des regelmäßigen Schwimmtrainings und meinen Joggingrunden lässt meine Ausdauer wirklich zu wünschen übrig.

»Du hast es gleich geschafft.« Lächelnd streckt er mir seine Hand entgegen, die ich dankend ergreife. Ich lasse mich von ihm einen Hügel hinaufziehen. »Hörst du es schon?«

Ich halte meinen keuchenden Atem an und nehme ein gleichmäßiges Rauschen wahr, das mit jedem Meter, den wir weiter nach oben steigen immer lauter wird. Ich habe absolut keine Ahnung, wie sich Alex orientiert, aber sein innerer Kompass weiß zielgenau den Weg.

»Da sind wir«, verkündet er und tritt zur Seite. »Genau zum richtigen Zeitpunkt.« Voller Ehrfurcht blicke ich auf das sprudelnde Wasser, das sich eine stufenartige Felswand entlang in die Tiefe stürzt und in einer kleinen Lagune sammelt, die von den hohen Fichten umsäumt wird. Gerade bricht die aufgehende Sonne durch die Wolken. Gebündelte Lichtfäden ziehen sich durch die Luft und lassen die Kulisse noch viel magischer wirken.

»Das ist wahnsinnig schön.«

Alex' Blick schwenkt zu mir. Ein Strahlen erhellt sein Gesicht. Ein paar Minuten lang betrachten wir die Kulisse, bis Alex den Rucksack von den Schultern zieht und auf einem Felsplateau abstellt.

»Was machst du da?«, frage ich und beobachte, wie er die Schnallen öffnet, eine karierte Thermodecke herausholt und sie auf dem Felsplateau ausbreitet. »Ich mache es uns ein bisschen gemütlicher.«

Mit einer förmlichen Handbewegung und einem schiefen Grinsen fordert er mich auf, Platz zu nehmen. Ich lächle und gehorche, während Alex eine Packung eingeschweißter Pancakes und zwei Thermobecher aus einem der anderen Rucksackfächer zieht und sie auf der Decke abstellt.

»Ein Picknick?« Die Überraschung, die in meinen Worten mitschwingt, ist nicht zu überhören.

Alex setzt sich neben mich. Er stützt die Arme auf die Knie und mustert mich. »Denkst du, ich lass dich verhungern? Du hast noch nicht gefrühstückt.«

Ich nehme den Thermobecher entgegen, den er mir reicht. »Ich hoffe, du trinkst deinen Kaffee mit Milch?«

»Perfekt«, sage ich und weiß nicht, wie mir vor Glück geschieht. Schweigend machen wir uns über die Pancakes her und sehen auf den Wasserfall hinab. Das Rauschen ist wie eine beruhigende Hintergrundmusik und trotzdem tanzen wilde Emotionen in meinem Inneren.

»Dad liebte Wasserfälle. Er hat oft Wanderrouten für uns herausgesucht, die an einem vorbeiführen. Er fand es faszinierend, mit wie viel Kraft das Wasser hinunterschießt und es trotzdem friedlich und beruhigend wirkt. Dieser hat ihm immer am besten gefallen. Dafür hat er die zwei Stunden Fahrzeit aus Montreal gerne in Kauf genommen.«

»Ich weiß gar nicht, was ich sagen soll«, versuche ich, meine Gefühle in Worte zu fassen und schlucke den letzten Bissen herunter. »Ich bin froh, dass du mich hergebracht hast. Es bedeutet mir viel, dass du das mit mir teilst.«

Alex erwidert mein Lächeln. Mit der Hand fährt er durch sein dunkelblondes Haar – eine beiläufige Geste, die bei ihm aber unglaublich attraktiv wirkt und meinen Herzschlag zum Stocken bringt. Seine Wangen sind von der Kälte leicht gerötet.

»Mir bedeutet es auch sehr viel, Chloe. Um ehrlich zu sein … ist mir das noch nie passiert.« Er macht eine Pause und blickt dann seufzend gen Himmel, als würden dort die richtigen Worte stehen. »Wenn du bei mir bist, habe ich das Gefühl, dir alles sagen zu können.«

»Das kannst du auch.«

Er blickt mich an. Seine Augen sind voller Hoffnung und gleichzeitig überlagert wieder diese tiefe Traurigkeit das Blau darin. Die Worte brennen mir auf der Zunge, aber da ist auch die Angst, Alex' Grenzen zu überschreiten. Andererseits habe ich das dringende Bedürfnis, ihm zu helfen. Ich möchte teilhaben an dem, was ihn schmerzt.

»Ich weiß, dass du etwas mit dir herumträgst. Ich habe es schon damals in der Schwimmhalle bemerkt. Du hast so … unglaublich traurig gewirkt. So wie jetzt.« Ein Muskel zuckt an seinem Kiefer. »Und dann die Fotos in deiner Wohnung …« Ich zögere, bevor ich meine Vermutungen weiter ausspreche. »Es hat etwas mit dem Schwimmen zu tun, oder?«

Alex' Stille legt sich über uns wie ein dunkler Schatten und am liebsten würde ich ihn schütteln, damit er endlich darüber spricht, was ihn so sehr quält.

»Du musst nicht darüber reden. Ich will nur, dass du weißt, dass du es jederzeit tun kannst«, sage ich jedoch laut, um nicht zu bedrängen. Ich lege meine Hand auf seine und drücke sie sanft, um ihm zu zeigen, dass ich es ehrlich meine.

Alex umschließt sie und ein kleines Lächeln zupft an seinen Lippen, während er unsere verschlungenen Finger betrachtet. »Was glaubst du, was wir gemeinsam haben?«

Ich mustere ihn, lasse die vermeintliche Ablenkung unkommentiert, und denke eine Weile über seine Frage nach.

»Wir mögen beide Pancakes«, antworte ich in dem Versuch, die Stimmung etwas zu heben. Alex schielt zu mir. Seine Schultern beben minimal, als er lautlos lacht. »Was noch?«

Ich überlege. »Wir lieben das Schwimmen.«

Sein Lächeln verblasst und seine Miene wird wieder ernst. In Zeitlupe schüttelt er den Kopf. »*Du* liebst das Schwimmen, Chloe. Ich nicht.«

Ich blinzele verwirrt. »Wie meinst du das?«

Er schluckt, bevor er antwortet. »Wir brauchen beide das Wasser. Aber … bei dir ist es anders. Mich macht es nicht glücklich.«

… sondern traurig, ergänze ich in meinem Kopf und sehe ihn weiter an. Der Schmerz, der seine Stimme zum Kippen bringt, legt sich wie ein zu eng geschnürter Gürtel um meinen Brustkorb. »Aber … warum?«

Alex' Griff um meine Hand wird fester. »Wegen ihr.«

Mein Herzschlag beschleunigt sich und tausende Gedanken gehen mir durch den Kopf. Ihr? Ihr wer?

»Ich hatte eine Schwester, Chloe.«

Es dauert Sekunden, bis mir die Bedeutung seiner Worte bewusst wird. *Ich hatte …*

»Sie hieß Emma.«

Als die schreckliche Erkenntnis in meinem Gesicht aufblitzt, wendet Alex sich ab. Mit der freien Hand zupft er an meinen Fingern.

»Was ist mit ihr passiert?« Ein Knoten wächst in meinem Magen, wie ein unheilvolles Geschwür. Und plötzlich zweifele ich, ob ich die Antwort wirklich hören will.

Alex seufzt schwer, als würde es ihn unendlich viel Kraft kosten. »Ich war zehn … Ich weiß noch ganz genau, wie heiß es an dem Nachmittag war und wie laut Emma gelacht hat, als ich sie mit der Wasserpistole durch unseren Garten gejagt habe. Jedes Mal, wenn ich sie mit dem Wasserstrahl getroffen habe, hat sie laut gequietscht.« Er räuspert sich, als seine Stimme kippt. »Sie … hatte dieses Grübchen am Kinn, wie meine Mom und genauso blaue Augen wie ich. Als Kind habe ich es nicht so wahrgenommen, aber ich habe sie über alles geliebt.« Seine Züge verkrampfen sich. Ich schiebe mich näher an ihn heran und lege meinen Arm um ihn, versuche, meine Anspannung nicht auf ihn zu übertragen. »Es … ging alles so schnell. Wir sind um den Pool herumgerannt. Plötzlich ist Emma gestolpert. Sie ist mit dem Kopf auf den Rand aufgeschlagen und … ins Wasser gefallen. Sie ist untergangen. Vollkommen reglos. Und ich … ich stand nur da und habe nicht begriffen, was passiert. Ich … konnte mich nicht bewegen.« Er schüttelt den Kopf und fährt sich mit dem Handrücken über die Wangen. »Also habe ich geschrien. Geschrien und geweint, bis meine Eltern aus dem Haus gestürmt kamen. Dad ist sofort in den Pool gesprungen und hat Emma rausgeholt. Aber …« Alex' Stimme versagt und für Sekunden hängt tiefes Entsetzen in der Luft. »Ich werde nie vergessen, wie Mom ins Haus gerannt ist, um den Krankenwagen zu alarmieren – wie sie geschrien hat, als mein Vater versuchte, Emma wiederzubeleben. Es … war zu spät.«

Ich drücke seinen Arm, verdaue die Sätze, die traurige Geschichte, die zu Alex' Kindheit gehört und die er für immer mit sich herumtragen muss. Er war erst zehn. Ein Kind, das mit ansehen musste, wie seine Schwester ertrinkt und wie sein Vater versucht hat, ihr das Leben zu retten.

»Es … tut mir so leid«, wispere ich, weil ich keine anderen Worte für diesen Schicksalsschlag finde.

Alex' glasige Augen graben ein tiefes Loch in meine Brust.

»Es ist lange her. Tut mir leid, wenn ich jetzt die Stimmung versaut habe.«

»Nein«, sage ich und schenke ihm ein warmes Lächeln. »Ich … bin froh, dass du es mir gesagt hast.«

»Niemand weiß davon. Außer meiner Familie. Mein Vater hat jede Menge Geld dafür gezahlt, dass die Presse nichts über den Unfall preisgibt, als ich mit dem Schwimmsport berühmt wurde. Ich habe wochenlang nicht darüber gesprochen, habe Albträume gehabt und eine Phobie gegen Wasser entwickelt. Ich wollte nicht mehr duschen, nicht mal mehr Hände waschen. Ich habe das Wasser gehasst … und mich.«

Alex streichelt über meine Wange. Ein dicker Kloß sitzt in meinem Hals. »Es hat lange gedauert, bis ich aufgehört habe, mir die Schuld für den Unfall zu geben. Mom und Dad haben mich zu einem Psychologen geschickt. Das hat mir unheimlich geholfen. Er hat mir klargemacht, dass ich das Wasser nicht zu meinem Feind machen darf – dass es etwas sein soll, was mir Emma näherbringt.«

»Deshalb hast du mit dem Schwimmen angefangen. Wegen ihr.«

Alex nickt betreten.

»Und die Fotos von den Schwimmhallen in deiner Wohnung? Haben sie auch etwas damit zu tun?«

»Ja. Es ist … meine Art der Therapie. Ich konfrontiere mich damit, um mich von den Erinnerungen nicht kontrollieren zu lassen.« Ein dunkler Schatten legt sich auf sein Gesicht, der beweist, dass er noch immer damit zu kämpfen hat.

Dann steht er plötzlich auf, fasst meine Hand und zieht mich auf die Beine. »Komm mit.«

Kapitel 25

»Was hast du vor?«, frage ich, noch immer gefangen in einem emotionalen Chaos. Aber Alex antwortet nicht. Während er mich an dem Wasserfall vorbei den Berg hinunterzieht, schießen tausende Empfindungen durch meinen Körper. Alex' Geschichte hat mich tief berührt. Ich liebe meine Geschwister über alles und kann mir nur ansatzweise ausmalen, was für schlimme Jahre er und seine Eltern durchstehen mussten. Mein Herz wiegt schwer wie Blei und gleichzeitig fühle ich mich Alex näher denn je. Er hat sich mir geöffnet, mir sein Geheimnis anvertraut und den wahren Alex hinter der unbekümmerten Superstar-Fassade gezeigt. Es ist ein berauschendes Gefühl, das sich mit dem Kummer in einen Wirbelsturm verwandelt. Ich glaube, ich war noch nie so durcheinander, so glücklich und so traurig wie in diesem Moment.

Vor der Lagune bleibt Alex stehen. Sie ist wunderschön. Wie ein riesiges Schwimmbecken, das von Fichten und weißen Felsen eingebettet wird. Dort, wo das Wasser von oben auf die Oberfläche trifft, schwebt ein nebliger Schleier.

Alex kniet sich auf den Boden und schnürt seine Wanderstiefel auf.

»Äh … was wird das?«

»Na was wohl?« Er öffnet den Reißverschluss seiner Jacke und streift sie von den Schultern. In einer schnellen Bewegung zieht er sich dann den Wollpullover über den Kopf und schlüpft aus den Schuhen. »Ich ziehe mich aus. Das solltest du auch machen. Außer, du willst gleich in nassen Klamotten nach Hause.«

Wortlos starre ich ihn an – ihn, und seinen durchtrainierten

Oberkörper. Seine Haut spannt sich glatt über den Erhebungen seiner Brustmuskeln und es juckt mich in den Fingern, mit den Händen über sein breites Kreuz zu streichen – bis mein Hirn seine Worte endlich verarbeitet hat. »Das ist ein Scherz, oder?«

Alex grinst schief und öffnet den Knopf seiner Hose. Mit kugelrunden Augen sehe ich dabei zu, wie er die Jeans herunterstreift, ohne mich dabei aus den Augen zu lassen. Zuletzt zieht er die Socken aus und steht nur noch in einer engen, schwarzen Boxershorts vor mir. Heilige Scheiße …

Mein Puls rast, meine Hände schwitzen trotz der Kälte und ich bekomme keinen einzigen Ton aus meinem offenstehenden Mund. Lachend kommt er auf mich zu. Wie ein Trottel starre auf seine Brustwarzen, die sich bei der Kälte zusammenziehen.

»Hast du vergessen, dass ich dir angekündigt habe, heute Regeln zu brechen?«

Er sucht meinen Blick und grinst mich herausfordernd an. »Und ich wette, es ist ein großer Regelverstoß für dich, mitten im Wald nackt zu schwimmen.«

»Du bist verrückt«, flüstere ich. Blanke Panik mischt sich mit kribbelnder Aufregung, als er meine Jacke öffnet und sie mir von den Schultern streift.

»Kann schon sein. Aber verrückt zu sein, kann manchmal sehr befreiend wirken.«

Mit einem bestechenden Lächeln zieht er mir die Mütze vom Kopf und greift dann nach dem Saum meines Pullovers. Er sieht mir in die Augen, abwartend, bis ich zustimmend meine Arme hebe und er mir den Stoff über den Kopf zieht. Mein Atem geht schneller, als Alex' Hände über meine Schultern, meine Arme hinunterfahren, auf denen sich jedes kleinste Härchen vor Kälte und Aufregung aufgestellt hat.

Alex beugt sich zu mir. Sein Atem prallt gegen meine Ohrmuschel und heiße Schauer überlagern das Kältegefühl auf meiner Haut. Ich spüre, wie er meine Hose öffnet und sie ein Stück meine Oberschenkel hinunterschiebt. Alex drückt mir einen warmen Kuss auf die Wange, auf den Hals, auf mein Dekolleté – wandert weiter nach unten, bis er vor mir auf dem Boden kniet und mir meine Sneaker von den Füßen zieht.

Keine Ahnung, was in mich gefahren ist, aber der Anblick von Alex' nacktem Körper unter mir, während er mich auszieht, ist unglaublich erotisch und löst ein heftiges Ziehen in meinem Unterleib aus. Sein Blick gleitet über meinen Körper und es kostet mich eine Menge Willensstärke, nicht meine Arme schützend um mich zu legen.

»Du bist wunderschön, Chloe«, brummt er und umfasst mit den Händen meine Waden, streicht unendlich langsam die Rückseite meiner Oberschenkel entlang und verharrt kurz unter meinem Po. Das Blau seiner Augen ist einem dunkleren Ton gewichen. »So wunderschön.«

Er setzt einen zarten Kuss über mein Knie, dann auf die Mitte meines Schenkels. Ich ziehe geräuschvoll Luft durch die Zähne, als seine Lippen meinen Hüftknochen streifen, nah an der Stelle, wo mein Blut heftig pulsiert.

Ich bin richtig enttäuscht, als er einen letzten Kuss neben meinen Nabel setzt und wieder aufsteht. Seine Pupillen sind geweitet und als er mich an sich zieht, spüre ich seine Erregung an meiner Hüfte. Seine Hände legen sich um meine Taille und ich kann mittlerweile nicht mehr unterscheiden, ob mein Zittern von der Kälte oder der Aufregung kommt.

Alex lächelt und streicht meine wilden Strähnen aus dem Gesicht. »Kann es losgehen?«

Ich sehe ihn an, gefangen in seinem Blick, der neben der Lust auch tiefe Zuneigung zeigt. Und ja, in diesem Moment würde ich Alex' wahrscheinlich allem zustimmen. All die Jahre war ich zufrieden mit meiner sorgfältig konstruierten Welt, immer Pläne machen, fleißig sein, meine Familie unterstützen … Aber jetzt will ich mehr. Ich will gedankenlose Dinge machen, mich Alex hingeben und ja … ich will meine Regeln brechen. Weil ich ihm vertraue, so wie er mir vertraut.

Ich nicke und ehe ich mich versehe, schlingt Alex seine Arme um mich, hebt mich hoch und springt mit Anlauf in das eiskalte Wasser.

Meine Lungen ziehen sich zusammen und ich presse die Augenlider fest aufeinander. Für Sekunden spüre ich nur die stechende Kälte und Alex' festen Griff um meinen Körper. Mein Kopf taucht unter und nachdem der erste Schock verflogen ist, überkommt mich diese friedliche Ruhe, die ich empfinde, sobald ich unter Wasser bin. Doch gerade, als ich die Stille zu begreifen beginne, schießen wir schon wieder an die Oberfläche. Alex prustet und lässt mich sofort los, um mich nicht wieder nach unten zu ziehen. Er stößt einen johlenden Schrei aus, der von den Bäumen um uns herum widerhallt. Mit einem breiten Grinsen sieht er mich an, während er sich mit fächernden Armbewegungen auf der Stelle hält. »Alles okay?«

»Scheiße! Es ist verdammt kalt«, gebe ich lachend zu. Es ist vollkommen verrückt, bei diesen Temperaturen fast nackt in einer Lagune zu schwimmen. Und doch ist es ein Gefühl von Freiheit und Glück.

Ich mache ein paar Schwimmzüge Richtung Wasserfall, um mich aufzuwärmen. Alex holt mich ein, bis wir auf einer Höhe sind. Seine Augen leuchten in Kombination mit dem Wasser noch viel intensiver. »Ich bin stolz auf dich, weißt du das?«

Ich drehe mich auf den Rücken, mache ein paar Beinschläge von ihm weg und spritze dabei mit voller Absicht Wasser in sein Gesicht. »Ich hatte gar keine Wahl.«

Alex fährt sich mit der Hand über das nasse Gesicht und macht eine schnelle Bewegung nach vorn. Mit einem Grinsen packt er mich am Knöchel und zieht mich wie einen zappelnden Fisch zu sich. Ich kreische und versuche mich zu befreien, aber er lacht nur und umfasst meine Taille, um mich nah an ihn zu ziehen. An einer seichteren Stelle, wo Alex stehen kann und meine Zehe den steinigen Boden berühren, lege ich meine Arme um seinen Nacken. Unser Lachen ist längst verklungen, stattdessen sehen wir uns still in die Augen. Mein Blick folgt einem Wassertropfen, der in Zeitlupe über die Vertiefung zwischen Nase und Oberlippe perlt – wie eine Aufforderung, ihn weg zu küssen. Wenn es nicht so verdammt kalt wäre …

»Du musst raus aus dem Wasser. Du zitterst und deine Lippen sind schon ganz blau«, sagt Alex schmunzelnd. Wie auf Kommando schlagen meine Zähne aufeinander und ich verfluche die falsche Jahreszeit für diesen perfekten Moment. Im Sommer hätte es hier unglaublich romantisch sein können. Jetzt spüre ich nicht mal mehr meine Zehen, während ich an Alex' Hand aus der Lagune klettere.

»Warte kurz«, sagt er und hechtet in seiner knappen Shorts zu unserem Picknickplatz hinauf. Gerade als ich aufgehört habe, seinem Hintern nachzusehen, kommt er mit zwei Handtüchern bepackt zurück.

»Du hast das also alles geplant«, schlussfolgere ich und wickele mich in den flauschigen Stoff, der mit dem Logo eines namhaften Sportausstatters bedruckt ist.

»Eventuell.« Er grinst schief und rubbelt sich über die Haare.

»Nur an trockene Unterwäsche habe ich nicht gedacht.« Er zwinkert. »Ich hoffe, dass ist kein Problem für dich.«

Ich ziehe die Enden meines Handtuches noch fester um meinen Körper und hebe eine Braue. »Ich wette, dass hast du dir alles genauso ausgemalt.«

Er lacht und zuckt unschuldig mit den Schultern. »Was denkst du denn von mir?«

Ich halte den Atem an, als Alex den Saum seiner Boxershorts zwischen die Finger nimmt.

»Du darfst mir ruhig zusehen, Chloe. Das macht mir gar nichts.« Sein Schmunzeln ist überdeutlich zu hören.

Meine Unterwäsche klebt nass und kalt an mir. Warum auch immer, ploppt in diesem Moment der unpassende Gedanke auf, wie mich meine Mom mahnend darauf hinweisen würde, wie schnell man sich eine Blasenentzündung einfangen kann. Mit einem Blinzeln verjage ich die elterliche Fürsorge, beginne aber trotzdem damit, mir umständlich meine BH-Träger von den Schultern zu ziehen – was mit dem Handtuch um meinen Körper eine echte Herausforderung ist.

»Kann ich dir irgendwie helfen?«

»Geht schon«, antworte ich und linse zu ihm. Alex trägt mittlerweile seine Jeans. Er grinst und streift sich dann seinen Pullover über. Dann legt er meine Kleidung neben meine Füße, richtet sich auf und greift um mich. Ich erstarre und selbst das Zittern meiner Muskeln hört für einen Augenblick auf. Sanft schließt er die Hände um meine. »Du kannst dich ganz unbesorgt anziehen. Ich halte das Handtuch fest. Ehrlich.«

Irgendwie nehme ich ihm das unschuldige Lächeln nicht ab. Alex lacht, gibt mir einen Kuss auf die Schulter und drückt mich sanft an sich, was meinen zitternden Atem zum Stocken bringt. Es ist ein sinnliches Gefühl, dem angezogenen Alex so nah zu sein, während ich nur von einem Handtuch umhüllt werde … und nasser Wäsche. Ich löse meine Finger von dem Handtuch und übergebe es ihm. Ich hoffe, dass ihm klar ist, was für ein Vertrauensbeweis das ist. Ich meine, ich kenne ihn noch nicht lange. Blitzschnell schlüpfe ich aus meinem Höschen und dem BH.

Alex' Blick liegt die ganze Zeit über fest auf meinem Gesicht, ein diabolisches Lächeln auf den Lippen. »Auch wenn ich zu gern loslassen würde.«

Kapitel 26

Danke für den besonderen Morgen. Es war unglaublich. Du bist unglaublich.

Mit einem fetten Grinsen schleiche ich mich zurück ins Wohnheim, das Smartphone, mit Alex' Nachricht, die er mir gerade geschickt hat, gegen die Brust gedrückt. Ich fühle mich beflügelt, aufgekratzt und zeitgleich von der Wanderung erschöpft.

»Chloe?«

Ich bleibe mitten im Flur stehen, da Max gerade aus seiner Zimmertür kommt und genauso geschockt aussieht wie ich mich fühle. Sein verwirrter Blick wandert von meinen feuchten Haaren bis zu meinen Schuhen, an denen noch Erde und Blätter hängen.

»Morgen«, sage ich so locker wie möglich. Mist. Musste das jetzt passieren? »Musst du zur Arbeit?«

Max nickt, steckt seinen Schlüssel in die Tasche und legt sich die Schürze des Diners über die Schulter. »Und wo kommst du her?«

»Spazieren. Ich konnte nicht mehr schlafen.«

Max hebt beide Brauen. »Deine Haare sind nass.«

»Ja … Ich war vorher duschen und habe sie nicht geföhnt«, erwidere ich rasch und hoffe, dass er nicht nachhakt.

»Du föhnst deine Haare immer, weil du Angst hast, krank zu werden.« Sein Gegenargument ist entwaffnend, er kennt mich viel zu gut.

Max seufzt und weicht meinem Blick aus. Mit einer Hand fährt er sich durch seine wilden Locken. »Ich … muss los.«

Bevor ich etwas erwidern kann, rauscht er an mir vorbei. Wieso versuche ich, ihm etwas vorzumachen? Max ist nicht blöd. Natürlich weiß er, mit wem ich zusammen war.

Schnell schlüpfe ich ins Zimmer, ziehe meine Jogginghose an und schleiche auf Zehenspitzen zu meinem Bett, um die schnarchende Anna nicht zu wecken. Mit einem Skript mache ich es mir gemütlich. Doch jeder Versuch, mich auf die Bedeutung der Sätze zu konzentrieren, scheitert. Ich kann an nichts anderes denken, als die Zeit am Wasserfall, an Alex, der mich auszieht und seinen Ausdruck in den Augen, als wäre ich das Schönste, was er jemals gesehen hat.

»Okay, egal, was in deinem Kopf los ist, ich will den Gedanken auch«, nuschelt Anna, die mich aus kleinen Augen betrachtet und dann herzhaft gähnt. Wie eine Katze rekelt sie sich und rollt sich träge auf die Seite. Abschätzig verzieht sie die Lippen, als sie die Unterlagen in meinen Händen bemerkt. »Wie kannst du beim Anblick von Uni-Kram nur so verliebt lächeln? Du bist echt seltsam.«

Ich schmunzle, weil nicht mal die Gewissensbisse, ihr den Ausflug zu verheimlichen, meine fantastische Laune trüben können.

Erst gegen Mittag verlässt Anna ihr Bett und erinnert mich daran, dass wir mit dem Rest des Teams im Gym verabredet sind. Obwohl ich mich von der Wanderung total erschöpft fühle, bleibt mir nichts anderes übrig, als mich in meine Sportklamotten zu quälen und mitzugehen. Schließlich kam der Anstoß von mir, wieder regelmäßig zu trainieren.

Lilly, Pam und Kim wärmen sich auf den Kardio-Geräten bereits auf, als wir zu ihnen stoßen.

»Ach, ihr seid auch endlich da?«, keucht Lilly, die in einem Mordstempo in die Pedale tritt.

»Ich bin nicht schuld, dass wir zu spät sind«, stellt Anna klar, wirft ihr Handtuch über die Schultern und steigt auf einen Crosstrainer. Dabei lächelt sie einem Kerl kokett zu, der sie von der Beinpresse aus beobachtet. »Unser lieber Captain hat verpeilt, dass wir uns treffen.«

Die Blicke meines Teams folgen mir, während ich mich für das Sitzfahrrad entscheide und meine Wasserflasche in die Halterung stelle.

»Du verpeilst ziemlich viel momentan. Ist alles okay bei dir?« Mit aufeinander gebissenen Zähnen nicke ich Pam zu und setze mich auf das Fahrrad. Vielleicht wäre es besser gewesen, Bauchschmerzen vorzutäuschen, statt mich nach dem aufwühlenden Morgen in ein Haifischbecken zu begeben. Meine momentane Kopflosigkeit passt nicht zu mir und das fällt natürlich auf.

»Mir geht es bestens. Nur weil ich einen Termin verschwitzt habe, bin ich nicht gleich krank. Ich bin auch nur ein Mensch, Leute … nur zur Info.« Ich klinge unfreiwillig gereizt, was die anderen weitere verwirrte Blicke austauschen lässt.

Ich schnappe mir meine Flasche, trinke mehrere Schlucke und versuche mich die nächsten fünfzehn Minuten auf einen der Fernseher zu konzentrieren, die an der Wand gegenüber hängen und eine Doku über Windsurfing zeigen.

Zum Glück geht nach der Aufwärmphase jeder seinen eigenen Weg im Studio und arbeitet einen individuellen Trainingsplan ab, der vergangenes Jahr auf jedes Teammitglied zugeschnitten wurde. Ich bemühe mich nicht wirklich, meine Übungen an den Geräten korrekt auszuführen. Meine Beine sind nach der Waldstrecke und dem Radfahren müde und fühlen sich instabil an. Mich zu konzentrieren, fällt mir schwer, weil ich permanent an mein Smartphone in der Sporttasche denken muss, die ich in einem Spind des Studios verstaut habe. Ob Alex mir noch einmal geschrieben hat? Meine Antwort auf seine Nachricht war nicht sonderlich einfallsreich. Ein Einfaches: *Danke, dass du mich mitgenommen hast. Es war wunderschön.*

Nicht ansatzweise beschreiben diese Worte meine eigentlichen Gefühle, die inzwischen in mir gewachsen sind. Reagiert hat er bisher darauf nicht. Warum auch? Vielleicht hätte ich eine Frage stellen oder mehr verdeutlichen sollen, was mir der Morgen und seine Offenheit wirklich bedeuten. Jetzt noch etwas hinterher zu schieben, wirkt verzweifelt. Also kann ich nur abwarten. Und das ist nicht gerade meine Stärke.

Am Montagmorgen ist alles anders. Na ja, eigentlich ist alles gleich. Mein Bett, in dem ich aufwache, Annas morgendliche schlechte Laune, weil sie es hasst früh aufzustehen, die tristen Seminarräume und das grelle Neonlicht, das in den ersten Unterrichtsminuten in den Augen brennt. Und doch fühle ich mich wie berauscht und bin den ganzen Tag nicht wirklich bei der Sache.

Der gestrige Ausflug zum Wasserfall steckt mir noch in den Knochen, oder eher gesagt in meinem gesamten Körper. Immer wieder drifte ich zu den Momenten ab, in denen Alex und ich uns im Wald nah waren. Und das nicht nur auf die körperliche Nähe bezogen. Dadurch, dass er mir von seinem Dad und seiner Schwester Emma erzählt hat, fühle ich mich mit ihm verbunden. Er hat mir gesagt, dass er sich niemanden bisher so geöffnet hat. Und irgendwie gibt mir das Hoffnung – Hoffnung, etwas Besonderes für ihn zu sein. Gleichzeitig macht es mir aber auch Angst, dass sich bei jedem Gedanken an ihn, mein Herz sehnsüchtig zusammenzieht. Ich kann es kaum erwarten, Alex beim Schwimmtraining wiederzusehen – auch wenn ich weiß, dass ich ihm nicht um den Hals fallen darf.

»Chloe Campbell, hörst du mir zu?«

Anna bohrt mir ihren Ellbogen in die Seite. Ihre grauen Augen mustern mich skeptisch und eine genervte Falte blitzt unter ihrer Mütze hervor.

Ich verziehe den Mund zu einem entschuldigenden Lächeln. »Tut mir leid. Was?«

Sie stößt einen lang gezogenen Seufzer aus und bleibt vor der Eingangstür des Sportzentrums stehen. »Okay, was ist los?«

»Was soll los sein?« Ich umfasse den Gurt meiner Sporttasche und versuche, mir nicht anmerken zu lassen, dass ich weiß, was jetzt kommen wird. Wir sind Freundinnen und natürlich hat sie bemerkt, dass ich mich seltsam verhalte. Das letzte Mal, als sie mich so angesehen hat, war, als ich mich heimlich mit Owen getroffen habe und sie mir ähnlich misstrauische Fragen stellte.

»Chloe. Verarsch mich nicht. Wir kennen uns jetzt seit über einem Jahr. Wir leben zusammen auf zwanzig Quadratmetern und ich weiß genau, dass du gerade nicht deine Tage hast. Du bist total komisch drauf. Ich meine, du bist ständig in Gedanken woanders. Du hast heftige Stimmungsschwankungen, vergisst deine Unterlagen und redest kaum noch mit mir.« Sie klingt gereizt. Was ich ihr wirklich nicht verübeln kann. Ich bin froh, dass Max ihr es nicht gesteckt hat, dass wir und gestern im Flur begegnet sind. Zumindest gehe ich davon aus. Sicher hätte sie mich sonst darauf angesprochen.

»Ich weiß. Es ist einfach … Ich bin gestresst wegen der anstehenden Prüfungen und«, ich senke den Blick, »… ich vermisse meine Familie.«

Das ist nicht gelogen. Erst heute Morgen hat Mom mir von den Zwillingen ein Foto geschickt, wie sie breit grinsend, Arm in Arm, in ihren Minion-Schlafanzügen im Hochbett hocken. Ich habe ein paar Tränen verdrückt und ihnen eine Sprachnachricht geschickt, dass ich sie sehr lieb habe. Aber das ist nicht der Grund, für meine momentane mentale Isolation. Es brennt mir mittlerweile wie Säure auf der Zunge, Anna mein Herz zu öffnen, ihr alles über mich und Alex zu erzählen, sie nach ihrer Meinung zu fragen – fragen, ob ich einen Fehler mache, mich auf ihn einzulassen, ohne zu wissen, wohin das führt. Aber es würde alles furchtbar kompliziert machen. Solange ich nicht weiß, was Alex und ich sind, kann ich mich niemandem anvertrauen – aus Eigenschutz und weil ich Alex nicht in Verlegenheit bringen will. Er glaubt, dass er mir nicht das geben kann, was ich brauche. Und ich weiß nicht, ob er recht hat. Alles, über das ich mir im Klaren bin, ist, dass ich bei ihm sein will, dass mir seine Nähe guttut. Dass sich alles mit ihm richtig anfühlt.

Anna seufzt wieder. Ihre angespannte Miene macht einem weicheren Ausdruck Platz. »Willst du nicht doch am Wochenende mit mir mitkommen? Wer bitte ist am Remembrance Day allein?«

»Es ist wirklich okay, hier zu bleiben. Ich mache es mir schön. Ich meine, hey … ich habe endlich mal das Zimmer für mich allein. Das ist total super.«

»Das ist nicht super, sondern traurig«, widerspricht sie, drückt die Tür auf und lässt mich vorgehen. »Ich gebe dir das Geld für die Zugfahrt, dann kannst du nach North Bay fahren.«

»Auf keinen Fall.«

»Wieso denn nicht?«

»Anna.« Ich wickele mir beim Laufen den Schal vom Hals. Die Luft im Sportzentrum ist wie immer schwül und riecht nach Schweiß und vergessenen Sportschuhen. »Es ist total lieb, dass du dir Sorgen machst. Aber das ist unnötig. Fahr zu deiner Familie und genieß es. Es ist okay. Meine Mom und ich haben schon verabredet zu skypen. Ich werde mich nicht umbringen, während du weg bist.«

In der Umkleide angekommen, lässt Anna ihre Tasche auf die Bank plumpsen und sieht mich skeptisch an. »So wie du drauf bist, bin ich mir da nicht so sicher.«

»Du übertreibst.«

Ich muss ein erleichtertes Schnauben unterdrücken, als sich ihr Misstrauen langsam auflöst und sie mein Lächeln erwidert.

Alex ist noch nicht da, als Anna, Kim, Pam, Lilly und ich die Schwimmhalle betreten. Deshalb schlage ich den anderen vor, dass wir uns schon mal mit ein paar Dehnübungen warm machen. Mein Herz schlägt ungesund schnell und ich kann nicht aufhören, immer wieder zur Herrenumkleide zu schielen.

Als die Tür aufschwingt und ein tiefes Lachen durch die Schwimmhalle schallt, schießen auch die Blicke der anderen in die Richtung.

Alex klopft Bill, der mindestens zwei Köpfe kleiner ist, auf die Schulter. Es ist immer wieder verstörend, den muffeligen Bademeister lächeln zu sehen.

Bill verzieht sich in sein Büro, während Alex auf uns zukommt. Er wirkt gut gelaunt, sehr gut sogar.

»Hey, Team.« Sein Blick schweift über uns und bleibt für einen Atemzug lang an mir hängen. Sein Mundwinkel zuckt und ich kann förmlich sehen, wie sich in diesem Moment unsere gemeinsamen Erinnerungen an die Zeit am Wasserfall wie Synapsen verbinden. In den letzten drei Tagen haben wir uns viele Nachrichten geschickt. Auch wenn Alex' kein Mann der langen Textnachrichten zu sein scheint, ist mir bei jedem albernen Emoji, das in meinem Postfach eintrudelte, das Herz vor Aufregung beinahe aus der Brust gesprungen. Ihn heute wieder zu sehen, ist eine Erlösung und zeitgleich eine Strafe, weil ich ihm auf der Stelle um den Hals fallen möchte. Die Vertrautheit in seinen Augen jagt mir eine Gänsehaut über die nackten Arme und selbst, als er unseren Blickkontakt abbricht und mit seiner gewohnten professionellen Miene erklärt, wie das heutige Training ablaufen wird, kann ich mir das Lächeln nicht aus dem Gesicht wischen.

»Er sieht heute besonders heiß aus«, wispert Anna Pam zu, als wir zu den Startblöcken gehen und unsere Taucherbrillen über die Schwimmhaube ziehen. Alle, außer mir, starren Alex nach, der zur gegenüberliegenden Beckenseite läuft.

»Oh mein Gott, ja. Dieses schwarze T-Shirt. Wow. Seit Liv von seinen Leistungen im Bett geschwärmt hat, ist bei mir Kopfkino angesagt, sobald ich ihn sehe.«

Anna kichert. »Vielleicht sollte ich ihn einfach nach dem Training in der Umkleide überraschen … nackt versteht sich.«

»Ich glaube nicht, dass er sich darauf einlassen wird. Er trennt das Private von seinem Job«, mischt sich jetzt auch Lilly ein.

»Quatsch«, schnaubt Anna. »Er ist ein Kerl, der nie etwas anbrennen lässt. Ich habe Brüste und eine Vagina. Früher oder später wird er schwach. Man muss ihn nur …«

»Könnt ihr jetzt mal eure Klappen halten und euch auf das Training konzentrieren?« In meinem Bauch brodelt es gefährlich. Es ist nicht nur die Eifersucht auf Liv, die den Faden zum Reißen bringt, sondern auch die Wut darauf, dass sie Alex wie ein Sexobjekt behandeln. Ich kann es einfach nicht mehr ertragen, dass sie über ihn sprechen, als wäre er ein Stück Schokoladenkuchen in der Auslage. Dabei ist da so viel mehr als nur die appetitlich aussehende Glasur.

Und irgendwo zwischen diesen Gefühlen lauert auch der Frust, dass Alex dafür selbst verantwortlich ist, dass die Frauen ihm hinterherhecheln.

»Was hast du denn für ein Problem?« Anna kneift die Augen zusammen. Auch die anderen drei glotzen mich an. Ich schlucke und zupfe ruppig an meiner Schwimmhaube herum.

»Wir haben in zwei Wochen einen Wettkampf vor uns. Es ist wichtig, dass wir bei der Sache sind.«

»Das sind wir, Chloe«, meint Anna und stemmt die Hände in die schmale Taille. »Aber deshalb darf man trotzdem über andere Dinge sprechen.«

»Nicht während des Trainings.« Meine Stimme klingt ungewohnt hart.

»Ich muss Chloe recht geben«, schaltet sich Kim ein, die in großen Kreisen ihre Arme dreht. »Wir können froh sein, einen guten Trainer zu haben und beim Wettkampf antreten zu können. Darauf sollten wir uns jetzt konzentrieren.«

»Schon gut.« Anna stöhnt und verzieht die Lippen. »Ihr seid solche Streber. Echt.« Damit geht sie zu ihrem Startblock und klettert hinauf.

Ich weiß, dass sie nur kurz eingeschnappt sein wird. Und trotzdem fühle ich mich schrecklich. Denn ich bin diejenige, die mit den Gedanken woanders ist und sich hinter dem Rücken ihres Teams mit dem Trainer trifft – einem Mann, der mir seine tiefsten Geheimnisse anvertraut hat, der mich mit seinen Küssen um den Verstand bringt, der spätestens seit gestern mein Herz für sich gewonnen hat.

Ich stelle mich ebenfalls auf den Block und als ich über die glatte Wasseroberfläche zu Alex sehe, treffen sich unsere Blicke.

Die Frage ist nur, ob er mein Herz überhaupt haben will.

Kapitel 27

Das Diner platzt aus allen Nähten, als Max und ich uns zu unserem Tisch drängen.

Eine lange Schlange hat sich vor der Theke gebildet und der Geräuschpegel ist so hoch, dass man die Musik nur zwischen dem Stimmengewirr erahnen kann.

Anna hat sich für heute Abend kurzfristig ausgeklinkt, weil sie nach dem Training noch mit Deacon verabredet ist. Sie behauptet felsenfest, dass es kein Date ist, zumindest nicht auf romantische Art. Ich war kurz davor, Max abzusagen und habe insgeheim gehofft, dass auch er keine Lust auf ein Treffen zu zweit hat. Aber keiner von uns hat sich offensichtlich getraut, eine Ausrede vorzuschieben, um der unangenehmen Situation zu entkommen.

»Was ist denn heute hier los?«, frage ich und schiebe mich auf den gegenüberliegenden Sitz.

»Heute gibt es zusätzlich zur Pizza ein Gratisgetränk.«

Ich schlüpfe aus meiner Jacke, die vom Nieselregen ganz feucht ist. »Was sagt das über uns Studenten aus?«

Endlich grinst Max, so, wie ich es von ihm kenne.

»Dass wir keine Kohle haben und froh sind über jede Abwechslung zum Kantinenessen.«

»Stimmt.« Ich lächle.

»Wie gut, dass du über den Feiertag nach Hause fährst. Deine Mom wird dich mit guten Essen überhäufen.«

Max' Mundwinkel sinken und er mustert mich einen Moment schweigend. Seine schwarzen Locken glitzern feucht im gelblichen Deckenlicht. »Ich finde es nicht gut, dass du das ganze lange Wochenende allein bist.«

Ich ziehe die Speisekarten aus der Halterung. Eine davon schiebe ich zu Max zu. »Das Thema hatte ich heute schon mit Anna.«

»Bleibt er auch hier?«

Ich blicke weiter starr auf die Karte und würde seine Frage am liebsten ignorieren.

»Falls du Alex meinst, ich habe keine Ahnung«, sage ich knapp. Natürlich habe ich mir auch schon die Frage gestellt, was Alex wohl über den Remembrance Day machen wird. Und natürlich ist da dieser winzige Teil in mir, der die Hoffnung hat, dass er am Campus bleiben wird. Wir hätten jede Menge Zeit für uns allein …

»Es würde dir guttun, mal rauszukommen.«

»Warum? Ich bin gerne hier.«

»Klar. Vor allem seit Clark am Campus ist.«

Ich versteife mich und richte mich ein wenig auf. Max' abschätziger Tonfall und der spitze Kommentar ziehen nicht spurlos an mir vorbei. »Max, es reicht, ehrlich. Ich bin kein Kind, dem man sagen muss, was es falsch und richtig macht. Ich weiß, was ich tue. Ich kann eigene Entscheidungen treffen.«

»Ja. Das weiß ich. Aber … ich glaube, dass du dich in etwas verrennst und ich will nicht, dass du verarscht wirst.«

Ich hebe die Brauen. »Und das ist der einzige Grund, Max?« Ich lasse mit Absicht eine Portion Zweifel in meiner Frage mitschwingen. Glaubt er ernsthaft, dass ich nicht längst weiß, um was es hier eigentlich geht?

»Hey.«

Unsere Köpfe rucken zeitgleich nach oben, zu der Person, die plötzlich neben unserem Tisch steht, die Hände in den Jeanstaschen vergraben.

»Alex«, bringe ich sinnloserweise heraus und schiebe schnell ein »Hi« hinterher. Ich habe klammheimlich gehofft, ihm hier zu begegnen, auch wenn das Training noch nicht lange her ist. Die Spannung zwischen uns ist kaum zu ertragen. Es ist pure Folter, dass ich Abstand zu ihm halten muss, obwohl er zum Greifen nah ist.

Mit Herzen in den Augen mustere ich seinen Look in Jeans und lässiger schwarzer Lederjacke, die ich wahnsinnig an ihm liebe. Alex reibt sich über das Kinn und zwängt ein Lächeln hervor. »Ganz schön voll heute. Seid ihr … alleine hier?«

»Ja, wie du siehst«, blafft Max und liefert sich mit Alex ein Blickduell.

»Anna hatte kurzfristig etwas anderes vor«, konkretisiere ich die dämliche Antwort und befürchte, dass sie sich wieder so provozieren wie nach der Party. Das Platzhirschgehabe der beiden nervt und ich verstehe nicht, wieso gerade Alex sich so aufspielt. Er ist es schließlich derjenige, der Grenzen zwischen uns zieht. Ich will seine Hand nehmen dürfen, ihn küssen – ganz egal, wo wir sind und wer dabei zusieht. Aber das geht nicht. Weil Alex keine Beziehung führen will. »Und selbst wenn. Pizza essen kann man auch zu zweit.«

Okay. Ich gebe zu, dass ich mir den bissigen Kommentar hätte sparen sollen. Anstatt die Situation zu entspannen, habe ich nur noch mehr Feuer in die Glut geworfen.

»Verstehe.« Alex' Miene wird nur noch härter. Ein Muskel an seinem Kiefer beginnt rhythmisch zu zucken.

»Alex, wo bleibst du denn?«

Als Liv neben ihm auftaucht und ihm mit einem strahlenden Lächeln die Hand auf die Schulter legt, entgleisen mir die Gesichtszüge. Mir wird übel und ich kann nicht anders, als sie anzustarren. Sie hebt eine Braue und schenkt mir das kälteste Lächeln aller Zeiten.

»Oh, hi. Wie nett. Der kleine Büchernerd … und ihr Freund. Braucht ihr noch mal eine Showeinlage von uns, damit ihr nicht vor Langeweile sterbt?«

»Liv«, kommt es schneidend von Alex. »Lass gut sein.« Fahrig reibt er mit der Hand über seinen Nacken und weicht meinem Starren aus. Es ist unverkennbar, wie unangenehm ihm die Situation ist. Das dreht mir vollends den Magen um. Es läuft noch etwas zwischen ihm und Liv? Nach allem, was er mir gesagt hat, wie er mich behandelt hat, trifft er sich noch mit ihr. Ja, wir sind kein Paar und ja, er hat keinen Eid abgelegt, sich fortan nur noch mit mir zu treffen. Dennoch bin ich davon ausgegangen, dass ihm der Ausflug genauso viel bedeutet hat wie mir. Dass er uns näher zusammengebracht hat. Ich würge die Enttäuschung herunter, konzentriere mich darauf, desinteressiert zu wirken. Die Vertrautheit, die ich eben in der Schwimmhalle noch zwischen uns gespürt habe, ist verschwunden. Stattdessen trennt uns plötzlich wieder diese dicke Mauer, die Alex für mich Stein für Stein abgebaut hat.

Gefühlt vergehen Minuten, bis er endlich reagiert. »Tja, dann ... wünsche ich euch beiden noch einen schönen Abend.« Seine Worte triefen vor Sarkasmus und klingen so gar nicht nach dem Alex, den ich gestern im Wald erlebt habe – der mich an seinem Schmerz hat teilhaben lassen, der mich geküsst hat und mir das Gefühl gegeben hat, wichtig zu sein. Er klingt wie ein gefühlloses Arschloch.

In diesem Moment, in dem ich am liebsten heulend aus dem Diner stürmen möchte, kommt Susi zu uns an den Tisch. Ihre Wangen sind rot und ihr Blick wirkt gehetzt, als sie über die vielen Studentenköpfe blickt. »Tut mir leid, dass ihr so lange warten musstet. Aber heute ist die Hölle los.«

Max diktiert ihr seine Bestellung, während ich auf die Tischplatte starre, nachdem Alex und Liv in der Menge hungriger Studenten verschwunden sind.

Weil die Steine, die auf meiner Brust lagen, mittlerweile auch in meinem Magen gelandet sind, bestelle ich nur eine kleine Portion Pommes und eine Cola. Und selbst das werde ich nicht herunterbekommen.

»Ich will kein Klugscheißer sein. Aber ... genau deshalb habe ich dich gewarnt«, sagt Max sanft, als Susi zum nächsten Tisch läuft.

Ich schüttele den Kopf, weil ich nicht will, dass Max die Wut und die Enttäuschung sieht – und die Tränen, die sich in meinen Augen sammeln.

Warum war ich so dumm zu hoffen, dass auf einmal alles anders ist – dass Alex mich nicht mehr von sich stößt, dass er sich ab jetzt mit niemandem mehr trifft, dass er keine Frauen mehr mit nach Hause nimmt.

»Ich will nicht darüber reden.« Max nimmt das stillschweigend hin und auch, als unser Essen kommt, spricht keiner von uns einen Ton.

Nach der dritten heruntergewürgten Pommes verabschiede ich mich mit einer knappen Entschuldigung von Max und flüchte zurück ins Wohnheim.

Ich habe gerade die Tür hinter mir zugezogen, als mein Smartphone mich mit einem Piepton auf eine neue Nachricht aufmerksam macht.

Können wir reden? Bei mir?

Im Schneidersitz hocke ich auf meinem Bett und starre mit tränenverhangen Augen auf Alex' Nachricht. Ich kaue auf meiner Lippe, weiß nicht, was ich davon halten soll. Da ist Erleichterung, aber gleichzeitig auch Panik, was er mir zu sagen hat. Alex war mit Liv zusammen, was bedeutet, dass ich ganz offensichtlich von meinem Kopf und meinem Herzen aus weiter bin. Diese Erkenntnis trifft mich so hart, dass immer neue Tränen über meine Wange rollen.

Ich stehe von meinem Bett auf, wandere den kleinen Raum auf und ab und bin heilfroh, dass Anna nicht da ist. Ich weiß nicht, ob ich diesen Zustand vor ihr verbergen könnte. Sie wieder anzulügen, würde mir den Rest geben.

Alex ist online, seit er die Nachricht abgeschickt hat. Er wartet …

Nach einem tiefen Atemzug tippe ich eine Antwort.

Worüber?

Binnen Sekunden kommt eine Reaktion.

Du weißt worüber.

Ach ja? Weiß ich das? Im Moment weiß ich rein gar nichts. In meinem Kopf ist nichts, außer ein großes Fragezeichen – eins von der überdimensionalen, enttäuschten Version.

Es brennt mir unter den Nägeln, Alex zu schreiben, was für ein riesengroßes Arschloch er ist und dass ich nie wieder mit ihm reden werde.

Aber das ist leider nicht das, was ich eigentlich will.

Ich möchte hören, was er mir zu sagen hat. Auch wenn ich Angst davor habe. Ziemlich große sogar.

Ohne ihm zu antworten, ziehe ich meine Jacke über, schlüpfe in meine Stiefel und mache mich auf den Weg.

Kapitel 28

Als Alex mir die Tür öffnet, schlägt mir der frische Geruch von Männer-Duschgel entgegen. Seine Haare sind noch nass und auf dem weißen T-Shirt sieht man feuchte Spuren – als hätte er sich vor dem Anziehen nur flüchtig abgetrocknet. Die Vorstellung, dass Liv noch auf einen schweißtreibenden Quickie mitgekommen ist, schnürt mir die Kehle zu.

»Hey … Komm rein.«

Ich warte, bis er die Tür hinter mir geschlossen hat und kann nicht anders, als in sein Schlafzimmer zu schielen. Die weiße Bettwäsche ist ordentlich gefaltet und auch im Wohnzimmer deutet nichts darauf hin, dass jemand bei ihm war – dass Liv bei ihm war. Aber sicher kann ich mir nicht sein.

Mein Blick bleibt an dem leeren Pizzakarton hängen, der aufgeklappt auf dem Esstisch liegt. Daneben nur eine Serviette und Alex' Smartphone.

»Du hast am Tisch gegessen«, stelle ich überrascht fest, obwohl ich es nicht laut aussprechen wollte. Alex lächelt und reibt sich mit der flachen Hand über die Wange. »Mir hat mal eine ziemlich strenge Regelbeauftragte gesagt, dass man das so macht.«

»Hm.«

Alex lässt die Hand sinken und blickt mich an. »Aber eigentlich ist sie gar nicht so streng, sondern ziemlich umwerfend.«

Ich zerstöre bewusst den Moment und konzentriere mich auf den Reißverschluss meiner Jacke. »Du wolltest reden.«

»Ja.« Er macht einen Schritt auf mich zu, während ich aus meiner Jacke schlüpfe und sie über die Stuhllehne hänge. Ich ziehe ich meine Pulloverärmel über die Hände und starre auf den Glastisch und die schwarze Metallhalterung, die unter der Platte ein Kreuz bilden.

»Das eben im Diner …«

»Schläfst du noch mit Liv?«

Als Alex nicht antwortet, blicke ich auf. Seine Augen sind aufgerissen – vor Überraschung oder weil ich ins Schwarze betroffen habe. Er legt die Stirn in Falten. »Ist das eine ernst gemeinte Frage?«

Ich verschränke die Arme, um ihm zu zeigen, wie verdammt ernst.

Alex' Seufzen ist schwer. Seine Schulter sacken nach unten, ganz so, als könne er der Last, die auf ihnen liegt, nicht länger standhalten.

»Okay, pass auf. Seit der Party habe ich Liv nicht mehr getroffen, geschweige denn angefasst. Weder Liv noch irgendeine andere Frau – nur dich.«

Seine Worte lösen etwas in mir aus, treten eine Lawine von Gefühlen los, die ich zurückgehalten habe, um mich selbst zu schützen.

»Aber eben im Diner …«, setzte ich an. Doch Alex unterbricht mich mit einem Kopfschütteln. »Liv hat mich nach dem Training abgefangen. Sie wollte sich mit mir treffen. Ich habe ihr gesagt, dass ich nicht will.« Er schnauft. »Sie hat nicht lockergelassen und ist mir bis ins Diner hinterhergerannt.« Ich blinzele, weiß nicht, ob ich ihm glauben kann. »Ich war nicht mit Liv da. Sondern, weil ich dich sehen wollte.«

»Du hast dich mir gegenüber wie ein Arsch verhalten.«

Alex' richtet sich ein Stück auf. »Doch nicht wegen dir. Sondern, weil mich Max nervt. Und zwar gewaltig.« Er schnaubt und mustert mich noch einmal, bevor er, die Hände in den Nacken gelegt, zu einem der großen Fenster läuft, das einen Blick über den Park bietet.

»Ich hasse es, wenn er mit dir zusammen ist. Ich kann das einfach nicht ertragen.«

»Wir sind Freunde, Alex«, seufze ich, auch wenn ich tief im Inneren weiß, dass es nicht stimmt. »Nachbarn im Wohnheim.«

»Das ist Schwachsinn. Er steht auf dich.« Er stützt die Hände gegen die Scheibe und stöhnt laut. »Das ist mehr als offensichtlich.«

»Selbst, wenn. Das ändert nichts«, sage ich leise. Ich weiß, welchen Mann ich an meiner Seite haben möchte, für wen mein Herz schlägt. Ich habe Alex gesagt, dass ich ihn will. Er weiß, dass ich bereit bin. Und ich dachte, er wäre es auch. »Du hast keinen Grund und … auch kein Recht dich gegenüber Max so zu verhalten.«

Alex hält dem Atem an, seine Augen weiten sich und er wirkt, als wolle er protestieren. Aber dann fallen seine angespannten Züge in sich zusammen und er seufzt schwer.

»Ich verstehe das nicht«, sage ich irgendwann in das Schweigen hinein. »Das gestern im Wald – das war unglaublich schön. Du hast dich mir anvertraut. Du hast mir … von Emma erzählt.« Bei ihrem Namen versteifen sich seine Schultern, jeder Muskel unter seinem T-Shirt spannt sich an. »Wieso verschließt du dich jetzt wieder vor mir?«

»Weil ich es nicht anders kann, Chloe!« Alex schüttelt den Kopf. »Gott, ich … kann das einfach nicht.«

»Was? Was kannst du nicht?« Ich gehe auf ihn zu, weil mein Körper nicht länger mit der Entfernung zu ihm klarkommt.

»Das ständige Reden über Gefühle, sich erklären zu müssen. Bei allem, was man tut, zu hinterfragen, ob der andere einverstanden ist. Sich zu sorgen. Ich fühle mich mit dieser Verantwortung einfach nicht wohl. Das ist mir zu … nah. Ich will dir nicht wehtun und falsch reagieren. Ich will nichts machen, was dich verletzt.«

»Ich verlange das alles doch gar nicht von dir.« Ohne zu zögern, fasse ich nach seinen Händen, verschränke unsere Finger miteinander und lehne meinen Kopf gegen seine Brust. Ein verzweifelter Versuch, ihm zu demonstrieren, wie sehr wir uns beide brauchen, auch wenn mich seine Worte verunsichern. »Ich erwarte nicht, dass du dich um mich kümmerst und den perfekten Freund spielt. Ich will dich einfach bei mir haben. Sonst wäre ich jetzt nicht hier. So fühlt sich Nichts an, was schlecht ist.«

Eine Zeit lang stehen wir genauso da. Bis sich seine Muskeln entspannen und ein lang gezogener Atemstoß aus seinen Lungen entweicht. »Chloe.« Ohne unsere verflochtenen Hände voneinander zu lösen, schließt er die Arme um meinen Rücken und verdrängt damit auch die letzten Millimeter Luft zwischen uns. »Weißt du eigentlich, was du mit mir machst?«

Wenn es auch nur ansatzweise das ist, was Alex mit mir anstellt, dann ja … Mein Puls läuft auf Hochtouren.

»Du brauchst mehr, als das, was ich dir bieten kann. Du bist keine Frau, die sich mit einer unverbindlichen Affäre zufriedengibt. Ich merke doch, wie schlecht du jetzt schon damit klarkommst.«

Seine Worte formen meinen Magen zu einer festen Kugel. »Was heißt das? Das es sinnlos ist, sich weiter mit mir zu treffen?« Meine Kehle fühlt sich trocken und wund an und ich habe noch nie so viel Angst vor einer Antwort gehabt.

Er löst eine Hand und platziert sie an meine Wange. »Ich will dich mehr als alles andere. Ich will … ich kann dir aber keine Beziehung versprechen.«

»Das ist mir egal«, versichere ich ihm, auch wenn es das nicht ist. Es schmerzt, dass wir nicht einfach ein Paar sein können – so wie andere. Es wäre so leicht, zumindest für mich. Aber für Alex scheint es ein riesiger Schritt zu sein. Ich merke, wie schwer es für ihn ist und wie unglücklich ihn diese Tatsache macht. Ich müsste auf eine Beziehung bestehen, ihn vor die Wahl stellen, entweder mit mir zusammen zu sein oder das zwischen uns zu beenden. Ich müsste … aber ich kann es nicht. Weil die Alternative wäre, ihn aufgeben zu müssen. Und dafür ist es längst zu spät.

Alex' lässt meine Hände los. »Das sollte dir aber nicht egal sein.«

»Ich weiß.« Meine Augen heften sich sehnsüchtig an seine Lippen. Meine Knie zittern und ich schlinge haltsuchend die Arme um seinen Nacken. Jetzt ist er mir so nah, dass das Blau in seinen Augen vor meinem Blick verschwimmt.

»Alex. Ich brauche dich«, wispere ich und zerschneide damit die Fesseln, mit denen er sich zurückhält. Sein Mund trifft auf meinen und diesmal ist da kein vorsichtiges Herantasten mehr. Die Anziehung der letzten Tage, die heißen Küsse und intensiven Berührungen haben in uns beiden einen Kessel mit siedendem Wasser befüllt, das jetzt mit aller Kraft hervorquillt. Aus Alex' Brust dringt ein Laut, der von meinem Mund verschluckt wird und meine Zellen vibrieren lässt. Seine Hände legen sich um meine Taille, krallen sich in den Stoff meines Pullovers, während ich mit den Fingern die Haut unter seinem T-Shirt erkunde und die festen Rückenmuskeln ertaste. Seine Hände streichen rastlos über meine Seite, auf und ab, als wäre diese Berührung nicht genug. Alex schiebt seine Hände weiter, direkt auf meine nackte Haut und dies löst kleine Stromschläge aus. Es ist das erste Mal, dass ich einen Mann so sehr brauche, so sehr will. Und in diesem Moment, der sich wie eine überfällige Erlösung anfühlt, ist es mir egal, wie unsere Zukunft aussehen wird.

Alex' Finger reiben über meinen Rippenbogen, streichen mit sanften Kreisen über meinen BH, bis sich unter dem Stoff meine Brustwarzen aufrichten. Ich stöhne wimmernd, als Alex seine andere Hand in meine Hose gleiten lässt. Das bringt mich für einen keuchenden Atemzug aus dem Konzept.

Seine Berührung trifft genau die richtige Stelle und ich habe schon jetzt das Gefühl, jeden Moment in den Himmel zu schießen. Aber Alex lässt wieder von mir ab, umfasst mein Gesicht und küsst mich nur noch inniger. Ich dränge meine Hüfte näher gegen die Härte unter seiner Jeans. Entschlossen lasse ich meine Hände zu seinem festen Bauch gleiten, fahre mit den Fingerspitzen am Saum seiner Jeans entlang. Alex stößt ein Brummen aus, was wohl das erotischste Geräusch ist, das ich jemals gehört habe. Ich öffne den Knopf und schiebe meine Hand hinein. Zischend zieht er die Luft ein, hält mich aber nicht davon ab, weiterzumachen und ihn durch den Stoff hindurch zu berühren. Ich bin etwas nervös, weil ich Owen nie wirklich angefasst habe. Er kam immer gleich zur Sache. Deshalb hebe ich den Blick, konzentriere mich auf Alex' Gesicht und versuche anhand seiner Mimik und Atmung herauszufinden, was ihm gefällt.

»Chloe …«, stöhnt er, als ich das Gummi der Boxershorts anhebe und Haut auf Haut trifft. Einen kurzen Moment bin ich überfordert, was ich machen soll. Also versuche ich einfach das, wovon ich meine, dass es richtig ist. Alex legt den Kopf in den Nacken. »Scheiße«, bringt er heraus, was mich anspornt, das Tempo ein wenig anzuziehen. Doch plötzlich hält er inne, packt mich am Handgelenk und sieht mich wieder an. »Habe ich … was falsch gemacht?«

Alex lacht rau. »Nein, Chloe. Im Gegenteil.«

Er steht auf, hebt mich dabei mit hoch und trägt mich durch den Flur in sein Schlafzimmer. Dort legt er mich in die Mitte der Matratze ab. Der Geruch von frischgewaschener Bettwäsche und Alex' Duft steigt mir in die Nase und das Ziehen in meinem Unterleib ist so heftig, dass es fast schon schmerzt.

»Du kannst gar nichts falsch machen.« Er beugt sich über mich, die Hände links und rechts neben meinen Ohren aufgestützt. Mein Herzschlag ist so kraftvoll, dass ich befürchte, er könnte jeden Augenblick meinen Brustkorb sprengen.

Ohne noch ein Wort zu sagen, öffnet er meine Jeans und zieht sie mir von den Beinen. Ich komme nicht mal dazu mich aufzurichten, als er meinen Pullover über meinen Kopf streift und achtlos auf den Boden wirft.

Und dann, betrachtet er mich von oben bis unten, lässt keinen Zentimeter Haut aus. Seine Lippen sind leicht geöffnet und selbst durch den dicken Jeansstoff sehe ich die Ausbuchtung, die sich dahinter aufbäumen will.

Meine Wangen werden heißer und es ist ein wahnsinniges Gefühl, mich unter seinem Blick nicht beschämt wegdrehen zu wollen. Ich fühle mich, als hätte ich zu viel getrunken. Genau so viel, dass jede Scham verschwunden ist und man nur noch pures Glück empfindet. Ich genieße es sogar, wie er mich bewundert. In meinem Kopf ist kein Platz mehr für irgendwelche Fragen, ob meine Brüste seinem Anspruch genügen oder meine Oberschenkel straff genug sind. Da ist nichts, außer dem Wunsch, Alex für mich allein zu haben.

Sein Adamsapfel hebt und senkt sich. Er greift hinter seinen Kopf und zieht sein T-Shirt aus, entledigt sich der Jeans und kniet sich zwischen meine Beine. Mit angehaltenem Atem sauge ich den Anblick in mir auf. Alex' kantiges Gesicht, den breiten Hals, die kräftigen Schultern. Er beugt sich über mich und ich fahre mit den Fingern durch seine Haare. Seine Hüfte drängt sich gegen meine Mitte und ich ziehe seufzend meine Unterlippe zwischen die Zähne. Unsere Münder finden sich, unsere Zungen schmiegen sich innig aneinander, während Alex sich ein Stück nach oben drückt und seine Hand in mein Höschen schiebt.

Unser zeitgleiches Stöhnen klingt durch den Kuss hohl und ich bäume mich seiner Berührung entgegen.

»Du bist so feucht«, brummt er und lehnt seine Stirn schwer atmend gegen meine. Ich wimmere, als seine Bewegung schneller wird und ich das Ziehen in meinem unteren Rücken spüre, das sich wie ein stramm gezogener Gürtel um meinen Unterleib legt. Kurz bevor ich den Gipfel erreiche, stoppt Alex plötzlich.

Mit aufgerissenen Augen starre ich ihn an und kann meinen Unmut nicht in meiner Mimik verbergen. Alex' Mundwinkel heben sich. »Gleich …« Mit hitzigem Blick greift er hinter meinen Rücken, öffnet den Verschluss meines BHs und streift ihn mir über die Arme. Er küsst meine Brüste, meinen Bauch, meine Taille, bis sein warmer Atem auf die empfindliche Stelle trifft, die noch immer darauf wartet, wieder berührt zu werden. Ich hebe die Hüfte ein Stück an, als er mein Höschen nach unten zieht. Sein Mund senkt sich auf mich und ich weiß für Sekunden nicht, wo oben und unten ist. Heilige Scheiße. So fühlt sich das also an … Anna hat mir schon häufig davon berichtet, wie wahnsinnig gut es ist, wenn ein Kerl mit seiner Zunge umzugehen weiß. Ich konnte es mir nie so wirklich vorstellen, aber … Himmel.

Es dauert nicht lange, bis ich mich an das intensive Gefühl gewöhnt habe und meine Hände sich an seinen Kopf legen und unkontrolliert an seinen Haaren ziehen. Alex' Unterarme schlingen sich um meine Schenkel und ich habe ernsthaft das Gefühl, den Verstand zu verlieren. Einige kräftige Herzschläge später komme ich und sehe für Sekunden nur schwarze Punkte vor meinen Augen.

Meine Finger lösen sich aus seinen Haaren und ich lasse meine Arme kraftlos neben mich fallen, genieße die sanften Wellen, die durch meinen Körper strömen.

Ohne den Blick von mir abzuwenden, zieht er seine Boxershorts aus und diesmal erlaube ich mir hinzusehen. Aus der Kommode neben dem Bett angelt er nach einer Kondompackung, reißt sie auf und streift es sich über.

Als ich wieder in sein Gesicht sehe, liegt nicht nur Lust in seinem Blick. Wieder stützt er sich mit den Unterarmen neben meinen Kopf ab und streichelt mit dem Handrücken über meine Wangen.

»Willst du das wirklich?« Die Sanftheit und Zuneigung in seinen Augen umschließen mein Herz wie einen schützenden Kokon.

»Ich weiß nicht, was ich jemals mehr wollte«, antworte ich und ziehe sein Gesicht an meins.

Kapitel 29

Alex legt einen Arm um mich und ich kuschle mich an die warme Haut seiner Brust.

Der frische Geruch seines Duschgels ist verflogen, jetzt riecht er nur noch nach Alex.

Seit Minuten grinse ich vor mich hin. Das Gefühl, beschwipst zu sein, hält noch immer an. Und gerade kann ich mir beim besten Willen nicht vorstellen, warum es nicht immer so bleiben sollte. Alex streichelt meine Schulter und drückt mir einen Kuss auf mein Haar.

Dann stützt er sich auf die Seite und sieht mich an. Seine Haare sind von meinen festen Griffen ganz zerzaust und seine Augen strahlen in einem hellen Türkisblau. Bei seinem fast schon ehrfürchtigen Blick und dem glücklichen Lächeln zieht sich mein Herz zusammen. »Das war unglaublich.«

»Ja ...« Meine Wangen werden warm und ich nestele an den transparenten Knöpfen der Decke herum. Im Normalfall würde ich sie sofort umdrehen. Ich meine, niemand mag es, wenn die Knopfleiste oben ist. Aber jetzt gerade ist es mir vollkommen egal. Ich habe nicht viele Vergleiche, aber das hält mich nicht davon ab, dem Sex mit Alex eine Eins mit Sternchen zu vergeben. Anna wäre sicher stolz auf mich.

Bei dem Gedanken an sie macht sich ein ungutes Gefühl in mir breit. Hoffentlich ist sie noch bei Deacon.

»Woran denkst du?«

Alex, der eine meiner braunen Haarsträhnen zwischen den Fingern dreht, beobachtet mich neugierig.

»Daran, dass ich nicht zu spät zurück sein kann. Anna wird

Fragen stellen und ich möchte sie nicht ständig anlügen«, gebe ich offen zu und spüre, wie sich meine Glückshormone aus meinem Hirn zurückziehen und wieder Platz für die unschönen Gedanken und Gefühle machen. Ich wünsche mir mehr denn je, dass er unbeschwert lächelt und mir sagt, dass ich Anna und Max nichts mehr vormachen brauche, dass wir ganz offiziell zusammen sind und ab morgen Hand in Hand über den Campus spazieren werden.

Aber Alex schweigt und ich weiß, wie dumm meine kleine Hoffnungsblase ist, die sich in der letzten Stunde in meinem Inneren geformt hat.

Ich will diesen Mann, ich liebe ihn, aber ich weiß auch, dass er mir klar zu verstehen gegeben hat, dass er keine Beziehung will.

»Chloe … ich …«

»Schon gut«, sage ich leise und zwacke mir ein schmales Lächeln ab. »Ich weiß, was du sagen willst. Mach dir keine Gedanken. Ich komme schon damit klar.«

Er sieht zu mir auf – eine v-förmige Falte bildet sich auf seiner Stirn.

»Du weißt, dass du mir viel bedeutest, oder?« Er lässt die Strähne fallen und fährt mit dem Finger meine Kinnlinie entlang. »Ich habe mich noch nie so wohl mit jemandem gefühlt.«

Ich nicke und versuche, seinen Worten genug Gewicht zu verleihen, um mir Sicherheit zu geben. Manchmal erinnert er mich ein bisschen an Anna. Selbst wenn sie sich scherzhaft als Schlampe bezeichnet, glaube ich, dass mehr hinter ihren sprunghaften Affären steckt. Sie war noch nie mit jemandem länger als ein paar Wochen zusammen und nach meinem Wissen über die menschliche Psyche, gehört sie zu den emotional nicht verfügbaren Menschen. Also solchen, die ständig auf der Suche nach Aufmerksamkeit sind und sich schnell auf andere einlassen. Sobald die Beziehung aber an Tiefe gewinnt, bekommen sie Panik und flüchten. Dahinter steckt oft eine tief verwurzelte Angst aus früheren negativen Erfahrungen. Bei Anna könnte es die Trennung ihrer Eltern vor ein paar Jahren sein, bei Alex … vielleicht der

Unfall seiner Schwester. Es ist nur eine Vermutung und weil ich weiß, wie schwer es ihm fällt, überhaupt darüber zu reden, spreche ich ihn nicht darauf an.

Egal, was ich mir in meinem Kopf zurechtspinne, die Angst bleibt, dass ich so oder so in einer Sackgasse landen werde, vor einer Mauer ausharre, in der leisen Hoffnung, dass Alex ein paar Steine für mich herausnimmt und den Weg zu sich freigibt.

»Ich fühle mich auch wohl bei dir«, sage ich, was eine absolute Untertreibung ist. Ich liebe Alex. Vielleicht schon viel zu sehr. Ich glaube ihm, dass ich ihm viel bedeute.

Er hat es nicht geschafft, sich von mir fernzuhalten. Alex hat sich mir geöffnet und mich bewusst in sein Leben gelassen. Ich sehe es in seinem Blick, spüre seine Zuneigung in jedem Kuss. Und trotzdem nagt still und heimlich die Befürchtung in mir, dass es nicht reichen wird – dass ich seine Grenzen niemals überwinden kann.

Alex sieht mich eindringlich an, als hätte er meine dunklen Gedanken gehört. Er legt seine Hand in meinen Nacken und zieht mich zu sich. Unsere Nasenspitzen berühren sich und ich muss mit aller Kraft die aufsteigenden Tränen zurückhalten.

»Ich kann dir nichts versprechen. Ich brauche einfach mehr … Zeit.« Seine Lippen streifen meine, als er das Kinn vorschiebt und schwer seufzt. Sein warmer Atem trifft auf meine Haut und ich höre das leichte Zittern in seiner Stimme: »Aber ich will dich nicht verlieren.«

Kapitel 30

»Wie kannst du noch mit ihm befreundet sein, wenn er auf dich steht?«

Es sieht niedlich aus, wie Alex auf seiner Couch sitzt mit dem gleichen bockigen Gesichtsausdruck wie meine Brüder, wenn sie ihr versprochenes Eis nicht bekommen.

Es ist Donnerstagnachmittag, offizieller Nachhilfetag für Alex. Inoffiziell der Nachmittag, auf den ich seit drei Tagen voller Vorfreude gewartet habe. Max war alles andere als begeistert, als ich mich von ihm und Anna verabschiedet habe. Nach der Situation im Diner mit Liv ist er wahrscheinlich davon ausgegangen, dass ich mich von Alex distanziere – oder er hat es gehofft. Die Enttäuschung in seinen Augen hat mich so sehr getroffen, dass ich meine betrübte Miene vor Alex nicht verbergen konnte.

»Das Thema hatten wir schon«, erinnere ich ihn seufzend, antworte aber dann doch. »Weil Max mir wichtig ist. Ich kann ihn nicht einfach aus meinem Leben streichen, nur weil er anders empfindet als ich.«

Ich ziehe mir mein Shirt über den Kopf und sehe wieder zu Alex, der einen schwarzen Hoodie trägt und mich damit an unser erstes Gespräch in der Schwimmhalle erinnert. Gleichzeitig erinnert es mich leider auch daran, dass Liv den Pullover getragen hat, als sie vor unserer ersten Nachhilfestunde aus seiner Wohnung stolziert ist. Mit einem Mal wünschte ich mir, Alex würde sich umziehen. Oder gleich alles wieder ausziehen. Unser letztes Mal ist zwar erst ein paar Minuten her, aber meine Hormone spielen in seiner Nähe vollkommen verrückt. Seit wir am Montag miteinander geschlafen haben, laufe ich ständig grinsend durch die Gegend, was Anna mir natürlich ständig unter die Nase reibt. Mein Gewissen zeigt mir wegen meiner Ausreden mittlerweile in Dauerschleife die Rote Karte.

Das gestrige Schwimmtraining war ein aufregender Spießrutenlauf. Zwar ist da dieser Stich im Herz, wenn ich daran denke, dass ich ihn viel lieber ganz unbefangen in der Öffentlichkeit um den Hals fallen würde, aber die hektischen Flügelschläge der Schmetterlinge in meinem Bauch vertreiben mit Bravour die negativen Gefühle.

»Du klingst, als wärst du ganz schön eifersüchtig«, bemerke ich trocken.

»Auf Max? Bitte. Ich finde es eher peinlich, dass der Typ es nicht checkt, wie chancenlos er ist.«

»Was soll das denn heißen? Max ist ein netter Kerl und ganz bestimmt ein toller Freund.« Ich setze mich neben ihn und zupfe an meinem Pullover herum, in dem vollen Bewusstsein, ihn mit meinen Worten zu ärgern.

Alex mustert mich argwöhnisch. Dann packt er mich blitzschnell an den Händen und zieht mich auf seinen Schoß. »Können wir über was anderes reden? Oder …« Seine Finger schlüpfen unter mein Shirt. »Was anderes machen?«

»Weil du sonst irgendwann zugibst, dass du eifersüchtig bist?«

Er schnaubt und zwickt mich in die Seite, was mich aufquietschen lässt. »Hör auf.«

Lachend schlinge ich meine Arme um seinen Hals.

»Was ich dich schon die ganze Zeit fragen wollte …« Alex gibt mir einen kurzen Kuss auf den Mund. »Fährst du über den Remembrance Day nach Hause?«

Ich schüttele den Kopf. »Bis nach North Bay ist es einfach zu weit. Die Zugfahrt kostet ein halbes Vermögen.«

»Wieso sagst du das denn nicht früher? Ich …«

»Wenn du jetzt anbieten willst, mir das Geld zu geben. Vergiss es. Da bist du nach Max und Anna schon der Dritte.«

Sein Blick fährt nachdenklich über mein Gesicht, als würde er darin nach irgendetwas suchen.

»Was ist mit dir?«, frage ich, bevor er versuchen kann, mich umzustimmen. »Fährst du zu deiner Mom?«

»Ja, Freitagmorgen. Ein paar wichtige Geschäftspartner haben sich an dem Nachmittag angekündigt und da ich die Firma nach meinem Studium leiten werde, muss ich dabei sein.«

»Oh, okay.« Ich lächle angestrengt und hoffe, dass man mir meine Enttäuschung nicht zu sehr ansieht. Die Vorstellung, mit ihm ein langes Wochenende in seiner Wohnung zu verbringen, war einfach zu schön. »Sie freut sich bestimmt sehr auf dich.«

Alex streicht über meine Taille und nickt. »Seit Dad tot ist, ist sie ziemlich einsam. Sie stürzt sich noch mehr in die Arbeit. Ich hoffe ich kann sie durch meinen Besuch dazu bewegen, eine Pause einzulegen. Ich kenne sie. Sie würde das komplette Wochenende, inklusive des Feiertags durcharbeiten.«

Ich lächle über seine Fürsorge gegenüber seiner Mom. »Das ist eine wahnsinnige Verantwortung. Ich meine, wow. In zwei Jahren wirst du Boss eines Immobilen-Unternehmens sein.«

Alex zuckt mit einer Schulter. »Ich weiß nicht genau. Es wird heftig sein, jeden Tag in Anzug herumzurennen und Immobilienpreise zu vergleichen. Ich kenne mich zwar aus, weil ich mit dem Geschäft und den Kreisen großgeworden bin, aber richtig zugehörig fühle ich mich noch nicht.«

»Kannst du dir vorstellen, eines Tages wieder zu schwimmen?«

Alex denkt eine Weile über meine Frage nach. »Nein. Ich glaube nicht. Ich habe mit Olympia eine Menge Erfahrungen gesammelt, obwohl ich nicht mal darauf aus war, so weit zu kommen. Es war ein Abschnitt und durch Dads Tod hat sich der Weg verändert. Ich will für meine Mom da sein. Außerdem will ich die Firma, die mein Dad mit hartem Einsatz aus dem Boden gestampft hat, nicht in fremde Hände geben. Dafür bedeutet mir meine Familie zu viel.«

Ich lächle und mustere Alex' Gesicht, mit den kantigen Wangenknochen und den blausten Augen, die ich jemals gesehen habe. Mittlerweile ist es mir schon so vertraut, auch wenn wir uns erst so kurz kennen. Es berührt mich, wie er über seine Familie spricht und ich frage mich, wieso ich nicht schon an unserem ersten Tag im Schwimmbad erkannt habe, was für ein liebevoller und warmherziger Mann hinter seiner Playboy-Fassade steckt. Sicher, da ist auch noch mehr, eine Dunkelheit, in die selbst ich kein Licht bringen kann. Aber ich spüre, dass Alex innerlich mit sich kämpft. Er will mich nicht verlieren, das hat er selbst gesagt und vielleicht, ganz vielleicht wird diese Angst alle anderen vertreiben. Ich kann nur darauf hoffen.

Alex hebt die Brauen, als wäre ihm gerade etwas eingefallen. Ein Grinsen zieht sich von einem Ohr zum anderen. »Wer weiß, vielleicht brauchen wir irgendwann dringend eine kompetente, sexy Psychologin in der Firma.«

»Wenn die Bezahlung stimmt, warum nicht?«

Alex legt den Kopf schräg, um mich besser ansehen zu können. »Oh Baby, glaub mir. Dir würde ich auch das Dreifache zahlen.« Das lautlose Lachen lässt seine Brust vibrieren.

»Bekomme ich ein eigenes Büro?«

»Klar … direkt neben meinem.« Alex legt eine Hand an meine Wange und beugt sich so weit zu mir, bis sich unsere Lippen beinahe berühren. »Damit ich dich jede Pause besuchen kommen kann.«

Sein verheißungsvoller Ton, dringt in jede meiner Poren.

»Klingt gut«, wispere ich und schließe die Augen, als Alex' Mund über meine Wange streift und die Spur seines Atems bis zu meinem Hals zieht. Sanft saugt er an meinem Ohrläppchen. Ich seufze, kralle mich in sein Shirt, während die peinlichsten und klischeehaftesten Bürosex-Szenen vor meinem geistigen Auge ablaufen – mit Alex und mir in der Hauptrolle. Und ja, es ist eine verdammt gute Vorstellung.

Ich hocke auf meiner Bettkante und sehe auf mein Smartphone, in der Hoffnung, eine neue Nachricht von Alex bekommen zu haben. Dabei hat er heute schon mit einigen meine Sehnsucht zumindest kurzzeitig schmälern können. Die meisten seiner Worte hatten mit unserer ziemlich heißen Verabschiedung am Vortrag zu tun. Aber es waren auch süße Dinge dazwischen, die mir bewiesen, wie viel lieber er jetzt bei mir wäre.

Auf Annas Zimmerseite herrscht ein Chaos aus Klamotten, Büchern und Make-up, weil sie natürlich auf den letzten Drücker und vollkommen planlos ihre Taschen für das lange Wochenende gepackt hat. Es ist nicht mal fünf Minuten her, seitdem ich sie verabschiedet habe, und schon jetzt komme ich mir furchtbar einsam vor.

Ein leises Klopfen lässt mich zusammenschrecken und ich blicke zur Tür, die sich einen Spalt breit öffnet und Max' Lockenkopf erscheint.

»Ich dachte, du bist schon weg.«

»Ohne mich zu verabschieden? Quatsch.«

Max kommt ins Zimmer und bleibt mitten im Raum stehen – den Kopf gesenkt.

»In ein paar Minuten geht es los. Brend nimmt mich bis zum Bahnhof mit.« Der Stoff seiner Jacke raschelt, als er die Hände hineinsteckt.

»Okay. Dann … wünsche ich dir ein tolles Wochenende.«

Max blickt mich mit ernster Miene an, was mein aufgesetztes Lächeln verblassen lässt.

»Bist du … mit ihm zusammen?«

Ich schlucke und starre ihn sekundenlang an, bevor ich antworten kann. Seine Direktheit überrumpelt mich.

»Nein«, sage ich ehrlich und blicke seufzend auf meine Hände in meinem Schoß.

»Weil er es nicht will?«

»Max …«

»Nein, Chloe. Ich kann nicht mehr länger die Klappe halten.« Als ich aufsehe, gleicht sein Gesicht einer harten Maske. »Weißt du, wie scheiße es ist, die ganze Zeit angelogen zu werden. Glaubst du, ich hätte es nicht vom ersten Tag angemerkt, dass du auf ihn stehst?«

»Okay, ja.« Ich hebe die Hände und stoße Luft durch die Nase.

»Es tut mir leid, dass ich nicht ehrlich war. Aber … es ist total kompliziert.«

»Wir sind deine Freunde, Chloe. Du bist uns wichtig. Du … bist mir wichtig.« Rote Flecken bilden sich auf Max' Wangen. »Sehr sogar.« Er kratzt sich am Nacken. »Ich … schleppe das schon eine ganze Weile mit mir herum. Aber so richtig klar, ist es mir eigentlich erst … seit ein paar Wochen.«

Seit Alex auf dem College aufgekreuzt ist – schlussfolgere ich für mich. Ich habe es geahnt, die ganze Zeit über habe ich die veränderte Stimmung zwischen uns gespürt. Aber ich wollte es nicht wahrhaben. Den Gedanken nicht zu Ende formen. Max ist mein Freund, mein Kumpel, der mich zum Lachen bringt, der mich an meinen Bruder Josh erinnert. Ich will nicht, dass er so empfindet. Am liebsten würde ich ihm sagen, dass er das zurücknehmen soll. Dass es vorbei geht und nur eine Phase ist. Mir ist plötzlich so unerträglich heiß, dass ich aus diesem Zimmer ins Freie stürmen möchte.

»Du … bedeutest mir viel und auch wenn ich weiß, dass es dir nicht so geht, musste ich das einfach loswerden.«

»Max …«

Mit einem schwachen Lächeln bringt er mich zum Schweigen. »Du musst dazu nichts sagen. Ich … komme damit klar. Ich will nicht, dass unsere Freundschaft kaputt geht. Davor habe ich echt Angst.« Er zieht die Schultern Richtung Ohren und lässt sie wieder fallen. »Ich will nicht, dass sich dadurch irgendetwas zwischen und ändert.«

»Ich auch nicht«, sage ich leise.

»Aber ich mag Clark nicht. Ich trau ihm einfach nicht. Und das hat nichts mit … dem zu tun, was ich fühle.« Er presst die Lippen aufeinander, bevor er weiterspricht. »Du bist nicht wie Liv oder Anna, das hast du selbst gesagt. Du musst nicht eins seiner austauschbaren Betthäschen sein.«

»Ich kenne Alex und ich weiß genau, dass ich ihm mehr bedeute. Ich … kann es dir nicht erklären«, gebe ich bestimmend zurück. »Genau deshalb habe ich die ganze Zeit über nichts gesagt. Anna und du, ihr hättet es nicht verstanden.«

»Ja, vielleicht«, gibt er zu. »Aber weißt du, seine Freunde deshalb auszuschließen, ist auch nicht der richtige Weg. Ich bin nicht dumm. Hast du wirklich gedacht, ich merke nicht, was los ist?«

Ich knibbele nervös an meinem Daumennagel herum. »Weiß ... Anna es auch?«

Max zuckt mit den Schultern. »Ich glaube nicht. Wir haben nicht darüber gesprochen. Sie hat mich nur gefragt, ob ich weiß, was mit dir los ist. Du verschließt dich seit Wochen vor uns.«

Ich schürze die Lippen und sehe auf den Teppich zwischen den Betten. »Und das tut mir ehrlich leid. Ich brauche einfach Zeit, um mit der ganzen Situation klarzukommen.«

»Du solltest trotzdem mit ihr darüber reden.«

Max macht ein langes Gesicht, mein Herz verkrampft sich bei dem Anblick. »Es ist dein Leben und ich will nicht den Klugscheißer spielen. Ich will nur, dass du weißt, dass ich immer für dich da bin. Egal, was zwischen uns passiert ist, egal, was ich empfinde. Ich will, dass du glücklich bist, Chloe.« Ein trauriges Lächeln zuckt an seinen Mundwinkeln, das ich kaum erwidern kann. Ich bin den Tränen nahe – weil mir Max leidtut, weil ich mich wegen der ganzen Lügen abscheulich fühle und ich Angst habe, dass meine Freundschaft zu ihm nie wieder so sein wird, wie sie mal war.

Als mein Smartphone klingelt, zucken wir beide zusammen.

»Ich muss eh los, geh ruhig ran.« Er seufzt, wendet sich ab und geht zur Tür.

»Max?«, halte ich ihn auf. »Wir bekommen das hin, oder?«

Er dreht den Kopf, ein trauriges Lächeln auf den Lippen.

»Klar.« Dann schließt er die Tür, lässt mich wieder allein und ich brauche einen Augenblick, um meine Gedanken und Gefühle zu sortieren. Mein Klingelton, der mittlerweile verstummt ist, meldet sich aufs Neue und diesmal nehme ich ab.

»Hey.«

»Du hast mich lange warten lassen.« Alex' tiefe Stimme dämpft die Panik in mir wie ein Airbag und ich atme mit einem Lächeln ein.

»Tut mir leid. Ich … Max war gerade hier.« Mit der flachen Hand reibe ich über meine Stirn und lege sie auf meinen Oberschenkel. Stille legt sich in die Leitung und ich kann mir bildlich vorstellen, wie er die Zähne aufeinanderbeißt.

»Und?«, fragt er tonlos.

»Und er hat mir gesagt, dass er … mich mag.«

Wieder Stille.

»Dich mag?« Alex zischt dann. »Was soll das denn heißen? Er ist scharf auf dich.«

»Alex …«

»Wenn ich ihn nicht so gut verstehen würde, würde ich ihn an der nächsten Haltestelle abfangen und erwürgen.«

»Würdest du nicht«, gebe ich leise zurück.

»Was hast du zu ihm gesagt?«

Mir entfährt ein Seufzen. »Nichts. Er … weiß, dass ich mich mit dir treffe und … er findet es nicht gut. Er wollte wissen, ob wir zusammen sind.«

»Natürlich findet er es nicht gut.« Seine Stimme klingt kalt und jagt mir eine Gänsehaut über die Arme. »Es war so klar. Das ist … doch scheiße.«

»Schon gut, Alex. Er kennt nur deinen Ruf. Ich habe ihm gesagt, dass ich es besser weiß.«

»Er glaubt, ich verarsch dich.«

Ich schlucke und würde Alex gerne darauf hinweisen, dass es anders wäre, wenn wir offiziell ein Paar werden. Aber ich verkneife mir den Kommentar. Druck ist mit Sicherheit das letzte Mittel, das uns hilft. Ich angele nach dem Haarende meines Zopfes und zupfe an den Spitzen.

»Chloe?«

»Hm?«

»Ändert es was?«

»Was meinst du?«

»Dass Max in dich verliebt ist«, beendet er.

»Für uns? Meinst du das?« Ich presse das Smartphone fester gegen meine Ohrmuschel. »Das hat nichts mit dir und mir zu tun, Alex.«

»Doch, das hat es«, erwidert er forsch. »Du könntest am Campus zwischen allen anderen rumknutschen und im Diner auf seinem Schoß zu sitzen … Das ist es doch, was du willst, oder nicht?« Alex' schneidende Stimme trifft mich so unvorbereitet, wie ein plötzlicher Wetterumschwung.

»Ich habe nie gesagt, dass ich so etwas von einer Beziehung erwarte. Und, um mit jemandem zusammen sein zu wollen, muss man mehr als Freundschaft empfinden. Nur so am Rand.« Ich spüre, wie sich mein Hals zusammenzieht und es mir schwerfällt, mich überhaupt zu verteidigen. Wieso sagt er so was? Er ist derjenige, der keine Beziehung will oder haben kann oder weiß der Kuckuck. Es liegt nicht an mir, dass wir kein Paar sind.

»Ich weiß nicht, worauf du hinauswillst«, gebe ich, so ruhig es mir möglich ist zurück.

»Ach, Chloe … komm schon. Du kannst es ruhig zugeben. Max ist … Er würde dir alles geben, was du möchtest. Das volle Pärchen-Programm.«

»Ich habe keine Ahnung, wovon du da redest. Ich habe mich nicht beschwert, über nichts.«

Wuttränen sammeln sich in meinen Augenwinkeln und ich versuche zu begreifen, warum Alex so ausflippt. Ein Schniefen kriecht aus meiner Kehle.

»Chloe? Weinst du?«

Ich reagiere nicht, wische fahrig über meine Wange und drücke die Lippen aufeinander.

»Scheiße …« Es raschelt und ich stelle mir vor, wie er mit der freien Hand durch seine Haare fährt. »Es … tut mir leid. Das war nicht in Ordnung.«

Ich lege den Kopf in den Nacken und starre an die weiße Decke über mir. Mehrere Risse ziehen sich durch den Putz und überkreuzen sich in wirren Linien. Ein hässliches Durcheinander. Genauso wie in meinem Kopf.

»Verdammt ich … Keine Ahnung. Es ist alles einfach zu viel gerade.«

»Wem sagts du das«, murmele ich und schlucke den salzigen Tränenkloß hinunter.

»Ich habe die ganze Fahrt bis nach Hause an dich gedacht. Ich denke immer an dich. Jede Minute. Das ist … fast schon unheimlich.« Er macht eine Pause und obwohl mir so viel Worte auf der Zunge liegen, kann ich sie nicht aussprechen. Ich weiß, was ich will. Aber das reicht nicht. Alex muss es genauso wollen.

»Und ja, vielleicht bin ich schon zu mehr bereit, als dich nur hinter verschlossenen Türen zu treffen«, platzt es aus mir heraus. Ich kneife die Augen zusammen. »Aber … besser so, als dich gar nicht zu haben.«

»Das klingt nicht fair«, gibt er zurück und hat damit vollkommen recht. Und trotzdem ist es nicht zu ändern. Solange Alex mir nicht sagt, dass wir niemals ein Paar werden können, ist es unmöglich für mich, ihn aufzugeben. Auch wenn es bedeutet, dass ich meine Wünsche zurückstellen muss. Owen hätte mir eine Lehre sein müssen. Doch aus demselben vermeintlichen Fehler ist etwas Stärkeres geworden. Ein Gefühl, das ich noch nie zuvor für einen Mann empfunden habe und ich nicht mehr hergeben will.

Ein paar Herzschläge lang sagt niemand von uns etwas. Unser leises Atmen knistert in der Leitung.

»Ich vermisse dich.«

Ein winziges Lächeln legt sich auf meine Lippen.

»Ich vermisse dich auch.«

»Willst du gar nicht wissen, weshalb ich eigentlich anrufe?« Das Schmunzeln, das in seinen Worten mitschwingt, lässt mich hellhörig werden.

»Weshalb rufst du an?«

Alex lacht, ein wunderschönes Geräusch, was mir ein zartes Kribbeln im Nacken beschert.

»Ich habe eine Überraschung für dich. Guck in deinen Rucksack.«

Kapitel 31

In Flanders fields the poppies blow
Between the crosses, row and row,
That mark our place; and in the sky
The larks, still bravely singing, fly
Scarce heard amid the guns below

In Flanders fields by John McCrae

Etwas zupft an meinem Handrücken. Es sticht kurz.

Ich höre gedämpftes Murmeln, eine Tür, die ins Schloss klickt. Jemand berührt meinen Arm und schnieft leise. Ein Räuspern, das nach meinem Vater klingt.

Bin ich schon zu Hause?

Ich kneife die Augen zusammen, weil ein pochender Schmerz über meine Stirn jagt und bis in den Hinterkopf schießt. Es fühlt sich an, als wäre etwas ziemlich Schweres darauf gelandet. Ich versuche, meine Augen zu öffnen, meine Wimpern sind verklebt und irgendetwas fühlt sich seltsam an ihnen an.

»Chloe?« Meine Mom.

Obwohl ich nicht weiß, was los ist, verkrampft sich mein Brustkorb und Tränen pressen sich durch die Ritzen meiner Lider. Ich spüre ihre kühlen Finger an meiner Wange, atme ein, öffne langsam die Augen. Weit bekomme ich sie nicht auf, weil sie sich geschwollen anfühlen und auf meine Augäpfel drücken.

»Chloe …«

Es ist dunkel, nur ein schwaches Licht, das von irgendwoher brennt. Es dauert ein paar Sekunden, bis die Linien klarer werden und ich Mom deutlich vor mir sehe. Neben ihr Dad. Beide haben glasige Augen und gerötete Nasen, als hätten sie sie zu oft geputzt. Dad trägt einen Jogginganzug, den er eigentlich nur zu Hause nach seiner Schicht und am Wochenende nutzt, Mom einen Mantel, darunter einen verwaschenen Pullover. Ich versuche, den Kopf zu drehen, um meine Umgebung wahrzunehmen, aber wieder durchfährt mich dieser schreckliche Schmerz. Alles hier ist weiß, bis auf den Flatscreen an der gegenüberliegenden Wand. Daneben ist ein Desinfektionsspender befestigt, gleich darüber ein Regal mit Zeitschriften und einer Bibel.

Was mache ich in einem Krankenhaus?

Bedacht darauf, meinen Kopf nicht zu bewegen, sehe ich wieder zu meinen Eltern, die mich auf diese traurige Art anlächeln, wie man es sonst nur in Filmen sieht, wenn jemand gestorben ist.

»Schätzchen.« Mom beugt sich zu mir, bis ihr Gesicht genau vor meinem ist. Nicht nur ihre Nase ist rot, sondern auch die Haut um ihre braunen Augen. Sie sind genauso groß und rund wie meine, mit langen dunklen Wimpern und das genaue Gegenteil von Dads Knopfaugen. »Wie geht es dir?« Ihre Lippe zittert. Ich schlucke und öffne den Mund. Meine Zunge klebt an meinem trockenen Gaumen. »Mein Kopf tut weh.«

Mom nickt betreten und sieht kurz über die Schulter zu meinem Dad. Der setzt sich auf meine Bettkante und legt eine Hand auf mein Bein, das unter der weißen Decke steckt. Ich atme erleichtert aus, als ich die Berührung spüre. Gelähmt scheine ich also nicht zu sein.

»Was ist passiert?«, krächze ich heiser.

Mom schiebt sich eine braune, zerzauste Strähne aus der Stirn, die roten Pigmente darin schimmern im Licht.

Sie nimmt meine Hand, in der eine Nadel steckt. Ein transparenter Schlauch führt zu einer Infusionsflasche. Deshalb das Piksen.

»Du … hattest einen Autounfall, Chloe.«

Mein Vater rutscht auf der Matratze herum. Seit meinem letzten Besuch in North Bay haben sich noch mehr graue Stoppeln in seinen dunklen Bart gemogelt. Sorgenvoll zieht er seine dichten Brauen zusammen.

»Ein ... Autounfall?« Ich runzele die Stirn, was höllisch wehtut, sodass ich mein Gesicht sofort wieder entspanne. Ich konzentriere mich, versuche mich zu erinnern.

»Ich habe eine Überraschung für dich ...« Ich höre deutlich Alex' Stimme, sein Lachen, als ich den Autoschlüssel aus meinem Rucksack zog. Der Autoschlüssel ... Alex organisierte mir einen Leihwagen, damit ich nach Hause zu meiner Familie fahren kann. Einen schwarzen Kleinwagen, mit Navigationsgerät und Sitzheizung. Ich bin vollkommen ausgeflippt vor Freude. Ich erinnere mich daran, dass ich sogar ein paar Tränen verdrückte, als ich mit meiner Reisetasche im Kofferraum vom College-Parkplatz fuhr und den USB-Stick, der auf dem Beifahrersitz lag, in das Radio steckte. Darauf war eine Playlist mit den Songs von der Fahrt zum Wasserfall. Die künstliche Klatschmohn-Blüte auf dem Armaturenbrett, die Alex' mir für den Remembrance Day besorgt hatte, steckte ich hinter mein Ohr und konnte ab diesem Zeitpunkt nicht mehr aufhören zu lächeln.

Ich weiß noch, dass ich unendlich glücklich war. Erst kurz bevor ich North Bay erreichte, rief ich meine Eltern von einem Rastplatz aus an.

Ich sagte ihnen nichts von Alex, sondern behauptete, ich hätte das Geld für den Wagen beiseitegelegt, um sie zu überraschen. Sie freuten sich wahnsinnig. Die Zwillinge schrien irgendetwas im Hintergrund und letzten Endes verstanden wir unser eigenes Wort nicht mehr.

»Aber ich war fast da ...«, murmele ich und sehe meine Mom an, die mich schweigend beobachtet.

Sie nickt schwach. »Es waren nur noch zehn Minuten bis zu unserem Haus. Du warst ... ohnmächtig, als ein anderer Autofahrer den Wagen am Straßenrand gesehen und den Notarzt verständigt hat. «

»Wie lange bin ich schon hier?«

»Es ist immer noch Freitag, Schatz. Der Unfall war heute.«

Mein Magen verkrampft sich und ich starre sie an. »Habe ich … ist noch jemand anderes verletzt worden?« Mein Puls rast und das Pochen in meinem Kopf zwingt mich dazu, die aufgerissenen Augen wieder ein Stück zu schließen.

»Nein, Chloe«, antwortet Dad und lächelt schwach. »Laut der Polizei bist du einem Tier ausgewichen. Sie haben Fellspuren an dem Auto entdeckt. Vielleicht ein Fuchs. Die treiben sich in letzter Zeit in der Nähe der Landstraße herum.« Er schluckt schwer. »Du hast die Kontrolle verloren und bist gegen einen … Baum geprallt.«

Scheiße.

Mom schnieft und drückt meine Finger. »Du hattest so großes Glück.«

»Haben sie den Fuchs gefunden?« Meine Eltern sehen mich an, als hätten sie sich verhört. Dann lächelt Mom sanft. »Ich bin mir sicher, es geht ihm gut.«

»Okay.« Ich blinzele, versuche, die Informationen zu sortieren und zu begreifen, was passiert ist.

»Was fehlt mir?«

»Du hast ein Schädel-Hirn-Trauma, einen gebrochenen Arm, der bereits operiert wurde, und eine Prellung an den Rippen. Der Airbag hat das Schlimmste verhindert«, antwortet Dad.

Erst jetzt registriere ich den eingegipsten linken Arm. »Das war's?« Erleichtert atme ich aus. Aber das Lächeln meiner Mom verblasst und in ihren Augen bilden sich Tränen. »Es hätte auch anders ausgehen können, Chloe.«

Mein Dad legt ihr eine Hand auf die Schulter und sie seufzt zittrig. »Wir hatten solche Angst um dich.«

Eine Träne rollt ihre Wangen hinunter, und wäre ich nicht so kraftlos, würde ich sie wegwischen. Stattdessen lächle ich schwach. »Es ist alles gut, Mom.«

Ich habe noch tausende Fragen. Ob mein Smartphone überlebt hat, zum Beispiel, und ob schon jemand anderes über den Unfall Bescheid weiß. Alex … ich muss mich bei ihm melden. Dringend. Ich schließe meine bleiernen Lider und will sie eigentlich wieder öffnen. Aber ich schaffe es nicht. Ich bin erschöpft, wahnsinnig müde. Wer weiß, welche Drogen in dem Infusionsbeutel stecken. Und dann, denke ich wieder an Alex und schlafe kurz darauf ein.

»Wir haben dir ein Bild gemalt.« Noah und Samuel blicken mich mit großen, glänzenden Augen an. Ich könnte auf der Stelle losheulen, wenn ich sie mit ihren blonden Strubbelköpfen auf meinem Bett hocken sehe. Ich habe sie so sehr vermisst.

Zwillinge fallen immer und überall auf. Aber zwei fünfjährige blonde Jungs, mit blauen Augen in einer sonst dunkelhaarigen Familie sind eine doppelte Attraktion.

»Noch eins?«, frage ich und stelle die Plastikdose mit Moms selbst gebackenen Maple Pie auf meinen Schoß, den es an jedem Feiertag bei uns zu Hause gibt. Ich habe gehofft, schon heute, am Remembrance Day entlassen zu werden. Ich fühle mich gut, auch wenn meine Rippen beim Atmen noch schmerzen und mir der dämliche Gips um meinen Arm tierisch auf die Nerven geht. Aber an einem Feiertag wird man offensichtlich nicht entlassen. So langsam bekomme ich Platzangst in meinem Zimmer und ich langweile mich zu Tode. Seit gestern ist auch meine Bettnachbarin Mary, eine achtzigjährige, winzige Frau zurück ins Altersheim verlegt worden. Ihr Schnarchen hat mich zwar verrückt gemacht, aber ihre Lebensgeschichte, die sie zwischen ihren unzähligen Nickerchen erzählte, lenkte mich vom öden Herumliegen und meinen eigenen schmerzhaften Gedanken ab.

»Ich habe doch schon drei Kunstwerke von euch bekommen.«

Noah nickt und zieht die kleine Nase kraus. »Jeden Tag eins. Aber das ist das Letzte. Weil du ja morgen nach Hause kommst.«

»Josh wollte kein Bild malen«, bemerkt Samuel, der sich rein äußerlich nur durch seine Zahnlücke von seinem Zwillingsbruder unterscheidet. Er sendet Josh, der lässig an der Fensterbank lehnt, einen vernichtenden Blick.

Ich verkneife mir ein Grinsen und mache stattdessen ein gespielt gekränktes Gesicht. Mittlerweile funktionieren meine

Gesichtsmuskeln wieder. Die Schwellungen sind zurückgegangen und der pochende Schmerz bei jeder Kopfbewegung ist kaum mehr zu spüren.

Morgen ist Dienstag und ich darf endlich nach Hause. Im Krankenhaus zu sein, ist wirklich kein Spaß. An einem Feiertag schon mal gar nicht. Niemand hat Lust zu arbeiten und auch wenn die Krankenschwestern ihren Unmut zu verbergen versuchen und alle diese künstlichen Mohnblüten an ihren weißen Kitteln tragen, fühlt man sich als Patient eher lästig.

Josh verdreht die Augen und grinst mich an. Er spricht nicht viel über seine Gefühle, aber die Erleichterung, als er vor drei Tagen mit dem Rest meiner Familie ins Zimmer kam und mich an sich drückte, sagte genug. Kaum zu fassen, dass er volljährig ist und mit seinem eigenen Auto durch die Gegend fährt. Er hat vor ein paar Wochen mit dem Football angefangen und seine früher so schlaksige Figur nähert sich immer mehr der eines sportlichen erwachsenen Mannes. Auf meine Frage, ob er noch mit seiner Freundin zusammen ist, zuckte er nur mit den Schultern.

»Komplizierte Sache.«

Ich seufze und blicke auf die weiße Bettwäsche. »Das kenne ich.«

Bei dem Gedanken an Alex rutscht mir mein Herz in den Magen. Als Mom mir am Samstag, einen Tag nach dem Unfall, mein heiles Smartphone übergab, checkte ich sofort meine Nachrichten. Es waren zehn Stück. Zwei von Max und Anna und acht von Alex, der über die Autofirma von dem Unfall erfuhr. Die Letzte war mit mehreren Stunden Abstand gekommen – fünf Worte, die mir noch immer wahnsinnige Angst machen.

Es tut mir so leid

Seitdem habe ich nichts mehr von ihm gehört. Ich versuchte ihn anzurufen, aber er ging nicht ran. Ich schickte ihm mehrere Nachrichten, dass es mir gut geht und ich ihn vermisse, dass ich mich darauf freue, ihn in ein paar Tagen wiederzusehen. Aber es kam keine Antwort.

Anna und Max tischte ich, was den Grund für meine spontane Fahrt nach North Bay anging, wieder einmal eine Lüge auf. Beide glauben mir, dass meine Eltern mich mit dem Leihwagen überraschten. Ich hasse mich dafür, besonders, weil sie sich täglich bei mir melden. Bei meinem letzten Telefonat mit Anna war ich kurz davor, ihr alles von Alex und mir zu erzählen – dass er es war, der mir das Auto organisiert hat, dass ich ihn seit Wochen heimlich treffe, dass er sich seit dem Unfall nicht bei mir meldet hat und ich deshalb mehr Schmerzen in der Brust spüre als durch die Prellung. Doch wieder einmal schluckte ich das Bedürfnis hinunter.

Mittlerweile glaube ich, dass er sich wahnsinnige Vorwürfe macht – dass er sich für den Unfall verantwortlich fühlt – so wie bei seiner Schwester. Deshalb meldet er sich nicht, weil es ihn zu sehr an den Verlust erinnert. Dieser Gedanke quält mich und ich würde alles dafür geben, ihm seine Sorgen auszutreiben.

»Jungs, wir müssen langsam los. Mom und Dad warten bestimmt schon mit dem Essen auf uns und ihr wollt doch unbedingt den Festzug im Fernsehen sehen.«

Sam und Noah hüpfen von meiner Bettkante, rennen durch mein Zimmer und brüllen ein synchrones, aber ziemlich schiefes: »Poppyday! Poppyday!«

»Ich habe noch was für dich.« Josh schlängelt sich an den beiden vorbei, greift in seine Hosentasche und streckt mir seine Hand entgegen. »Das wurde noch in dem Auto gefunden. Mom hat mich gebeten es dir zu geben.«

»Oh, eine Mohnblume!«, quietscht Noah, der mit neugierigem Blick zurück zum Bett kommt. »Was ist das andere?« Mit seinem kleinen Zeigefinger stößt er den USB-Stick an, der neben dem zerknautschten Blütenstecker auf Joshs Handfläche liegt.

»Das ist …« In meiner Kehle bildet sich ein überdimensionaler Kloß. »Da ist Musik drauf.« Ich nehme den Stick und die Blüte entgegen und lege beides hastig in die Schublade des Rolltisches neben meinem Bett.

»Was für Musik?«

Als ich nicht antworte, weil ich mich mit Gewalt darauf konzentrieren muss, die Tränen zurückzuhalten, stöhnt Noah genervt. »Wenn du morgen wieder zu Hause bist, heulst du aber nicht die ganze Zeit, ja?«

»Versprochen«, krächze ich und lächle schwach, als Josh mir mit einem mitfühlenden Ausdruck in den Augen zunickt, als hätte er verstanden, um was es hier geht.

Meine Brüder verabschieden sich von mir und als ich wieder alleine in dem sterilen Raum bin, starre ich auf das Bild der Zwillinge, das sie, wie bei ihren anderen Werken auch, mit einem geraden Strich in zwei gleichgroße Felder eingeteilt haben. Ich betrachte die seltsam aussehenden Männchen mit ihren verschobenen Körperteilen und den dunkelroten Blüten, die sich über das gesamte Blatt ziehen. Darüber stehen mehrere krakelige Buchstabenzusammensetzungen, die wahrscheinlich *Poppy Day* bedeuten sollen. Es ist ein fröhliches Bild, aber es kann die schwarze Leere, die sich seit dem Unfall und Alex' letzter Nachricht in mir ausbreitet, nicht überdecken.

Kapitel 32

Mit einem Lächeln beobachte ich Max dabei, wie er meine Tasche schultert und die Treppen hinaufträgt. Und dass, obwohl ich ihm versichert habe, dass ich dazu selbst in der Lage bin. Ich spüre kaum noch etwas davon, dass ich vor vier Tagen eine ziemlich heftige Begegnung mit einem Baum hatte. Auf der Fahrt zum College habe ich meinen Dad gebeten, bei der Unfallstelle zu halten. Aber es war vollkommen unspektakulär und die erwarteten dramatischen Erinnerungsblitze blieben aus. Die Straße sah aus, wie eine Landstraße eben aussieht und an dem Baum, den ich erwischt habe, waren keine auffälligen Beschädigungen. Was man von dem Kleinwagen nicht behaupten kann. Ich musste heftig schlucken, als ich den Zeitungsartikel las. In North Bay passiert nicht viel. Daher war es nicht verwunderlich, dass es mein Unfall auf die Titelseite geschafft hat.

»Gut, dass du wieder da bist.« Anna hakt sich unter meinen gesunden Arm. Ihre blonden Haare trägt sie zu einem französischen Zopf, was sie richtig anständig aussehen lässt. Meine Haare dagegen sind von der Fahrt ganz zerzaust. In meiner Yogahose und Joshs schlabbrigem Pullover, der als einziges über den dicken Gipsverband passt, sehe ich auch nicht vorzeigbar aus.

Aber es ist mir egal. Meine körperliche Verfassung wird von Tag zu Tag besser, nur meine Seele ist nach wie vor ein Scherbenhaufen.

Mit jedem Kilometer, den wir uns dem Penfield College näherten, wuchs der Knoten in meinem Magen zu monströser Größe heran. Die letzten Tage habe ich so viel geweint wie seit Ewigkeiten nicht mehr. Vor meiner Familie habe ich mich tapfer geschlagen und ich schätze, dass sie meinen elenden Zustand auf den Unfall zurückgeführt haben. Auch wenn sich in Moms besorgten Blicken immer wieder eine Spur Skepsis mischte, sprach sie mich nicht ein einziges Mal auf den USB-Stick und die Mohnblüte an. Selbst wenn sie sich etwas zusammenreimt, ich bin ihr dankbar dafür, dass sie ihre Vermutungen für sich behält.

Meine Gedanken hingegen machen was sie wollen. So sehr ich auch versuche mich abzulenken, Alex ist in meinem Kopf, egal, wie ich es drehe und wende. Es schmerzt, mehr, als das dämliche Hirntrauma. Selbst wenn ich mit meiner aufgestellten Theorie recht haben sollte … Nichts entschuldigt sein Verhalten. Nichts entschuldigt die Tatsache, dass er mich allein gelassen und mir mein Herz in tausend Fetzen zerrissen hat.

»Glaub mir, mit Max jeden Tag Mittag zu essen, ist ätzend.«

Ich grunze nur, weil ein Lachen gerade einfach nicht drin ist. »Ich bin auch froh, euch wieder zu sehen.« Das ist nicht gelogen. Aber wenn es irgendwie möglich wäre, würde ich, ohne zu zögern, das College wechseln. Ich habe keine Ahnung, wie ich die nächsten zwei Jahre weiter studieren soll, wenn Alex mir jeder Zeit über den Weg laufen könnte.

»Und du bist sicher, dass du am Sonntag beim Wettkampf zusehen willst? Das ist schon in zwei Tagen und du wirkst noch ziemlich geschafft. Es ist bestimmt besser, wenn du im Bett bleibst. Wir werden jemanden beauftragen, alles mit dem Handy zu filmen. Eine Liveübertragung oder so.«

»Ich will aber dabei sein«, antworte ich und presse meine Hand gegen den Bauch, um das dumpfe Pochen darin abzuschwächen. Es ist ganz klar für mich, dass ich mein Team am Wettkampftag begleiten werde, wenn ich schon nicht mitschwimmen kann. Wir können von Glück reden, dass unser Team aus fünf Frauen besteht und es somit immer eine Reserve gibt. Dennoch bin ich unfassbar traurig und wütend, dass ich meine Mädels nach dem harten Training der letzten Wochen nicht aktiv unterstützen kann. Insgeheim gebe ich Alex die Schuld. Auch wenn mir bewusst ist, wie albern das ist. Er kann schließlich nichts für den Unfall. Aber es fühlt sich richtig und wie eine Genugtuung an, ihm diese Misere zuzuschreiben. Am liebsten würde ich ihn für jede Weltkatastrophe zur Verantwortung ziehen. Was nach dem Wettkampf ist, weiß ich nicht. Ich will mir den Spaß an dem Sport nicht von Alex nehmen lassen, aber ich weiß auch, dass es niemals mehr normal zwischen uns sein wird. Dazu ist einfach zu viel passiert …

»Alex war nicht begeistert, als ich ihm gesteckt habe, dass du mitfahren willst.«

Natürlich war er das nicht. Wahrscheinlich wäre es ihm auch lieber, ich wäre in North Bay geblieben.

»Sein Pech. Er hat das nicht zu entscheiden. Ich bin schließlich nur Zuschauer«, blaffe ich und mache mich in einer harschen Bewegung von Anna los. »Entschuldige«, schiebe ich hinterher und unterdrücke das Bedürfnis laut zu schreien, um meiner Verzweiflung Luft zu machen. »Ich bin noch ziemlich durcheinander …«

»Schon gut. Das verstehe ich.« Anna knabbert an ihrer Unterlippe, öffnet dann den Mund und klappt ihn gleich darauf wieder zu.

»Alles okay bei dir?«

»Klar.«

Sie lächelt schmal und geht mit schnellen Schritten in unser Zimmer, wo Max gerade meine Tasche auf dem Schreibtisch abstellt.

»Willkommen zurück«, sagt er und tätschelt mir unbeholfen die Schulter. Auch wenn er es zu überspielen versucht, die Unsicherheit ist ihm ins Gesicht geschrieben.

Gott. Bis vor ein paar Wochen war mein Leben noch vollkommen langweilig. Was ist nur passiert, dass gerade einfach alles in die falschen Bahnen läuft?

»Wir haben uns solche Sorgen gemacht«, wispert Lilly und umarmt mich so überschwänglich, dass ein stechender Schmerz durch meine geprellten Rippen zuckt.

Erschrocken lässt sie sofort von mir ab. »Entschuldige!«

Ich lächle verkrampft. »Schon okay.« Danach ziehen mich auch Pam, Kim und Lilly ganz vorsichtig in die Arme.

Über dem Parkplatz hängt eine feuchte Morgenluft, die sich auf mein Gesicht legt und meine heißen Wangen kühlt. Ich bin aufgeregt. Und das nicht wegen des Wettkampfs. Ich habe die letzten zwei Tage vermieden, auf dem Campus nach Alex zu suchen. Ich wollte ihn weder allein oder noch schlimmer mit Liv oder einer anderen Tussi an seiner Seite entdecken. Die Kurse zogen sich wie Kaugummi und ich konnte mich kaum auf den Inhalt konzentrieren, weil meine Gedanken immer wieder zu dem Idioten abschweiften. Außerdem juckte, seit ich wieder am College angekommen war, mein Arm unter dem Gips so stark, dass ich fast wahnsinnig wurde und ständig damit beschäftigt war, mir mit einem Stift Abhilfe zu verschaffen.

»Danke, dass ihr mir so oft geschrieben habt. Das hat mich im Krankenhaus oben gehalten.«

Kim lächelt und stellt ihre Sporttasche zu den anderen in den Kofferraum. »Wir sind froh, dass du mitkommst. Aber wir hätten es verstanden, wenn du dich noch ausruhen musst.«

»Das weiß ich. Aber ich will dabei sein, wenn ihr den anderen Teams davonschwimmt. Wir haben so hart trainiert. Das muss einfach ein Sieg werden.«

»Das wird ohne deine Leistung beim Staffelschwimmen nicht leicht«, wirft Lilly ein. »Deine Zeiten im Rückenschwimmen sind besser als meine.«

Ich lächle sie aufmunternd an. »Ich bin mir sicher, dass du das hinbekommst. Und die anderen sind ja auch noch da, um gut vorzulegen. Kommt schon. Ihr seid super Schwimmerinnen und heute ist der Tag, an dem ihr es beweisen könnt.«

Nach und nach hellen sich die Gesichter meines Teams auf. Bis auf Annas, die die Mundwinkel nach wie vor hängen lässt und mit den Gedanken ganz woanders zu sein scheint. Aber ich möchte sie vor den anderen nicht darauf ansprechen. Weil ich die Invalide bin, darf ich vorne sitzen, während sich die anderen drei auf Kims Rückbank quetschen. Obwohl ich mich an den Unfall nicht erinnern kann, fühle ich mich doch irgendwie seltsam in dem winzigen Auto.

»Schade, dass Alex allein vorgefahren ist«, sagt Pam und seufzt. Er hat einen echt schicken Geländewagen und … hach … was man da drin alles mit ihm anstellen könnte.«

Ich ignoriere das Brennen in meiner Brust und bin überrascht, dass von Anna keine Reaktion auf die anzügliche Bemerkung kommt. Sie schweigt auch, als Lilly und Pam beginnen, sich über ihre Erfahrungen mit Autosex auszutauschen, woraufhin Kim mit einem entnervten Stöhnen das Radio einschaltet.

»Hey … alles okay?«, frage ich sie, als wir auf dem Gelände der Schwimmhalle angekommen sind und den anderen folgen. Annas Blick schwenkt langsam zu mir. Sie ist ungeschminkt, was ihr absolut nicht ähnlich sieht, ihre Haare hat sie zu einem nachlässigen Dutt zusammengefasst und ihre Lippen bilden eine harte Linie »Was ist denn los? Du bist die letzten Tage schon so komisch.«

Anna seufzt und umfasst den Gurt ihrer Sporttasche. »Chloe … ich …«

Ich hebe die Brauen und bin mit der unsicheren Anna total überfordert.

Weil sie nicht weiterspricht, frage ich das Erste, was mir einfällt. »Bist du schwanger?«

»Was? Nein«, zischt sie leise. Ihr Blick jagt zum Rest des Teams. »Bitte behalte es für dich, okay?«

Ich nicke und halte vor Spannung den Atem an. Hoffentlich hat sie nicht in der Zeit meiner Abwesenheit mit irgendeinem Professor rumgemacht. Das wäre wirklich ein Problem.

Sie verringert den Abstand zwischen uns. »Ich habe Alex geküsst.«

Wie versteinert verharre ich, in der Hoffnung, mir eingebildet zu haben, was Anna gerade gesagt hat. Das muss ein Scherz sein. Ein dämlicher Scherz.

Langsam zieht sie sich wieder zurück und blickt mir in die

Augen, die ich weit aufgerissen habe. Mein Mund steht offen und ich weiß für einen Moment nicht mal mehr, wie ich heiße. Mein Gehirn hat sich ausgeschaltet. Wahrscheinlich eine Schutzreaktion, um nicht durchzudrehen.

»Jetzt guck nicht so.« Anna zieht ihre Unterlippe zwischen die Zähne und lässt sie wieder herausploppen. Und alles, an das ich bei dem Anblick denken kann, ist, dass Alex ihre Lippe auf diese Weise geneckt hat.

Mir wird schlecht. So schlecht, dass ich kurz davor bin, mich auf den Boden zu hocken.

Ist das der Grund, weshalb er sich nicht gemeldet hat? Weil er Anna geküsst hat? Meine beste Freundin? Es geht nicht um seine Schwester, es geht nicht um seine Bindungsangst. Es geht um Anna. Ich keuche, laufe schneller. Im Augenwinkel sehe ich, wie mir Anna nachstarrt.

Sie weiß nicht, was Alex mir bedeutet. Sie weiß nicht, dass wir uns heimlich getroffen haben, dass ich mit ihm geschlafen habe. Sie weiß nicht, dass er mir mein Herz gestohlen und dann zertreten hat. Anna weiß es nicht.

Trotzdem macht sich ein hässliches Gefühl in meinem Körper breit, das die Kontrolle über meine Gedanken übernimmt. Es ist purer Hass. Auf Anna. Und auf Alex.

Frische Tränen steigen in meine Kehle. Es ist mir egal, was sie gerade von mir denkt, weil mit ihrem Geständnis auch der letzte, winzige Funke des guten Glaubens an Alexander Clark zerquetscht wurde.

Kapitel 33

Die Schwimmhalle ist von außen eindrucksvoll. Zumindest höre ich das in verschiedenen Versionen von meinem Team. Ich selbst nehme nichts um mich herum wahr. Ich nicke und antworte, wenn es nötig ist, aber in Gedanken bin ich meilenweit weg. Auf der Strecke zwischen Parkplatz und Eingang des Gebäudes habe ich nach Annas Geständnis den Anschluss verpasst.

»Ich habe Alex geküsst.«

Ihre Worte haben sich wie ein heißes Brandzeichen in mein Hirn gedrückt. Anna ignoriert mich und ich bin froh darüber. Ich kann ihr einfach nicht in die Augen sehen. Ich weiß, wie unfair das ist. Und doch geht es gerade nicht anders. Ich muss diesen Wettkampftag überstehen. Irgendwie.

Mit einem falschen Lächeln begrüße ich den Captain der *Columbia Dolphins*, das ausrichtende Team, welches neben den anderen sechs College-Mannschaften heute unser härtester Konkurrent sein wird. Sie wirkt nett, aber ich bringe kaum einen vernünftigen Satz heraus und erkläre ihr halbherzig, dass ich aufgrund eines Unfalles nicht mitschwimmen werde und Kim deshalb den Posten des Captains einnehmen wird.

Die anderen Teams sind bereits in der Halle, als wir in den Raum kommen, der mit den strahlend weißen Fliesen und modernen, neuwertigen Schränken das absolute Gegenteil von den verlebten Umkleiden am Penfield College ist. Während sich die anderen umziehen, richte ich noch ein paar motivierende Worte an mein Team und ignoriere das mulmige Gefühl, dass sich beim Gedanken daran, Alex gleich zum ersten Mal wiederzusehen, rasant in mir ausbreitet. Werde ich weinen? Oder ihn vor allen anschreien? Ich bin gerade vollkommen unberechenbar.

Ich erstarre, als die Tür aufschwingt und Alex im Rahmen steht.

»Hey Team. Ihr seid spät dran.«

Mit weit aufgerissenen Augen sehe ich ihn an. Er ist barfuß und trägt bereits sein Traineroutfit – weißes Shirt und Shorts. In einer Hand hält er ein Klemmbrett. Mein Herz verkrampft, mein Magen dreht sich um sich selbst. Alles in mir reagiert auf den Mann vor mir. Es ist verrückt, dass ich ihm trotz allem in die Arme rennen möchte. Ich habe ihn so sehr vermisst. Und ich tue es immer noch. Zumindest den Alex, von dem ich glaubte, ich würde ihn kennen.

Sein Blick jagt über die anderen und bleibt an mir hängen, tastet mein Gesicht und dann meinen eingegipsten Arm ab. Seine Züge verhärten sich und seine Schultern sacken ein Stück nach unten. Dunkle Ränder liegen unter seinen Augen. Er sieht müde aus. Als hätte er Tage lang nicht richtig geschlafen. Neben mir tritt Anna von einem Fuß auf den anderen, erinnert mich daran, was zwischen den beiden vorgefallen ist. Jeder Funken Sehnsucht in mir wird zertrampelt.

»Wie geht es dir, Chloe?«

Seine Stimme klingt unendlich sanft, so wie sich seine Berührungen immer angefühlt haben – Berührungen, die es nie mehr geben wird. Die angestaute Enttäuschung verknotet sich mit meiner Wut zu einem Knäuel, das niemals entwirrt werden kann.

»Willst du eine ehrliche Antwort oder eine Lüge?« Meine provozierende Reaktion, kommt ungeplant aus mir herausgeplatzt. Ich habe das Gefühl, gar nichts mehr unter Kontrolle zu haben. Mein Mund bewegt sich, meine Zunge formt jedes Wort von allein. »Was glaubst du denn, wie es mir geht? Ich hatte einen Autounfall, habe im Krankenhaus gelegen und darauf gewartet, dass du für mich da bist.«

Alex' Kiefer verkrampft. Seine Arme hängen herunter, aber er ballt die Hände zu Fäusten. Meine Knie zittern, aber die Wut in meinem Bauch ist stärker als die Unsicherheit. Im Augenwinkel nehme ich wahr, dass sich die anderen erstaunte Blicke zuwerfen. Doch das ist mir egal. Ich habe rein gar nichts mehr zu verlieren. Von mir aus soll es die ganze Welt erfahren, was Alex für ein Arschloch ist.

»Hallo?«, wagt sich Lilly vor. »Haben wir irgendwas verpasst?«

»Was soll das heißen?« Anna blickt zwischen uns hin und her. »Läuft da was zwischen euch?« Ihre Stimme klingt schrill und entsetzt. Der Schock ist ihr ins Gesicht geschrieben. Doch ihre Frage trifft auf Schweigen, was Antwort genug ist. Ihre Augen werden immer größer.

»Ist das dein Ernst, Chloe?« Sie schnappt nach Luft. »Ich … fasse es nicht! Was ist los mit dir? Ist das jetzt die gleiche Nummer wie mit Owen?«

Mir entgleisen alle Gesichtszüge und ich höre, wie der Rest des Teams geräuschvoll Luft einzieht.

»Du wusstest es?«, frage ich mit dünner Stimme und umgreife haltsuchend meinen Gips.

»Moment mal, was?« Alex macht einen Schritt nach vorn. »Du hattest was mit eurem Ex-Trainer?«

Der vorwurfsvolle Unterton bringt mein Blut erneut zum Kochen. Mit gerecktem Kinn stiere ich ihn an. »Und wenn schon! Was willst du dann machen? Dich von mir trennen?« Ich lache, was total irre und verzweifelt klingt. »Ach warte mal … Das musst du ja gar nicht. Wir waren ja schließlich nie zusammen!«

Alex blickt mich wie ein geschlagener Hund an, aber es berührt mich nicht. »Wage es ja nicht, mir irgendwelche Vorwürfe zu machen. Du bist derjenige, der Frauen wie Socken wechselt, Alex!«

»Ähm, Leute … ich finde nicht, dass das hier der richtige Moment ist, für …«

Alex' Kopf ruckt zu Kim. »Ihr solltet längst in der Halle sein, um euch aufzuwärmen. Ich bin in fünf Minuten bei euch.«

Ich höre Räuspern und sehe meiner Mannschaft dabei zu, wie sie zögerlich den Raum verlässt. Als letztes Anna, die die Arme fest vor der Brust verschränkt hat.

Jeder Muskel in mir schreit danach, sich ebenfalls in Bewegung zu setzen und abzuhauen. Glaubt er wirklich, dass fünf Minuten etwas ändern können?

»Es tut mir alles so leid.« Alex' blaue Augen wirbeln widersprüchliche Gefühle auf. Ich will nicht mit ihm reden. Und trotzdem fließen meine Emotionen ungebremst aus mir heraus.

»Weißt du eigentlich, was du mir angetan hast? Du hast gesagt, dass es mit mir anders ist. Dass du mich nicht verlieren willst!«

»Und ich meinte jedes Wort ernst«, erwidert er und seufzt. »Du bist etwas Besonderes für mich, Chloe. Das ist ja das Problem. Als die Nachricht kam, dass du einen Unfall hattest … Ich konnte nicht mehr klar denken.«

»*Du* konntest nicht mehr klar denken?«, wiederhole ich spöttisch und zische. »Du bist so ein Heuchler.«

»Chloe, nein.« Als er nach meinen Schultern greifen will, weiche ich ihm aus. Meine Augen sind weit aufgerissen und meine Hand zittert gefährlich. Ich verabscheue jede Art von Gewalt, aber gerade habe ich das übermächtige Bedürfnis ihm eine harte Backpfeife zu verpassen.

»Ich habe jedes verdammte Wort ernst gemeint, als ich dir gesagt habe, dass du mir was bedeutest. Als ich von dem Unfall erfahren habe, das war der reinste Albtraum für mich.«

»Soll ich jetzt Mitleid mit dir haben?« Ich will ihn anbrüllen, laut, aber ich fühle mich plötzlich schwach und ausgelaugt. Meine Kehle wird eng und der Kloß darin schiebt sich immer höher. »Warum hast du meine Anrufe ignoriert? Warum hast du mich allein gelassen?«

Alex öffnet den Mund, presst aber dann mit gesenkten Lidern die Lippen aufeinander. Seine Wangen sind von dichten Stoppeln überzogen. Anscheinend hat er sich seit Tagen nicht rasiert.

»Es tut mir leid. Ich musste erst mal selbst klarkommen.«

»Und Anna hat dir dabei geholfen?«, stoße ich verbittert hervor. Als er ruckartig aufsieht, sind seine Züge wie eingefroren. Mein Herz bricht – noch einmal. Und ich weiß nicht, wie ich die einzelnen Stücke jemals wieder zusammensetzen soll. Es stimmt also. Sie haben sich geküsst.

»Chloe …«

»Nein.« Ich hebe die Hand meines gesunden Armes, um ihn vom Weitersprechen abzuhalten. Meine Grenzen sind längst überschritten und die Tränen, die in meinen Augenwinkeln hingen, rinnen jetzt ungebremst über meine Wangen.

»Ich hätte auf dich hören sollen.« Mein gesamter Körper bebt, als mir ein harter Schluchzer entweicht. »Du hattest so Recht, Alex. Ich habe mehr als dich verdient.«

Kapitel 34

Ich weiß noch genau, was für ein Hochgefühl es war, als wir – die *Penfield Zanders* – vergangenes Jahr unseren ersten Wettkampf gewonnen haben. Ich weiß noch, wie wir als Mannschaft zusammengewachsen sind und wie glücklich ich war. In der Schwimmhalle fühlte ich mich stark. Dort war ich der selbstbewusste Captain – das genaue Gegenteil zu der Chloe, die auf dem Campus wie ein Geist herumhuscht und akribisch auf ihren Abschluss hinarbeitet.

Die Sache mit Owen warf mich zum ersten Mal aus der Bahn, hat kleine Risse in mir hinterlassen. Aber ich habe zu keiner Sekunde darüber nachgedacht, mit dem Schwimmen aufzuhören. Dafür brauchte ich das Wasser zu sehr.

Jetzt, nach der ganzen Misere mit Alex und diesem peinlichen Auftritt, weiß ich nicht, ob ich jemals wieder eine Schwimmhalle betreten möchte.

Alex hat meine beiden Welten miteinander vermischt, Unordnung verursacht und mich dazu gezwungen Entscheidungen zu treffen – und zwar unausweichliche.

Auch wenn es keiner ausspricht, ich weiß, dass meine Mannschaft mir die Schuld für die Niederlage gibt. Absolut zu Recht.

Ich war während des Wettkampfes innerlich so aufgewühlt, dass ich kaum mitbekam, wie die umliegenden Zuschauer ihre Mannschaften anfeuerten und wie schlecht mein Team die Einzeldisziplinen absolvierte. Beim Staffelwettkampf riss ich mich dann zusammen und bemerkte schon bei Lillys ersten unsauberen Schwimmzügen auf dem Rücken, dass sie unkonzentriert war.

Anna verpatzte den fliegenden Wechsel, sprang viel zu spät vom Startblock und verlor dadurch wertvolle Sekunden, die Kim und Pam nicht mehr aufholen konnten und weiter hinter ihre Konkurrentinnen zurückfielen.

Alles in allem wirkte unsere gut aufeinander abgestimmte Mannschaft, wie spontan zusammengesetzt. Wir schnitten von allen teilnehmenden Mannschaften am schlechtesten ab und die *Columbia Dolphins* gewannen mit großem Abstand zu unseren miserablen Zeiten. Während der Siegerehrung streifte mein Blick immer wieder unfreiwillig Alex', der regungslos und mit verschränkten Armen auf einem Plastikstuhl neben dem Becken saß und mehr als teilnahmslos wirkte.

Der graue Himmel und die Regentropfen, die während der Rückfahrt auf dem Autodach zerplatzen, passen perfekt zu der unterirdischen Stimmung. Die Stille im Wagen ist unerträglich und ich bin erleichtert, als Kim irgendwann das Radio einschaltet.

Ich fühle mich furchtbar und eigentlich müsste ich jetzt das Wort ergreifen und mich bei meinem Team entschuldigen. Das wäre das Mindeste. Doch ich bin nicht in der Lage dazu.

Zu viel ist in den letzten Stunden passiert und ich schäme mich, dass ich die Schuld für diese ganze Katastrophe trage. Ich habe mein Team in diese Situation gebracht. Oder, nein, eigentlich habe ich es schon seit Owen in die falsche Richtung gelenkt. Jetzt fühlt es sich so an, als hätte ich das Vertrauen von jeder einzelnen missbraucht.

Ich kann immer noch nicht glauben, dass Anna die ganze Zeit von Owen und mir wusste. Um ehrlich zu sein, rechne ich es ihr hoch an, dass sie mich nicht darauf angesprochen hat. Das habe ich nicht erwartet. Allerdings erklärt es ihre überzogene Reaktion, als sie durch meinen vergessenen Terminplaner herausfand, dass ich Alex Nachhilfe geben werde. Was bin ich für eine Freundin, die ständig etwas verheimlicht?

Es zerrt an mir, dass Anna und Alex sich geküsst haben. Und trotzdem kann ich Anna nicht an den Pranger stellen. Warum sie allerdings nichts davon erzählt hat, wundert mich … Oder hat Alex sie darum gebeten, es niemandem zu sagen? Der Gedanke zerfrisst mich, drängt bittere Galle meine Kehle hinauf. Ich wünschte, ich wäre wieder zu Hause, in North Bay, bei Mom und Dad, Josh und den Zwillingen – dort, wo meine Welt noch in ihren normalen Bahnen verläuft und es keinen Alexander Clark gibt.

Klammheimlich wische ich mir die Tränen von den Wangen, während die anderen mit langen Gesichtern vor sich hinstarren.

Die Luft ist so dick, dass man sie in Scheiben schneiden könnte. Und auch wenn niemand etwas sagt, höre ich jeden anklagenden Gedanken.

Nach einer Stunde Fahrzeit, die sich doppelt so lang anfühlt, biegt Kim auf den Campusparkplatz. Wir steigen aus und alle holen wortlos ihre Taschen aus dem Kofferraum. Für Sekunden treten wir mit gesenkten Köpfen auf der Stelle.

»Es tut mir leid, Leute. Ehrlich«, murmele ich. »Es ist alles meine Schuld.« Ich zwinge mich zum Weiterreden, auch wenn ich weiß, dass es nicht mit einer einfachen Entschuldigung getan ist. »Ich werde versuchen, noch einmal mit Miss Johnsen über die Startlizenz zu sprechen. Falls … Alex euer Trainer bleibt, ist sie vielleicht einverstanden.«

Ich linse in die Runde, aber niemand sieht mich an. »Und ich … Ich werde das Team verlassen.«

Alle Köpfe bis auf Annas schießen hoch.

»Was?«, stößt Lilly hervor.

»Es ist das einzig Richtige. Ich war egoistisch und habe mich nicht wie ein Captain verhalten. Wegen mir haben wir unseren Trainer verloren. Wegen mir haben wir heute verloren.«

Kim presst die Lippen aufeinander und auch von den anderen kommt kein Widerspruch.

»Ich hoffe, ihr verzeiht mir irgendwann.«

Und dann drehe ich mich um und gehe.

Gerade, als ich um den ersten Wohnheimkomplex biege, höre ich Schritte hinter mir.

»Chloe!«

Ich drossele mein Tempo, bleibe aber nicht stehen. Meine Wangen sind tränennass und die harten Schluchzer entweichen unkontrolliert aus der Tiefe meiner Brust.

»Chloe, jetzt warte!« Anna packt mich an der Schulter und wirbelt mich zu sich herum. Ich lasse es zu und sehe sie an. Ich habe keine Kraft mehr, mich zu wehren.

»Glaubst du wirklich, dass ich das akzeptiere?« Ihr sonst so hübsches Gesicht ist verzerrt. »Wir sind Freundinnen! Ich will, dass wir das jetzt klären.«

»Sind wir das noch? Freundinnen?«

Annas Mundwinkel senken sich nach unten. »Sag du es mir. Ich bin nicht diejenige, die seit Monaten lügt.«

Ich schlucke schwer. »Es tut mir so leid, Anna. Ich hatte einfach Angst.«

»Wovor? Dass ich es nicht für mich behalten kann?«

»Nein.« Ihre traurigen Augen sind wie ein Messerhieb in meine Eingeweide. »Davor, dass du mich dafür verurteilst.«

Sie hebt ihre Brauen. »Chloe. Ich finde nicht, dass gerade ich das Recht dazu habe, dich zu verurteilen. Ich meine …« Sie stößt ein leises, gequältes Lachen aus. »Chloe Campbell hat zwei Typen klargemacht. Wenn nicht alles so eine Katastrophe wäre, wäre ich ziemlich stolz auf dich.«

Ein Lächeln zieht an meinen Lippen, das aber sofort wieder verschwindet. »Ich wollte dich nicht mit böser Absicht hintergehen. Ich bin einfach nicht mehr aus der Nummer rausgekommen.«

»War der Leihwagen von ihm?«

Ich seufze, deute mit dem Kinn auf die Bank ein paar Meter weiter. »Können … wir uns setzen?«

Anna nickt und die nächste Stunde erzähle ich ihr alles. Von Owen, den Treffen auf dem Parkplatz, weshalb er den Posten als Trainer geschmissen hat und ich erzähle ihr von Alex. Davon, wie er mit mir in der Schwimmhalle geredet hat, als er mich fast in der Kabine geküsst und auf der Party in das dunkle Zimmer geschleppt hat. Ich lasse nichts aus, berichte von den Nachhilfestunden, dem Ausflug zum Wasserfall, sogar von seiner Schwester Emma. Ich weiß, dass Anna dieses Geheimnis für sich behalten kann und auch wenn ich ein schlechtes Gewissen gegenüber Alex habe, muss ich es tun, um ihr meine Situation zu erklären.

Anna massiert sich mit den Fingerspitzen die Stirn. »Scheiße. Das ist echt … krass.« Sie blickt mich an. »Wenn ich das mit Alex und dir gewusst hätte. Ich hätte ihn niemals geküsst. Das weißt du, oder?«

»Es ist nicht deine Schuld, Anna. Sondern die von Alex.«

»Nein. Er hat nichts Falsches getan.« Sie seufzt und schiebt sich ihre Strähnen aus den Augen. »Ich wollte es niemandem sagen. Es war mir so peinlich.« Sie stockt und sucht nach den richten Worten. »Es ist nach dem Training passiert. Wir wollten gerade die Halle verlassen, als Alex mich aufgehalten und sich nach dir erkundigt hat. Er sah schon die ganze Zeit richtig fertig aus, aber ich habe nicht eine Sekunde daran gedacht, dass mehr dahintersteckt. Dass es um dich geht. Ich meine … du kennst mich. Es hat mich gefuchst, dass er mir nicht die Aufmerksamkeit geschenkt hat, die ich wollte.« Sie sagt das mit einer solchen Selbstverachtung in der Stimme, dass ich sie am liebsten in den Arm nehmen möchte. Doch die Spannung, mit der ich an ihren Lippen hänge, macht mich bewegungsunfähig. »Ich habe meine Chance gewittert, ihn in den Arm genommen und dann einfach geküsst. Er hat mich sofort von sich gestoßen und mich angesehen, als wäre ich übergeschnappt. Ich war total geschockt, bin abgehauen und in die Dusche geflüchtet.«

Mein Herz klopft viel zu schnell und in meinem Hirn rattern die Gedanken wie die Walzen eines Spielautomaten, während sich Annas Wangen bei der Erinnerung rosa färben.

Alex hat den Kuss nicht erwidert. Er hat Anna nicht geküsst. Sondern sie ihn. Das ändert viel, aber nicht alles …

»Ich wollte es dir sagen, als du zurück warst, aber ich habe mich wahnsinnig geschämt. So was … ist mir noch nie passiert. Ich hatte Angst, dass du mir Vorwürfe machst, weil er unser Trainer ist und ich dann aus Frust auspacken würde, dass ich von der

Sache mit dir und Owen weiß. Ich wollte nicht, dass wegen eines Kerls unsere Freundschaft leidet.«

»Also haben wir aus demselben Grund geschwiegen«, murmele ich. Ich weiß nicht, ob ich erleichtert lachen oder weinen soll. Das ist gerade alles viel zu viel. »Wie hast du es eigentlich herausgefunden?«, frage ich kleinlaut.

»Mit dir und Owen? Ich habe euch auf dem Parkplatz gesehen. Ihr habt in seinem Auto geknutscht.«

»Wie kannst du überhaupt noch mit mir reden? Ich bin die schrecklichste Freundin aller Zeiten«, schließe ich mit einem schuldbewussten Blick.

»Ja. Das ist wahr.« Sie lächelt und stößt mit der Schulter gegen meine, als ich mein Gesicht in den Händen vergrabe und hinein stöhne. »Versprich mir einfach, dass wir ab jetzt ehrlich sind. Ich will schließlich wissen, mit welchen heißen Kerlen du dich rumtreibst.«

Ich lache in meine Handflächen – vor Verzweiflung und Dankbarkeit, Anna zu haben.

»Liebst du Alex?«, fragt sie irgendwann, als ich meine Hände zurückziehe.

»Ja.« Ich atme zitternd ein und betrachte meine Schuhe – die Sneaker, die ich getragen habe, als Alex und ich zum Wasserfall gewandert sind und er mir alles über sich und seine Schwester Emma erzählt hat – als er mich gepackt hat und ins Wasser gesprungen ist, mich gezwungen hat, die Kontrolle abzugeben. Ich habe mich so frei und wunderbar gefühlt. Ich war glücklich. Mit ihm. Ich war es.

Alex hat Annas Kuss nicht erwidert, doch es ändert nichts daran, dass er mich nach dem Unfall im Stich gelassen hat. Ohne Erklärung, ohne Rücksicht auf mich. Er wusste, wie weh er mir damit tut.

»Aber ich will niemanden lieben, für den ich nicht wichtig genug bin, Anna.«

»Du bist ihm wichtig«, entgegnet meine Freundin, ohne zu zögern.

»Woher willst du das wissen?«

Über Annas Lippen legt sich ein wehmütiges Lächeln. »Weil mich noch kein Mann so angesehen hat wie Alex dich eben in der Umkleide.«

Kapitel 35

Im Diner ist es voll. Wie jeden Montag. Es ist laut und stickig und es riecht nach Pizza und gegrilltem Hamburgerfleisch. Die roten Polster der Bank, auf der wir sitzen, glänzen speckig, die laminierten Speisekarten sind mit Fingerabdrücken übersät – wie immer. Irgendwo zwischen dem Stimmengewirr der Studenten ist ein Chartlied aus dem letzten Jahr zu hören.

Alles ist wie immer und doch irgendwie nicht.

Nachdem ich mich die gesamte letzte Woche nur zwischen meinem Bett und den Seminarräumen bewegt habe, bestand Anna mit kompromissloser Miene darauf, dass ich heute mit ihr und Max zum Pizzaessen gehe. Sie meint, dass es nichts bringt, sich zu verkriechen und ich mich der realen Welt früher oder später sowieso stellen muss. Sie hat recht, und trotzdem fühlt es sich nicht gut an, hier im Diner zu sitzen. Bevor Alex am Campus aufgetaucht ist, war es einfach nur ein Pizza-Restaurant, das ich mit meinen Freunden einmal die Woche besuchte, jetzt, ist es einer von vielen Orten, die mich unweigerlich an Alex erinnern.

Seit über einem Jahr ist es unser Ritual, montags hier gemeinsam mit Max zu essen. Ohne das Schwimmtraining und mit Max' bedrücktem Gesichtsausdruck fühlt es sich alles falsch an. Meine Hände sind so schwitzig, dass ich sie immer wieder an meiner Jeans trocken reiben muss und jedes Mal, wenn die Tür aufschwingt, setzt mein Herzschlag für Sekunden aus. Die Sehnsucht nach Alex ist übermächtig, die Enttäuschung aber noch viel größer. Ich habe das Gefühl, in einer emotionalen Achterbahn zu sitzen, die gedanklich von einem kurzen Hoch zurück in ein tiefes Loch rauscht. Und das in Dauerschleife.

Max scheint es ähnlich zu gehen und die Gewissheit, dass ich der Grund dafür bin, macht es nicht besser. Ich wünschte, die Leichtigkeit unserer Freundschaft wäre zurück, aber ich bin mir nicht sicher, ob es je wieder so sein wird wie früher.

Es hat mich innerlich zerrissen, als mich vergangenen Montag Miss Johnsen angerufen und mir die frohe Botschaft verkündet hat, dass ein großzügiger Spender, die Wettkämpfe der *Penfield Zanders* weiter finanzieren würde. Das verträumte Säuseln in ihrer Stimme ließ keinerlei Zweifel, dass es Alex höchstpersönlich gewesen war, der die Leiterin der Collegeabteilung um den Finger gewickelt hat. Außerdem informierte sie mich darüber, dass er sich eine Woche krankgemeldet hat und das Training bis dahin nicht stattfinden würde. Ich gab alles an Kim weiter. Schließlich bin ich nicht länger Captain und auch kein Teammitglied mehr. Das hält meine Gedanken aber nicht davon ab, weiter um Alex zu kreisen. Ich frage mich, ob er wirklich krank ist oder mit Absicht untertaucht, ob er an mich denkt, mich vermisst … Zu viele Fragen, die ich mir nicht stellen möchte. Susi, die Bedienung, lächelt uns an, als sie an unseren Tisch kommt und unsere Bestellungen aufnimmt. Ihre Wangen sind gerötet und der Bleistift in ihrer Hand ist stumpf. Max bestellt eine Pizza mit Meeresfrüchten, woraufhin Anna ihn böse anfunkelt und angeekelt die Lippen verzieht. Von außen betrachtet, ist alles wie immer.

Und genau in diesem Moment vibriert mein Smartphone auf der Tischplatte und das Displaylicht blinkt auf.

Unbewegt starre ich auf die Nachricht. Ich brauche sie nicht mal öffnen, weil es nur fünf Worte sind, die Alex mir geschickt hat.

Bitte komm in die Schwimmhalle.

»Alles okay?«

Ich blinzele und sehe zu Anna, die mich mit einem seltsamen Blick taxiert. Ihre Augen zucken kurz zu meinem Smartphone und wieder zurück zu mir. Sie räuspert sich und schürzt die Lippen. »Eine Nachricht? Ist es wichtig?«

Auch Max rutscht plötzlich nervös neben mir auf der Bank herum.

»Anna …«, beginne ich mit warnendem Unterton und spüre, wie sich mein Brustkorb zusammenzieht. »Hast du irgendetwas damit zu tun?«

»Womit denn?«, fragt sie und macht große, unschuldige Augen. »Ich weiß nicht, wovon du sprichst.«

Ich glaube ihr kein Wort. Sie setzt ein angespanntes Lächeln auf, was eher aussieht, als hätte sie einen ekelhaften Geschmack im Mund. Hilfesuchend sieht sie zu Max.

»Jetzt sag es ihr und gut ist.« Max stützt sich mit einem langen Seufzer mit den Unterarmen auf den Tisch und blickt auf seine Hände. Ich sehe zwischen den beiden hin und her.

»Okay, Leute. Im Ernst. Was hat das zu bedeuten?« Ich hebe erwartungsvoll eine Braue. Egal, was Anna über die Nachricht weiß, ich werde so lange nerven, bis ich es aus ihr herausbekomme.

»Alex wartet in der Schwimmhalle auf dich«, antwortet Max zu meiner Überraschung und schielt zu mir auf. »Er hat uns gebeten, dich aus deinem Bunker zu holen und nichts zu verraten.« Er nuschelt die Worte und ich muss genau hinhören, um sie zu verstehen. Begreifen will ich sie nicht. Es fällt Max so unglaublich schwer, die Worte herauszubringen. Aber mein Mitleid wird von blanker Panik ersetzt. »Ist das … wahr?« Ich starre Anna an, die schluckt und den Kopf ein Stück zur Seite lehnt. »Bitte sei nicht sauer auf uns. Alex hat uns angefleht, ihm zu helfen.«

»Wobei? Mich in die Ecke zu drängen?« Mein Puls schlägt hart gegen meinen Hals. Was soll der Mist? Anna weiß ganz genau, dass ich nie wieder etwas von ihm wissen will.

»Ich weiß, dass du ihn vermisst.«

»Nein. Das tue ich nicht.«

Anna schnauft und legt eine Hand auf meinen eingegipsten Arm. »Gib ihm doch wenigstens die Chance, es zu erklären. Danach kannst du ihn auf ewig weiter hassen.«

Max, der damit begonnen hat, Zahnstocher aus dem kleinen Behälter zu fischen und zu einem Achteck zu formen, seufzt.

Er legt das letzte Streichholz ab und sieht zu mir auf. Seine Augen wirken müde, aber da ist auch ein zustimmender Funken. »Anna hat recht. Du solltest gehen.«

Und in dieser Sekunde werden mir zwei Dinge bewusst. Erstens, dass ich Max für seine Stärke bewundere und ich alles dafür tun werde, ihn niemals als Freund zu verlieren. Und zweitens, dass ich in ein paar Minuten Alex wiedersehen werde.

Die Hände fest um den Pizzakarton geklammert, laufe ich Richtung Schwimmbadeingang. Meine Schritte hallen laut durch die leere Eingangshalle des Sportzentrums, überlagern aber nicht das Pochen meines Herzens, das in meinen Ohren donnert.

Erst fand ich Annas Vorschlag, meine bestellte Pizza mitzunehmen, um etwas zu haben, was ich ihm im schlimmsten Fall ins Gesicht pfeffern kann, total bescheuert. Jetzt bin ich froh, irgendetwas in den Händen zu halten. Meine Knie fühlen sich zu weich an und meine Beine instabil, als würden sie jeden Moment ihren Dienst verweigern und einfach einknicken. Ich habe wahnsinnige Angst Alex gegenüberzutreten. Ich habe Angst vor den Gefühlen, die sein Anblick in mir auslösen wird, vor der Achterbahnfahrt, auf die ich mich gerade einlasse. Und ich habe Angst davor, ihn nicht genug hassen zu können, ihn immer noch zu sehr zu wollen.

Vor der Schwimmbadtür bleibe ich stehen. Zähle gedanklich bis drei und stutze, als ich die leise Musik höre, die aus dem Inneren der Halle klingt. Für Sekunden lausche ich der Melodie von Justin Nozukas *Warm Under the Light* und spüre, wie mein dummes kleines Herz mehrere Hüpfer macht. Es ist der erste Song von der Playlist aus Alex' Auto – der Playlist auf dem Stick, den ich seit dem Unfall zusammen mit der künstlichen Mohnblüte in meinem Rucksack herumtrage.

Mit dem Pizzakarton voran gleite ich ins Innere, wo mich nicht das grelle Deckenlicht erwartet. Die Tür fällt hinter mir zu und mir zeitgleich die Kinnlade herunter. Vollkommen überwältigt lasse ich meinen Blick den Beckenrand entlanggleiten. Hunderte Teelichter reihen sich dort dicht aneinander und überziehen mit dem Licht ihrer tanzenden Flammen das Wasser mit einem magischen orange-blauen Schimmer.

Dann bemerke ich Alex, der im Rahmen von Bills Kabinentür lehnt. Seine Hände stecken in der Jeans und das weiße Shirt leuchtet in dem schummrigen Licht. Als sich unsere Blicke treffen, stockt mir der Atem und der Schmerz in meiner Brust wird unerträglich stark.

»Hey …« Er klingt erleichtert, als hätte er Sorge gehabt, dass ich seiner Bitte nicht nachkomme. Um seinen Mund zucken kleine Fältchen, als würde er sich ein Lächeln verbieten.

Prima. Ein einfaches *Hey* aus seinem Mund und schon schießen mir Tränen in die Augen. Nicht auszuschließen, dass es aber auch an dem ganzen Drumherum liegt. Die Atmosphäre macht es mir nicht gerade leichter, Alex stark und gefasst gegenüberzutreten.

»Ich bin froh, dass du gekommen bist.«

»Mir blieb nichts anderes übrig«, gebe ich mit belegter Stimme zurück, die gefährlich zittert. Ich würge die Tränen meinen Hals hinunter. Auf keinen Fall will ich mir vor Alex die Blöße geben und weinen. »Keine Ahnung, wie viel du Anna und Max gezahlt hast, um sie zu kaufen, aber sie haben ihren Auftrag perfekt ausgeführt.«

»Oh, glaub mir. Die beiden lassen sich nicht kaufen. Sie würden niemals etwas machen, was dir schadet. Sie würden dich mit Leib und Seele verteidigen.«

»Ja. Sie sind immer für mich da. Im Gegensatz zu anderen.« Der Vorwurf in meinen Worten ist klar und deutlich.

Alex' Schultern fallen herab und er tritt mit einem vorsichtigen Schritt aus dem Türrahmen. Ganz so, als wäre er sich nicht sicher, ob er mir diese Nähe schon zu viel ist.

»Stimmt. Sehr dumme Leute, die nicht wissen, was sie dadurch aufs Spiel setzen.«

Ich kann Alex' intensiven Blick kaum standhalten. Es ist zu viel. Zu viel Emotionen, zu viel von ihm.

Der Song klingt aus, setzt aber nach zwei Herzschlägen erneut ein. »Was ist das hier alles, Alex?«

Er folgt meinem Blick über das Wasser, bevor er mich wieder ansieht. »Würdest du dich einen Moment mit mir hinsetzen und mir zuhören?«

Ich zögere, nicke dann aber.

Alex lächelt und die Erleichterung, die darin mitschwingt, rüttelt an mir.

Mit Abstand folge ich ihm zum Beckenrand, wo in einer Lücke der Kerzen ein großes Badehandtuch ausgebreitet ist.

»Setz dich.«

Ich lege den Pizzakarton ab und bücke mich, als Alex mich stoppt.

»Ich weiß, ich halte mich sonst nicht an die Baderegeln, aber in diesem Fall, würde ich die Schuhe tatsächlich ausziehen.« Ich sehe auf seine nackten Füße und schlüpfe dann aus meinen Schuhen. »Es wundert mich, dass du sie nicht schon draußen ausgezogen hast. Und dann bringst du auch noch etwas zu Essen mit hier rein. Ich sollte sofort bei Bill Alarm schlagen.«

»Mir hat mal jemand gesagt, dass ich mich locker machen soll«, gebe ich zurück, krempele meine Hosenbeine nach oben und setze mich. Mit den Füßen im Wasser lasse ich das Glitzern auf der Oberfläche einen Augenblick lang auf mich wirken. Alex setzt sich neben mich. Auch er zieht die Hosenbeine nach oben und lässt die Beine baumeln. Ich versuche, so flach wie möglich zu atmen, als der vertraute Geruch seines Parfums zu mir herüberschwappt, genau wie die kleinen Wellen, die gegen meine Waden prallen. Unsere Arme berühren sich leicht und es ist hart, dem übermächtigen Drang zu widerstehen, mich nicht an ihn zu schmiegen. In meiner Brust zieht es vor Sehnsucht.

»Wieso machst du das alles? Wieso bin ich hier?«

Meine Stimme ist nur ein Hauchen. Meine Aufregung ist wie verflogen und statt der Wut auf ihn, übernimmt jetzt Trauer die

Oberhand. Es ist nicht zu leugnen. Ich vermisse Alex. Alles an ihm. Seine Umarmungen, seine Berührung, seine Lippen auf meinen, sein tiefes Lachen. Ich würde alles dafür geben, um die Dinge, die passiert sind, ungeschehen zu machen. Aber ich kann es nicht. Ich bin kein Magier. Ich kann nichts an der Tatsache ändern, dass Alex falsche Entscheidungen getroffen hat.

Er seufzt und sein Blick brennt sich auf meine Haut. »Du bist hier, weil ich mich bei dir entschuldigen will, Chloe. Für alles. Ich … will, dass du mich verstehst.«

Ich nehme jeden Zentimeter seines Gesichtes wahr, das mir in den letzten Wochen nicht mehr aus dem Sinn gegangen ist.

Mit einem winzigen Lächeln greift er zögerlich zu mir herüber und ich beobachte, wie sich seine Hand um meine legt. Sofort empfangen ihn meine Finger und schieben sich zwischen seine. Ein warmes, tiefes Gefühl entfacht in meinem Bauch und kurz ärgere ich mich darüber, so schnell nachzugeben. Aber alles was gerade passiert, geschieht aus dem Bauch heraus. Mein Kopf ist leer, ohne jeden Gedanken. Ein bisschen so, als würde ich schwimmen.

»Als ich von dem Unfall erfahren habe … Ich hatte solche Angst um dich, Chloe.« Seine Mundwinkel verziehen sich, als würde die Erinnerung daran noch immer schmerzen. »In dem Moment ist es mir bewusst geworden. Was du mir bedeutest, wie sehr ich dich brauche. Ich hatte panische Angst, dass ich wieder jemanden verliere, den ich liebe.«

Seine Worte fliegen zu mir herüber, umhüllen mich wie ein Schwarm Glühwürmchen und lösen den Knoten in meinem Magen endgültig auf, bis er schließlich ganz verschwunden ist.

»Ich liebe dich, Chloe. Ich wollte es nicht wahrhaben. Ich wollte niemals so empfinden. Seit Emmas Unfall hat sich diese Angst in mir festgebissen. Ich wollte nie eine feste Beziehung, ich wollte niemanden lieben.«

Alex drückt meine Hand. »Aber bei dir war alles anders – von Anfang an. Irgendwann konnte ich mich nicht mehr gegen meine Gefühle wehren. Ich konnte bei dir einfach ich sein. Ich wollte mich dir anvertrauen, wollte, dass du alles von mir weißt. Ich wollte dich besser kennenlernen, alles über dich wissen. Ich wollte nicht mehr zögern, sondern dich an mich heranlassen. Es hat mir nicht gereicht, nur mit dir zu schlafen. Da war … so viel mehr zwischen uns. Und das ist immer noch so.«

Mit einem leisen Keuchen öffnen sich meine Lippen, als Alex mich loslässt und mit den Fingern meine Wange berührt. Ein Lächeln hebt seine Mundwinkel. »Die Sache mit Max hat mich wachgerüttelt. Die Vorstellung, dass du mit ihm zusammen bist, ihn küsst … das hat mich verrückt gemacht. Weil ich derjenige sein will, Chloe. Ich will mit dir Pläne machen, deine Hand halten, wenn wir über den Campus laufen. Ich will die Person sein, bei der du so sein kannst, wie du bist, wenn dir niemand zusieht. Denn das bist du für mich.«

Hunderte Funken tanzen in mir, ein leises, triumphierendes Feuerwerk, das meiner chaotischen Welt eine neue Ordnung gibt. Alles rückt an seinen richtigen Platz, als hätte es nie woanders hingehört. Ein Schluchzen befreit sich aus meiner Kehle und mit ihm jeder tief sitzende Zweifel, ob ich Alex vertrauen kann. Wir haben uns gegenseitig dazu gebracht, unsere Regeln zu brechen. Wir haben uns gefunden und beinahe wieder verloren. Und jetzt … sitzen wir an dem Ort, an dem alles angefangen hat – umgeben von Kerzen, Musik und einer kalten Pizza.

Es fühlt sich an, als würde ich mit Alex gemeinsam ins Wasser springen, mit ihm untertauchen, ohne je wieder Luft holen zu müssen. Alles, was ich spüre, sind seine Arme, die mich halten und alles, was ich höre, ist die friedliche Stille und das laute Schlagen unserer schwerelosen Herzen.

Epilog

»Ich kann es nicht fassen, dass wir ein Doppeldate haben.« Anna zieht ihre Mütze vom Kopf und lockert hastig ihre Haare auf. »Sehe ich okay aus? Ich hätte doch besser den schwarzen Pullover anziehen sollen, oder?« Sie drosselt ihr Tempo und bleibt mitten zwischen den Studenten stehen, die im Diner auf ihre bestellte Pizza oder einen freien Tisch warten. »Ich kann das nicht, Chloe. Ich …«

»Natürlich kannst du das.« Ich schnappe nach ihrem Handgelenk und zerre sie weiter. »Du magst Chad und er mag dich. Du brauchst vor gar nichts Angst haben. Wir werden Pizza essen und uns nett unterhalten. Keine große Sache.«

Anna befreit sich nicht aus meinem Griff, sondern trottet mit gequälter Miene neben mir her. »Und dabei warst du es, die mich vor Wochen darauf hingewiesen hat, dass man nichts mit seinem Trainer anfängt.«

»Da habe ich auch noch nicht gewusst, was mir entgehen könnte.« Ich lächle verträumt, was Anna mit einem Augenrollen quittiert.

»Wehe, ihr knutscht die ganze Zeit. Das ist total peinlich.«

»Seit wann ist dir Knutschen in der Öffentlichkeit peinlich?«, ziehe ich sie auf und lasse ihren Arm los, weil sie den Panikmoment offensichtlich überstanden hat. Den vierten für heute. Seit Chad sie nach dem letzten Schwimmtraining um ein Date gebeten hat, ist sie ein nervöses Nervenbündel. Ihr Gegenvorschlag hatte ihn, laut Alex' Aussage, zwar ein wenig verunsichert, aber da er Anna schon ganz gut einschätzen kann, stimmte er schließlich zu. Für Anna ist es ein riesiges Ding, zu einem offiziellen Date zu gehen.

Dabei ist sie unserem neuen Trainer schon seit dem ersten Tag verfallen. Und damit meine ich nicht, dass sie in nur heiß findet. Nein, sobald der Name Chad fällt, ploppen in ihren Augen Herzchen auf und sie wirkt in seiner Nähe nervöser als vor wichtigen Prüfungen. Es ist richtig niedlich und diese neue, verunsicherte Seite an ihr rührt mich. Anna lässt endlich jemanden an sich heran, und das nicht auf körperliche Dinge bezogen.

»Übrigens hat Max heute auch ein Date.«

Vor Überraschung schießen meine Brauen in die Höhe. »Ach ja?« Mein Herz verkrampft sich. Wehmut überkommt mich, darüber, dass unsere Freundschaft sehr oberflächlich geworden ist, seitdem ich mit Alex offiziell zusammen bin.

Max und Alex haben sich anfänglich wirklich bemüht miteinander auszukommen, aber letzten Endes saßen sie beim Mittagessen oder im Diner mit finsteren Mienen da und haben sich ignoriert. Der verletzte Ausdruck auf Max' Gesicht, sobald Alex mich berührte, tat sein Übriges. Unser Dreiergespann existiert nicht mehr. Das bricht mir das Herz und dennoch bereue ich keine meiner Entscheidungen. Alex' Bitte zu folgen und in die Schwimmhalle zu kommen, war der Startschuss für die intensivsten Wochen meines Lebens. Alles, was ich fühle, ist pures Glück, wenn ich mit ihm über den Campus laufe und er meine Hand hält. Nicht, weil ich es erwarte, sondern weil er es will. Eine Beziehung mit jemandem zu führen, der einem alles bedeutet, ist wunderbar und auch Alex verliert von Tag zu Tag seine Zweifel. Er bemüht sich sehr, dass es mit uns funktioniert, deswegen organisierte er dem Team auch einen neuen Trainer. Nach allem, was mein Team mitbekommen hat, war es genau die richtige Lösung. Auch da ich mich nach Zureden von Pam, Kim, Lilly und Anna dazu entschieden habe, in der Mannschaft zu bleiben und weiterhin den Posten des Captains zu übernehmen.

Tja, und dann kam Chad, ein großer, dunkelhaariger Typ, der nicht auf den Mund gefallen ist und Annas trockenen Humor teilt. Alex kennt ihn noch aus seinem alten Schwimmteam und da er nur eine Stunde vom Penfield College entfernt wohnt, kontaktierte er ihn und fragte, ob er Interesse an dem Job hätte. Chad ist hauptberuflich Physiotherapeut und möchte in naher Zukunft eine eigene Praxis eröffnen. Deshalb kommt ihm jeder Dollar gelegen. Aber er und Anna harmonieren.

Der Rest des Teams verdreht nur noch die Augen über unsere Trainer-Romanzen und die arme Anna musste hoch und heilig versprechen, dass niemals die Mannschaft unter ihren Beziehungsproblemen leiden wird, falls sich aus Chad und ihr etwas entwickeln sollte.

»Mit wem geht Max denn aus?«, frage ich und lasse den Blick suchend über die Tischgruppen schweifen. An der Fensterfront in der hintersten Ecke mache ich Alex und Chad aus und halte auf die beiden zu, bedacht darauf, dass sich Anna nicht klammheimlich davonstiehlt.

»Mit dieser Cindy. Mit der lief letztes Jahr schon mal was.«

»Sie ist süß«, sage ich, in der leisen Hoffnung, dass Max und ich dann einfach wieder Freunde sein können.

»Ich glaube ehrlich gesagt, dass er sich nur ablenkt.« Anna zuckt entschuldigend die Achseln. »Von dir.«

»Ja, kann schon sein … Aber ich vermisse Max.«

Anna nickt und lächelt sanft. »Ich weiß, ich auch ein bisschen. Doch mit den beiden Streithähnen ist es so, als müsstest du mit Liv klarkommen.«

Erst jetzt wird Anna bewusst, dass wir bereits bei unserem Tisch angekommen sind. Sie räuspert sich und hebt für ein schwaches Winken die Hand. »Hey Leute.«

»Hey Chloe, hey Anna«, erwidert Chad, steht auf und grinst meine Freundin über beide Ohren an. Auf seine Wangen legt sich eine leichte Röte, als er sie zur Begrüßung etwas unbeholfen umarmt.

Ich verbeiße mir ein Lachen und rutsche schnell neben Alex auf die Sitzbank. Der mustert mich schmunzelnd und schnalzt leise mit der Zunge. »Miss Campbell, Miss Campbell amüsieren sie sich gerade über die Verlegenheit anderer? Das ist doch ganz bestimmt ein Regelbruch der übelsten Sorte.«

Ich knuffe ihn mit dem Ellbogen in die Seite und lege dann lächelnd die Arme um seinen Hals. Sofort umfangen seine Hände meine Taille und er zieht mich näher an sich.

»Du sollest mittlerweile wissen, dass die Regelbeauftragte, ihr Amt niedergelegt hat.«

Seine Stirn kräuselt sich. »Na ja. Ganz aufgegeben hat sie ihren Job nicht. Dafür hat sie aber jetzt einen unheimlich sympathischen und gut aussehenden Assistenten an ihrer Seite, der sie ab und zu von ihrer Arbeit ablenkt.«

Ich lache und fahre mit den Fingern über das weiche Haar an seinem Hinterkopf. »Klingt, als hätte sie großes Glück.«

»Nein. *Er* hat großes Glück.« Alex' Lippen legen sich auf meine und aus unserem Lächeln formt sich ein inniger Kuss, der vor Wochen nur hinter verschlossenen Türen stattgefunden hätte.

Mittlerweile genieße ich den kleinen Promistatus, den ich an der Seite meines Freundes habe. Auch wenn es albern ist, dass mich fast jeder am Campus grüßt und überhaupt alle unheimlich nett und zuvorkommend zu mir sind. Alle – außer Liv, die mich noch immer mit den kältesten Blicken aller Zeiten bedeckt.

Alex und ich sind glücklich. Wir lieben uns und das soll und kann jeder wissen. Das Versteckspiel ist vorbei, die Zweifel sind verschwunden. Und auch, wenn Alex nach wie vor mein Inneres aufwühlt und meine Ordnung mit einem bezwingenden Lächeln über den Haufen schmeißt, fühlt es sich gut an, weil ich weiß, dass ich in ihm genauso viel bewege. Ich halte Alex nicht, ich kann ihn nicht heilen, aber ich habe immer gehofft, eines Tages mit ihm unterzutauchen und, genau wie jetzt, gemeinsam schwerelos zu sein.

Danksagung

Das ist er also … mein Debütroman! Es ist ein unglaubliches Gefühl, jetzt, nach den vielen schlaflosen Nächten und der Lektoratsphase, die Danksagung als abschließenden Text zu verfassen. Ich bin sehr glücklich und dankbar für alles, was in den vergangenen Monaten passiert ist.

Ohne den Schreibwettbewerb von BUCHSZENE und dem PIPER Verlag wäre die Story um Chloe und Alex wahrscheinlich gar nicht entstanden. Den Schwimmsport mit einer Liebesgeschichte zu verbinden, gefiel mir immer besser und bereits nach den ersten Kapiteln habe ich Chloe, Alex, Max, Anna und den Rest der Penfield Zanders in mein Herz geschlossen.

Deshalb ein riesengroßer Dank für diese tolle Chance, liebes Team vom PIPER Verlag. Danke an die Jury des Wettbewerbs, danke an Cornelia Franke für das Lektorat.

Danke an meine wunderbaren Autorenkolleginnen Mira und Sandra, mit denen ich mich immer und zu jeder Tageszeit austauschen kann. Ich bin froh, euch durch den Wettbewerb kennengelernt zu haben.

Vor Allem aber möchte ich meiner Familie danken. Meinen Kindern Mia und Tom, die öfter mal auf ihre Mama verzichten mussten, meinem Mann, der seit vier Jahren jeden meiner Romane Kapitel für Kapitel vorgelesen bekommt, um erste Logik- und Satzbaufehler zu entlarven. Danke, dass du mir den Rücken freihältst, wenn ich wieder mal Stunden vor dem PC sitze. Ohne dich wäre ich längst verzweifelt. Danke, dass du meine Stimmungsschwankungen während des Schreibprozesses ertragen hast. Danke, dass du auf dem Weg bis zu diesem Buch immer für mich da warst. Ich liebe dich!

Ein weiterer großer Dank geht an meine Eltern und Schwiegereltern. Die Stunden, die Mia und Tom spontan bei euch untergekommen sind, damit ich mich dem Schreiben widmen konnte, sind für euch zwar selbstverständlich, aber nicht für mich. Deshalb an dieser Stelle – danke, dass ihr die besten Großeltern für die beiden seid, die man sich wünschen kann!

Danke an dich, liebe Michi(#Realitätsflüchtling). Es ist fast genau ein Jahr her, als wir uns und unsere gemeinsame Leidenschaft für das Schreiben entdeckten. Seitdem ist so viel passiert. Wir beide dürfen uns Autorinnen nennen, halten unseren Debütroman in den Händen und werden hoffentlich noch viele solcher Momente zusammen erleben. Ich bin glücklich dich als meine Herzens-Freundin und schärfste Kritikerin zu haben.

Zuletzt möchte ich euch danken. Den Lesern dieses Buches, den Menschen, die für meinen Roman ihre Stimme abgegeben und mit mir der Entscheidung entgegengefiebert haben. Ich danke euch und hoffe sehr, dass euch Alex' und Chloes Geschichte gefällt.

Zwei Krähen fliegen von einem Stück Aas auf in einen nahen Baum.

Sie haben nichts zu befürchten.

Heute würde er nicht mehr jagen wollen.

Oder können.

Zu viel ist geschehen.

Zu groß seine Erschöpfung.

Er lauscht auf seine Umwelt.

Und noch mehr auf sein Inneres.

Es kommt ihm so vor, als hätte sich die Beziehung zwischen ihm und den Dingen abermals gewandelt.

Als hätte sie sich gemeinsam weiterentwickelt.

Erstmals für beide Seiten verbessert.

Als hätte er durch das Wissen über seine Taten mehr Stärke erlangt.

Mehr Kontrolle gewonnen.

Und damit mehr Freiheit.

Seine Ohren richten sich auf.

In der Ferne taucht ein Hubschrauber über dem Wald auf.

Allerdings abseits der Basis.

Er fliegt über die Bäume hinaus.

Über den Wald hinweg.

Das Revier der Wölfe.

Die Sperrzone.

Er folgt dem unterschwelligen Dröhnen.

Nimmt es wahr mit den Ohren.

Mit seinen Pfoten.

Mit den Dingen.

Aus seinem Traben wird ein Rennen.

Quer durch den schattigen Wald.
Ganz allein, aber mit sich im Reinen.
Denn er spürt es.
Er ist so frei wie noch nie seit seiner Verwandlung.

JOE

DER SCHWARZE KRAUPEN-HUBSCHRAUBER macht den leeren, seit Monaten gesperrten Waldsportplatz zum Heliport. Sanft setzt er im Mittelkreis des Kunstrasens auf. Punktlandung.

Sylvia Kraupen wollte die Zusammenführung mit ihrer Tochter unter keinen Umständen im Beisein von Bundeswehr und Presse, mitten im Ausnahmezustand inszenieren und hat Joe um diesen letzten Gefallen gebeten.

Joe und Lisa Kraupen warten bereits wie bei einer anstehenden Auswechslung am Seitenrand, wo sie im Schatten der überdachten Reservebank gesessen haben.

Sie gehen los, sobald die Rotoren langsamer werden.

Sylvia Kraupen steigt aus dem Hubschrauber. Leicht geduckt läuft sie in bequemen Schuhen, Jeans und einer schwarzen Bluse unter den ausdrehenden Rotorblättern hindurch und über den Rasen.

Ihre Tochter rennt da schon auf sie zu.

Die Fürstin der Drohnen breitet die Arme aus.

Sylvia und Lisa Kraupen treffen sich in einer festen Umarmung.

Joe lässt ihnen Zeit, schlendert langsam hinter Lisa her, bleibt in einigem Abstand stehen, betrachtet die Wiedervereinigung, aber dann vor allem den Hubschrauber.

Dieser Moment gehört den beiden.

»Herr Denzinger«, sagt Sylvia Kraupen schließlich. Sie und Lisa stehen Arm in Arm da. Lisa lächelt glücklich. Auch ihre Mutter strahlt nun erstmals echte Wärme aus, als wäre alles Eis getaut.

»Frau Kraupen«, sagt Joe und neigt leicht das Haupt.

Sie sehen einander an.

Lisa Kraupen blickt von ihrer Mutter zu Joe und wieder zurück.

»Ich gehe schon mal vor«, sagt sie, umarmt Joe ein letztes Mal und klettert in den wartenden Hubschrauber.

Joe und ihre Mutter schauen der geretteten Prinzessin hinterher.

»Danke, dass Sie nicht aufgegeben haben«, sagt Sylvia Kraupen. »Auch nicht, als ich Sie gefeuert habe. Und nicht besonders nett zu Ihnen war.«

»Ich hätte mich auch gefeuert«, gibt Joe frei heraus zu.

Kraupen nickt. »Wollen Sie mit zurück fliegen?«

»Bin mit dem Auto hier.«

»Ich lass es zurückfahren. Oder kauf Ihnen ein neues.«

»Danke, passt schon. Und ich hab hier noch was zu erledigen.«

»Hoffentlich kein Exklusivinterview.«

»Keine Sorge.«

»Na gut.« Kraupen sieht ihn an. »Wenn Sie je irgendetwas brauchen …«

»Ich weiß.« Joe hat keine Ahnung, ob er diese Karte jemals ausspielen wird, aber auch als Ehrenabzeichen macht sie sich ganz gut. »Und Sie? Die Bundeswehr will ihren Vertrag mit Kraupen überdenken, hab ich vorhin als Eilmeldung gelesen.«

»Ach, sollen sie doch«, sagt die Königin der Kriegstechnologie und zuckt mit den Schultern. »Das hier war immer nur ein Scharmützel, global betrachtet. Und wenn wir mit Ländern außerhalb der NATO neu verhandeln, wird man sehr schnell wieder auf uns zukommen. Außerdem ist mit Bewässerungsdrohnen und Waldbrand-Bekämpfungsrobotern künftig viel Geld zu verdienen. Ich mache mir keine Sorgen.«

»Traurig, aber wahr«, sagt Joe, wobei er offenlässt, was genau er jetzt traurig findet.

Sylvia Kraupen kapiert es, natürlich, schenkt ihm ihr Rasiermesserlächeln – und streckt ihm die Hand entgegen.

Joe ergreift sie, Pandemie-Prägung hin oder her. Es gibt Dinge, um die kommt man nicht herum.

»Danke, Joe«, sagt Kraupen. »Ich danke Ihnen wirklich von ganzem Herzen. Und denken Sie dran: Sollten Sie jemals etwas brauchen oder in Schwierigkeiten stecken ...«

Damit geht sie zum Helikopter zurück.

Joe läuft über das Spielfeld, als die Rotoren wieder starten, es richtig laut wird, der Hubschrauber abhebt und die Kraupens zurück zum Olymp fliegen.

Dabei sind sie am Ende auch nur Menschen, wie Joe gesehen hat, mit Schwächen, Begierden, Sorgen, Zweifeln, Sehnsüchten, Ängsten und Fehlern.

Menschen, die scheitern und verzeihen können.

Ob er das auch kann?

Scheitern, klar, eine seiner leichtesten Übungen.

Aber verzeihen?

Das wird sich zeigen, wenn er sich in einer Stunde mit Charlotte trifft, die ihm kurz vor der Ankunft auf dem Sportplatz eine Message geschickt hat.

MARIJA

DIE POLIZEI HAT NUR IHRE AUSSAGEN und Personalien aufgenommen und Marijas gebeutelte Familie nach der Versorgung durch den Notarzt erst mal nach Hause gefahren. Man wird sich bei ihnen melden, hieß es.

Marija, Anna und Thomas kochen gemeinsam bei ihr Spaghetti mit Tomatensoße, weil Anna schon länger kein Fleisch mehr essen will.

Vermutlich werden die beiden auch hier schlafen, darüber haben sie allerdings noch nicht gesprochen.

Sie weiß nicht, wie genau sich der Abend entwickeln wird, ob sie am Ende alle zusammen in ihrem Bett liegen, völlig fertig nach diesem Tag, oder ob Thomas das Sofa nimmt. Oder ob sie und Thomas ein wenig Zeit zusammen auf dem Sofa haben werden, während Anna in ihrem Bett schlummert.

Anna und ihr Vater geben der Soße am Herd gerade den letzten Schliff, wobei eine lebhafte Diskussion über die richtige, weil nachziehende Ingwer-Schärfe im Gang ist.

Anna setzt sich, wenig überraschend, durch, und so schneidet Thomas noch einige Ingwer-Stückchen zurecht. Sein Hinterkopf wurde rasiert, damit er genäht werden konnte.

»Das werden wir alle bereuen«, sagt er gerade.

»Papa, du Weichei.«

Grinsend rührt Marija die Nudeln um.

»Was gibt's denn da zu grinsen?«, fragt Thomas.

Sie will ihm gerade antworten, als die Türklingel den Störenfried gibt.

Marija wischt sich die Hände ab und geht durch den Flur. Es ist eine Drohne mit der Express-Lieferung ihrer Ersatzteile für das Bike, das durch den Sturz nach ihrem ersten Zusammentreffen mit dem Wolf in der Zone leiden musste.

Die Bestellung hatte sie ganz vergessen.

Als sie das von der unliebsamen Zustellkonkurrenz gebrachte Paket im Gang abstellt, kommt Anna angelaufen. »Was ist das?«, fragt sie neugierig. »Ein Geschenk für mich?«

»Ersatzteile«, antwortet Marija.

»Für dich?«

»Na hör mal!«

Auch aus der Küche ertönt Gelächter.

Marija umarmt Anna. »Für mein Bike, Schätzchen. Komm, wir müssen aufpassen, dass dein Papa die Soße nicht verdirbt.«

»Oh, Mist«, sagt Anna in gespieltem Entsetzen. »Ist bestimmt schon zu spät.«

»Hey!«, ruft Thomas aus der Küche. »Ich kann euch zwei sehr gut hören ...«

Anna rennt los, um das Abendessen zu retten.

Marija weiß, was hinter ihnen liegt, was sie ihrer Familie schon wieder durch ihre schlechten Entscheidungen eingebrockt hat und wie dieser Tag auch ganz anders hätte ausgehen können. Und dass es wegen der Ermittlungen noch immer Konsequenzen für ihre Kurierfahrten geben kann, sollte sie in der Eisdiele jemand anschwärzen wollen für das, was Paul und den anderen passiert ist.

Allerdings kann sie sich trotz allem nicht erinnern, wann ihr Haus und ihr Herz zuletzt von so viel Frohsinn und Leben erfüllt waren, und von so viel Liebe.

Kitschiger Spießerscheiß, schon klar.

Doch Marija könnte sich dran gewöhnen.

KIRA

NACH EIN PAAR VERRÜCKTEN STUNDEN voller Gespräche, Debriefings, Angeboten und Interviews findet Kira erst zur Ruhe, als sie sich im Zug auf ihren Sitzplatz fallen lässt.

Kaum dass sie es sich bequem gemacht hat, klingelt ihr Smartphone.

Es ist Vicky, und Kira kann gar nicht schnell genug rangehen, obwohl sie vorhin schon ein paar Nachrichten hin und her geschrieben haben, wann immer es der Marathon auf dem Stützpunkt erlaubte.

Vickys Gesicht auf dem Display zu sehen tut so unglaublich gut, dabei ist Kira eigentlich nicht der Typ für Video-Anrufe in der Öffentlichkeit.

»Hi«, sagt sie jetzt erleichtert, aber dennoch mit einer gewissen Bedeutungsschwere.

»Hi«, antwortet Vicky ernst, denn das ist immer noch ihr Ritual, wie es aussieht.

Kira schnauft. »Ich sitz endlich im Zug. Meine Füße bringen mich um. Und der Rest auch.«

Vicky lächelt unsicher. Kira weiß, dass sie in letzter Zeit der toxische Anteil in ihrer Ehe gewesen ist.

»Wie lief's?«, fragt Vicky. »Ich hab dich auf jedem Sender gesehen. Sie haben dir den Posten der Forschungsleiterin für das neue Reservat angeboten?«

Selten wog ein Fragezeichen so schwer wie dieses.

»Das haben sie«, bestätigt Kira und sieht Vickys Lächeln fast verblassen. »Aber ich hab ihnen gesagt, dass ich darüber erst mit meiner Frau sprechen muss. Zu Hause. In Ruhe. Und ihnen nach meinem Urlaub Bescheid geben werde.«

Vickys Lächeln wird breiter. »Wir reden also, wenn du nach Hause kommst? Über alles?«

»Wir reden«, bestätigt Kira. »Das hätten wir viel früher tun müssen. Es tut mir leid. Mann, hier steigen gerade viele Leute ein, und es wird zu laut. Ich schreib dir, wenn wir Verspätung haben, okay?«

»Ja, bitte.«

»Ich liebe dich.« Kira sagt das nicht nur so dahin. Vorhin, im Jeep, als sie ihre Nachricht aufgenommen hat, konnte sie das sehr genau spüren. »Bis dann.«

»Ich bin froh, dass du heimkommst. Und ich dich auch.«

»Bis später.«

Kira klickt die App zu und wartet darauf, dass der Zug losfährt.

Selbst wenn es eine Fahrt ins Ungewisse ist – denn sie ist sich nicht sicher, ob Vicky ihr die letzten Wochen und Monate verzeihen kann, ob sie beide sich davon erholen werden.

Aber es ist die richtige Entscheidung und Richtung, das weiß Kira ganz genau.

Als ein Retro-Hipster-Pärchen mit einem Husky an ihrem Sitz vorbeikommt und sie das hechelnde Lächeln des großen Hundes sieht, muss sie an Winslow denken.

Sie vermisst ihn schrecklich und hätte ihn gern mit nach Hause genommen, trotz der Probleme, die ein geschlechtsreif werdender Wolf in der Nachbarschaft und im Haushalt gemacht hätte.

Aber Winslow ist tot.

Auf ihren Forschungsreisen hat Kira allerhand indigene Mythen über Wölfe kennengelernt.

In vielen sind Wölfe Tiere, die sich zwischen Leben, Traum und Tod bewegen können.

Sie hofft, dass Winslows Geist nicht nur hier im Wald mit den großen Wölfen rennt, sondern dass er Kira auch daheim in Hamburg gelegentlich in ihren Träumen besuchen wird.

TARIQ

DIE GESCHICHTE DES MUSTERSOLDATEN mit Migrationshintergrund, der eine Schlüsselrolle in der Befreiung von Lisa Kraupen gespielt hat und dabei sogar angeschossen wurde, wiegt aus PR-Gründen am Ende schwerer als die Fragen danach, wieso Tariq überhaupt allein im Wald war oder wie er als einzelner Soldat auf dem Schrottplatz sowie im Bunker darunter gelandet ist.

Alle sind glücklich, als Tariq ein paar gescriptete Interviews gibt und aus medizinischen Gründen um seine Entlassung bittet – und noch am selben Tag die Heimreise antritt, nachdem Mike seine Schulter zusammengeflickt und Tariq einen ganzen Stapel Verschwiegenheitserklärungen unterzeichnet hat.

Die Bundeswehr bekommt ihre Heldengeschichte, und Tariq seine Freiheit.

Ein guter Deal für alle.

»Verlässt du uns schon, Laffel?«, fragt Schröder, als Tariq in der Baracke seine Sachen packt. Der dicke Verband um seine Schulter fühlt sich merkwürdig an, macht das alles noch unwirklicher. In der Tasche hat er Schmerzmittel und Antibiotikum.

Tariq schließt den Reißverschluss und stellt sich schweigend vor Schröder.

Der grinst ihn ein wenig unsicher an.

Die anderen ihrer versammelten Einheit halten den Atem an.

Alle erinnern sich noch an die Rangelei im Kantinenzelt.

»Mann, Schröder«, sagt Roos da genervt und schiebt sich Kaugummi kauend zwischen sie. »Sei nicht immer so ein Arschloch.«

»Genau«, sagt Brückner hinter ihnen, und Kümmel ruft: »Echt jetzt, Schröder.«

Roos hält Tariq die Faust hin. »Gut gemacht, Tariq. Gute Fahrt.«

Tariq weiß, dass ihm keine andere Wahl bleibt, als den Fistbump anzunehmen, obwohl er Roos und Co. am liebsten einfach stehen lassen würde. Doch das gehört wohl noch zur Heldengeschichte, zum Deal.

Unter Glückwünschen verlässt er den Container.

Andreas hat bei seinem Heli gewartet, kommt heran und umarmt Tariq wie ein Freund. »Denen hast du's gezeigt«, sagt er.

»Gut, dass du mich in den Wald gelassen hast.«

»Ich glaub, ich hätt dich nicht aufhalten können.«

»Wahrscheinlich nicht.«

Sie versprechen einander, in Kontakt zu bleiben.

Tariq geht weiter. Ein paar andere Soldatinnen und Soldaten rufen ihm etwas zu oder klatschen sogar.

Und dann hat er das Heerlager verlassen.

Überall herrscht Aufbruchsstimmung. Hier in der Zone wird sich eine Menge verändern.

Tariq geht das nichts mehr an.

Ein Feldwebel fährt ihn nach Cottbus zum Bahnhof, ohne mehr als ein paar Sätze mit ihm zu wechseln.

Am Bahnhof kauft sich Tariq einen der späten *Rebus*-Romane von Ian Rankin, den er noch nicht kennt, besorgt sich etwas zu trinken und ein Sandwich. Dergestalt für die Reise gerüstet, geht er zum Gleis, wo sein Zug bereits auf die Abfahrt wartet.

Er freut sich darauf, seine Familie wiederzusehen, obwohl ihn auch ein wenig vor den Vorhaltungen und Belehrungen seiner Eltern graut. Und er hofft, dass er seinen Lebensplan jetzt zwar anpassen, aber noch nicht aufgeben muss.

Dass der Plan jetzt vielleicht sogar besser wird, nachdem er den Irrweg erkannt hat.

Über Social Media hat er ein Jobangebot von einer Firma für Waldbrandschutz-Drohnen erhalten, vielleicht ist das ja der Weg, den er einschlagen wird, wieder etwas mit Drohnen, aber so weit weg wie möglich vom Militär.

Als er auf der Suche nach seinem reservierten Platz durch die Waggons läuft, sieht er Dr. Kira Jansen, deren Wolf im Lager erschossen wurde und die ihrerseits entscheidend am Ende der Konfrontation beteiligt war, wie er inzwischen weiß.

Weil sie einen Videoanruf hat und mit einer anderen Frau spricht, stört er sie nicht und geht weiter in den nächsten Wagen.

Er findet seinen Sitz am Fenster, und die Klimaanlage scheint zum Glück ausnahmsweise im ganzen Zug zu funktionieren.

Tariq weiß, dass er seinen Platz im Leben nie so leicht finden wird wie den hier im Zug, das liegt nun mal in der Natur der Sache. Es wird immer Menschen geben, die es ihm unnötig schwer machen werden.

Aber er weiß auch, dass er es trotzdem schaffen wird.

Nachdem er seine Tasche oben im Gepäckfach verstaut und anschließend sein Sandwich verputzt hat, steckt er seine Stöpsel ins Ohr und ruft seine Schwester an.

»Der große Held«, begrüßt Rachida ihn feixend.

Tariq sieht sie streng an. »Lass das.«

»Ha! Ich werd dich jetzt immer so nennen. Gibt es schon eine Actionfigur von dir zu kaufen?«

»Uncool, Schwesterherz.«

»Dein Problem, du Held. Ich muss ja auch damit klarkommen, dass Elenya nun, nachdem sie dich in den Nachrichten gesehen hat, sicher ist, dass sie einen Wolf bekommt.«

Tariq lacht.

»Sie haben gesagt, dass du angeschossen wurdest«, setzt seine Schwester mit düsterer Miene hinzu. »Mama ist außer sich.«

»Nur ein Kratzer. Wie lief der Prinzessinnen-Geburtstag noch?«

Rachida schnaubt über den Themenwechsel, und vielleicht auch die Party der kleinen Monster. »Der reinste Krieg. Durch den Zuckerschock verwandeln sich diese Mädchen irgendwann alle in rasende Bestien …«

Amüsiert lauscht Tariq den Worten seiner Schwester, während der Zug sich mit einem leichten Ruck in Bewegung setzt.

JOE

JOE TRITT AUS DER ABENDLICHEN HITZE in die Eisbombe.

Die Gesichter der hübschen jungen Frau und des kleinen Möchtegern-Gangsters hinter der Theke erkennt er vom letzten Mal.

Auch sie wissen noch, wer Joe ist. Wenigstens haben ihm Fedora und Sonnenbrille die meisten Reporterinnen und Journalisten vom Hals gehalten.

Er tippt sich an die Hutkrempe. »Hi.«

»Was auch immer Sie mit Paul zu schaffen hatten, geht uns nichts an«, sagt die Frau anstelle einer Begrüßung. »Der Laden hat nun ein neues Management.«

»Lass den Wichser, Jasmin. Der verpisst sich am besten gleich wieder dahin, wo er hergekommen ist. Kapiert, Wichser?«

»Halt die Klappe, Leo. Du bist jetzt nicht automatisch der neue Niko.«

Joe schmunzelt. »Neues Management, ja? Wer denn?«

»Ich«, antwortet Jasmin und sieht ihn herausfordernd an. »Hab den Laden sowieso die ganze Zeit geschmissen. Die Eisdiele lief schon davor auf den Namen meiner Schwester. Die hoffentlich bald über diesen Gangster-Dödel hinweg ist.«

»Ah. Und die Ermittlungen wegen der ... Nebentätigkeiten des alten Teilhabers?«

»Wir kooperieren vollständig mit den Behörden, um Pauls Machenschaften aufzuklären. In die wir nicht verwickelt waren. Wir hatten ja keine Ahnung! Uns ging es immer nur um die Eisdiele. Wir wollen sie ehrlich weiterführen.«

»Fucking Eisdiele«, murrt der junge Möchtegern-Mafioso.

»Du warst nie ein Gangster und wirst nie einer sein«, weist Jasmin Leo zurecht. »Du bist immer nur ihr Laufbursche gewesen – und ihr Äffchen, wenn sie was zum Lachen brauchten.«

Harte Worte, die allerdings Wirkung zeigen, Leo ist nun nämlich still.

»Wurden Sie schon befragt?«, will Joe wissen.

»Nein. Zu viel Trouble in der Zone. Wir haben aber schon einen Termin auf dem Revier. Mit unserem Anwalt.«

»Okay. Dann habe ich eine Bitte. Einen Vorschlag.«

»Fick dich«, sagt Leo wieder.

Die Frau verpasst ihm einen Klaps auf den Hinterkopf. »Du sollst die Klappe halten.«

»Bin ich jetzt immer noch der Laufbursche, oder was?«

»Eher das Äffchen«, sagt die Frau genervt. »Kannst es dir aussuchen. Was wollen Sie?«, wendet sie sich wieder Joe zu. »Wir machen nix Illegales mehr.«

»Das verstehe ich. Es geht um Marija. Die Kurierin. Vielleicht kann man ihren Namen aus der Sache raushalten? Ich würde sagen, sie und ihre Familie haben genug durchgemacht.«

Leo sieht aus, als wolle er etwas sagen, verkneift es sich aber.

»Ich mag Marija. Und ihre Tochter ist ein Engel«, sagt die neue Chefin der Eisbombe. »Und da wir ohnehin nichts mit Pauls Geschäften zu tun hatten, wissen wir natürlich auch nicht, mit wem er zusammengearbeitet hat. So gern wir voll und ganz kooperieren wollen.«

Joe nickt. »Danke. Ist es okay, wenn ich mich setze? Da draußen ist es noch der reinste Ofen, und ich bin mit jemandem verabredet.«

»Gern.« Jasmin deutet auf die Nischen mit den Tischen und Bänken. »Setzen Sie sich, wo Sie wollen. Einen Eiskaffee, um die Wartezeit zu verkürzen? Geht aufs Haus.«

»Da sag ich nicht Nein.«

Joe pflanzt sich, einem Impuls folgend, in die Nische ganz hinten, die früher Paul gehört hat.

Wenn schon, denn schon, oder?

Draußen tut die Sonne so, als hätte sie genug, und macht der Abenddämmerung Platz. Joe erinnert sich noch, was für einen Aufschrei es gegeben hat, als Geschäfte aufgrund der neuen klimatischen Verhältnisse ihre Öffnungszeiten ab April immer weiter nach hinten geschoben haben.

Joe legt seinen Hut auf den Tisch.

Sein Eiskaffee – eine wahre Eisbombe mit viel Sahne, langem Löffel, Bambus-Strohhalm, Schirmchen und knuspriger Waffel – lässt nicht lange auf sich warten. Joe probiert einen Löffel Vanilleeis mit Sahne, hinterher schlürft er ein bisschen kalten, zartbitteren Kaffee, der im Abgang süß wird.

Fast wie der Fall Lisa Kraupen für ihn.

Während er den Becher dezimiert, blickt Joe zum großen Flachbildschirm an der Wand über der Theke.

Natürlich laufen überall nur Nachrichten, geht es überall nur um eines.

Dass es nun doch eine nichtmilitärische Lösung geben und der Wald eine entmilitarisierte Zone wird, in der Wissenschaftler und Forscherinnen aus aller Welt die Wolf-Cyborgs im neuen Naturschutzgebiet aus respektvoller Distanz beobachten sollen.

Reporter, Journalistinnen, Biologinnen, Forscher, Expertinnen und Beobachter quasseln sich in Ekstase und werfen ihre Meinungen hin und her.

Man spricht sogar schon von speziesübergreifenden Kommunikationsbemühungen.

Die Unwetter, Fluten und Erdrutsche in Nordrhein-Westfalen sowie im Allgäu letzte Nacht, an die man sich in Deutschland schon gewöhnt hat, sind da bestenfalls Hintergrundrauschen.

Am interessantesten ist für die Nachrichtencrews noch, dass angeblich bereits morgen ein beträchtlicher Teil der Soldatinnen und Soldaten aus dem Stützpunkt bei Dölmow abgezogen werden sollen, um im Spreewald beim Kampf gegen einen nun schon mehrere Ortschaften bedrohenden Waldbrand zu helfen.

Der Dachs, der am Morgen vor den rasanten Entwicklungen um Lisa Kraupen und die Zone wie im Drogenrausch in einem Vorratszelt des ProW@lf-Camps gewütet hat und anschließend vollgefressen darin eingeschlafen ist, verkommt an so einem geschichtsträchtigen Tag komplett zur Randbemerkung im Live-Ticker.

»Der Dax ist mal wieder abgestürzt«, murmelt Joe vor sich hin, dem die Meldung nicht entgeht.

Er hat seinen Eiskaffee ungefähr halb geleert, als die Glöckchen über der Tür läuten und Charlotte die Eisbombe betritt.

Wie befürchtet, sieht sie bombastisch aus: schwarze Jeans, dunkelgrünes Top, den Pferdeschwanz wie am ersten Tag.

Sie begrüßt die neue, nicht kriminelle Eismafia und setzt sich auf den Platz Joe gegenüber.

»Hallo«, sagt sie und schenkt ihm ihr spezielles Charlotte-Lächeln, das hier in der Eisdiele so einiges zum Schmelzen bringen könnte.

Joe für seinen Teil würde vorher allerdings gern ein Echtheitszertifikat sehen.

Er tut so, als würde er sich noch immer brennend für die TV-Nachrichten interessieren.

»Ziemlich viel Friede-Freude-Eierkuchen, oder?«, fragt Charlotte, greift über den Tisch, klaut den pink glitzernden Schirm und schiebt sich dessen untere Zahnstocherhälfte in den Mund, um Eis, Sahne und Kaffee abzuschlecken.

»Wie im Märchen«, sagt Joe und versucht, sich weiter auf den Bildschirm zu konzentrieren. »Der Wolf rettet Rotkäppchen, und alle leben glücklich und zufrieden bis ans Ende ihrer Tage.«

Es fällt ihm nicht leicht, sich so distanziert zu geben.

Oh, Charlotte hat ihm übel mitgespielt, keine Frage.

Aber. Nun ja.

»Wir schreiben die Geschichte neu, wir schreiben die Märchen neu«, stimmt Charlotte ihm zu und holt sich mit dem Schirm Eis-Sahne-Kaffee-Nachschub. »Alles kein Problem.«

Jetzt blickt Joe sie erstmals direkt an. »Und du schreibst kräftig mit.«

»Willst du mir jetzt noch so richtig wehtun, bevor du in den Sonnenuntergang reitest, Cowboy?«

Joe zuckt mit den Schultern. »Dann würden wir wenigstens gleichziehen.«

»Du Armer. Hat dir die böse, böse Journalistin das Herz gebrochen?«

»Du wolltest mich treffen«, erinnert Joe Charlotte, wischt sich den Mund mit der Serviette ab und macht sich daran, aufzustehen. Dabei schiebt er seinen Eiskaffee in Charlottes Richtung. »Kannst den Rest haben. Mach's gut, Charlotte.«

Charlotte langt erneut über den Tisch, jedoch am Glas vorbei, und umfasst eines von Joes Handgelenken. Die Berührung kribbelt heiß. »Joe. Warte.«

Er sieht auf ihre Hand. »Wozu?«

»Wollen wir wirklich so auseinandergehen?«

Joe lässt sie kurz seine Verwundung, seinen Zorn, seine Enttäuschung und seine Verwirrung sehen. »Was soll das hier werden, Charlotte? Wieso wolltest du mich sehen?«

»Hab nicht gedacht, dass du kommst.«

»Ich auch nicht. Aber hier bin ich. Also?«

»Ich hab ein Jobangebot. Von *Prime News*.«

»Schön für dich. Machst also endlich Karriere. Das hast du dir ja mehr als alles andere gewünscht.«

»Danke. Es bedeutet mir viel, dass du dich für mich freust.«

Joe ignoriert den Sarkasmus. »*Prime News*. Sind die nicht der Feind?«

»Schon. Aber das muss ich ihnen ja nicht sofort sagen. Ist auch nur so lange, bis ich das Buch über meine Zeit in der Zone fertig geschrieben habe.«

»Ganz schön opportunistisch. Mal wieder.«

Charlotte rollt mit den Augen und lässt seine Hand los. »Hab's kapiert. Du bist noch immer sauer.«

»War's das? Du wolltest mir von deinem neuen Job erzählen, das hast du jetzt getan, und ich kann gehen? Oder soll ich das Vorwort zu deinem Buch beisteuern?«

Charlotte nascht noch mal am Eiskaffee. »Ich wollte mich entschuldigen. War nicht nett, was ich da gemacht hab. Ich würd's wieder tun, versteh mich nicht falsch, aber ich weiß, dass ich dir damit echt wehgetan hab, und das tut mir leid. Glaub es oder nicht, aber ich mag dich, Joe.«

»Okay.« Er versucht, cool zu bleiben. »Dann wär das ja geklärt.«

»Ah, ja, das wollte ich auch noch loswerden. Der neue Job, bei *Prime News*? Der ist in Berlin.«

Joe weiß nicht, was er denken soll. Wie auch? Das Herz ist nicht gut im Denken. Und im Stockwerk darunter halten sie überhaupt nichts davon.

»Berlin«, wiederholt er, als müsse er sich das Angebot, die ganze Stadt zu kaufen, durch den Kopf gehen lassen.

»Ja.« Charlotte leckt unschuldig das Schirmchen ab. »Berlin.«

»Hm. Reizvolle Stadt.«

»Hab ich auch gehört. Kennst du jemanden, der mir die interessanten Ecken zeigen könnte, wenn ich angekommen bin? Ist ja quasi wie ein Neustart für mich. Lass die Dinge hinter mir, und so.«

»Was in Dölmow passiert, bleibt in Dölmow?«

»Genau.«

Joe sieht sie an. Hinter seiner Stirn herrscht auch ohne Eisbombe gerade Hirnfrost.

Scheiß der Wolf drauf.

»Schätze, ich könnte dich etwas rumführen, wenn ich in meinem Terminkalender ein Plätzchen freimachen kann. Und du beim Buchschreiben eine Pause brauchst.«

Charlotte lächelt eher wölfisch als katzenhaft. »Das wär schön.«

Joe versucht sein Grinsen zu verbergen, glaubt aber nicht, dass es ihm gelingt. »Wann steigt der Umzug?«

»So bald wie möglich. Eine Maklerin sucht schon was Hübsches für mich.«

»Alles klar.« Genug ist dann aber doch genug, so leicht wollte er es Charlotte eigentlich nicht machen, obwohl er mit dem Ergebnis zufrieden ist.

Er steht auf und setzt seinen Hut auf. »Dann hören wir uns.«

»Hm.« Charlotte stützt den Kopf auf eine Handfläche und sieht Joe mit einem versonnenen Lächeln an. »Du willst mich hier sitzen lassen? Schade.«

»Wieso?«, fragt Joe stirnrunzelnd. »Wir sehen uns in Berlin, oder nicht?«

»Sicher. Aber mein Zimmer in der Schwalbe ist noch eine Woche auf mich gebucht. Und du weißt ja, wie kostbar so ein Schlafzimmer mit großem Bett in Dölmow ist.«

Joe starrt sie nur an.

Charlotte legt das Schirmchen in den Eisbecher und erhebt sich ebenfalls. Sie tritt an Joe heran, streicht über seine Schulter und seinen Arm und flüstert ihm ins Ohr:

»Na komm. Einsame Wölfe können wir später immer noch sein ...«

NACHWORT & DANK

DIESER ROMAN HÄTTE BEINAHE einen zahmen Fuchs-Cyborg als allwissenden Erzähler gehabt – wie die Kurzgeschichte, auf der das ganze Buch basiert. Stattdessen kamen Winslow und DW-7X zu ihren tierischen Auftritten, und es wurden mehrere Perspektiven.

Aber der Reihe nach.

Als ich mir 2019 genau einen Tag vor Weihnachten die Idee zu einem »SF-Märchen« beziehungsweise einer »Cyberfabel« in Kurzgeschichtenform notierte und wild brainstormte, ging es schon beim Plotten der ursprünglichen Story sofort um Hightech-Müll in einem deutschen Wald und die Folgen dieser Umweltverschmutzung, um hoch entwickelte Nanos und kybernetisch mutierte Wildtiere, allen voran Wölfe, deren Rückkehr nach Deutschland damals ja längst in vollem Gange war und immer wieder in die Schlagzeilen geriet.

An jenem 23. Dezember schrieb ich direkt die Erstfassung der Kurzgeschichte, die ich im Januar 2020 nach dem Feedback meiner Beta-Reader um gut ein Drittel auf ihre finale Länge eindampfte. Ende des Monats reichte ich das Ergebnis beim Magazin *Spektrum der Wissenschaft* ein, wo die Erzählung Mitte Februar für die Kurzgeschichten-Rubrik *Futur III* angenommen wurde. Die Mühlen der Verlagswelt mahlten ein Jahr lang, und im März 2021 erschien *Wer hat Angst vorm bösem W@lf?* gedruckt und digital in *Spektrum der Wissenschaft* Heftnummer 4.21, und zum PDF-Download auf der *Spektrum*-Website.

Doch schon als die Story Anfang 2020 bei meinen treuen, auf gute Weise bissigen Beta-Readern zirkulierte, bekam ich immer wieder zu hören, dass diese Kurzgeschichte eigentlich den Stoff für einen Roman bieten würde – dass in der Story viel mehr stecke als diese eine knackige Cyberfabel.

Kurzum: Das Rudel wollte einen Roman.

Den ich in der Erstfassung schließlich 2021, 2022 und 2023 niederschrieb, unter dem Eindruck von COVID-19 und allerhand Extremwetter, und aus schriftstellerischer Sicht dennoch mit großem Vergnügen.

Mein Dank gehört allen, die mir zwischen Story und Roman mit Unterstützung, Motivation, Anmerkungen, Ratschlägen, emotionaler Energie, sozialer Toleranz und anderem geholfen haben, was sich als unverzichtbar für einen Autor in der Cyborg-Wolfszone herausstellte.

Allen voran Timo Kümmel, Volkan Baga, Gerd Eibach aus Hermkes Romanboutique, Michael und Mel Vogt, Ivonne Sommer, Bernd Kronsbein, Max Schlegel, Heide Franck, Guido Latz, Ken Liu, Christian Krank, Daniela Knor, Lars Sudmann, Katrin Hoppe, Robert Gast, meiner von gelegentlichem Writer-Cyborg-Wolfswahnsinn geplagten Familie sowie Sebastian Pirling und der gesamten Crew bei Heyne.

Und natürlich euch und Ihnen allen, die mir nach Dölmow und in die Wolfszone gefolgt sind.